殿下、あなたが捨てた女が本物の聖女です

著◆狭山ひびき
絵◆紫藤むらさき

一迅社

CONTENTS

零章　殿下、ざまあ♡――004
一章　新たな恋と過去の婚約者――019
二章　新しい恋人――043
三章　元婚約者は諦めない――063
四章　教皇の犬――114
五章　恋と呼ぶにはあっけなく――126
六章　パーティーと毒――163
七章　毒の真相――206
八章　白とふわふわ――228
九章　夜の湖――259
十章　小虎――270
十一章　グーデルベルグの王子――285
書き下ろし番外編――339

零章　殿下、ざまぁ♡

鬱蒼《うっそう》とした森の奥——

小さな泉のそばに立つのは、曲線的な作りの白い壁の宮殿である。

宮殿に住まうのは巫女《みこ》と呼ばれる女性たちのみで、基本的に男性が立ち入ることは許されないが、許可を得た一部の男だけは、本殿から回廊でつながれた建物であれば入室が認められている。

その、女の園とも言える宮殿の、本殿から回廊でつながれた半球の建物の中にある円卓の会議室の中。

一人の男が、そっと息を吐きだした。

「……やはり彼女か」

男は両手で顔を覆うと、高い天井を見上げて息を吐きだした。

「儀式まで時間がない。……急いだほうがよいな」

男は気だるげな様子で立ち上がると、緋色《ひいろ》のローブを翻《ひるがえ》して部屋を出ていく。

――ランバース国第一王子メイナードとその婚約者アイリーン・コンラード侯爵令嬢の婚約破棄のニュースが王都を駆け巡ったのは、わずか一日後のことであった。

☆

大陸の西にある小国ランバース。

かの国にははるか昔から聖女と呼ばれる女性が存在する。

建国史によると、聖女がはじめてランバース国に登場するのは今から八百年も前のこと。

当時、戦争の真っ只中《ただなか》にあったランバース国は、近隣諸国からの侵略を受けて絶体絶命《ぜったいぜつめい》の状況だった。

その危機的な状況を救ったのが、のちに聖女と呼ばれるようになる女性である。

以来、ランバースでは代々、癒《いや》しの力を持つ女性たちの中から聖女が選ばれる。

聖女を選ぶのは、聖女にだけ反応する女性が両手を広げたほどの大きさの宝珠だ。聖女は常に一人だけが選ばれ、当代の聖女が他界すれば次代の聖女が選ばれる。

聖女を娶《めと》れば国が安定するとも信じられており、聖女は代々王家の誰《だれ》かに嫁いできた。もちろん、例外もある。聖女を欲するのは何も王家だけではないからだ。

前王弟に嫁いだ聖女が亡くなって一週間――

その聖女が他界した翌日に第一王子から婚約破棄を宣言されたアイリーン・コンラードは、今まさにはじまろうとしている儀式を前に、憂鬱《ゆううつ》なため息をついた。

（けっ！）

ランバース国第一王子メイナードの『元』婚約者アイリーン・コンラード侯爵令嬢は、心の中で貴族令嬢にはあるまじき毒づき方をして、今から行われようとしている聖女選定の儀式に白けた視線を送った。

少し癖のある蜂蜜《はちみつ》色の髪に、大きなアメシスト色の瞳《ひとみ》。ローズピンクのドレスを身につけて、すました顔で椅子《いす》に座っているが、アイリーンの心の中は全然穏やかではない。

アイリーンの目の前で元婚約者であるメイナードがさも大切そうにエスコートしているのは、次期聖女候補の筆頭であるリーナ・ワーグナー伯爵令嬢である。

楚々《そそ》としたという言葉の似合う、まっすぐな栗《くり》色の髪と同色の大きな目をした伯爵令嬢は、頬《ほお》を薔《ば》薇《ら》色に染めて、うっとりとメイナードを見上げていた。

イライライライラ。

アイリーンの中で苛立《いらだ》ちが膨れ上がり、今にも椅子を蹴《け》って立ち上がって、この場から逃げ出したくなる。

つい六日前まで婚約者であったメイナード。彼はあろうことか、前聖女であるサーニャが亡くなった翌日に、アイリーンに婚約破棄を告げた。

曰《いわ》く。

――君とはもともと政治的な意味合いでの婚約で、お互いに恋愛感情はなかったのだから、別にいいよね？

あのときメイナードの首を絞め上げなかった自分を褒めてやりたい。

アイリーンは生まれたときから、四つ年上の黒髪に紺碧《こんぺき》の瞳を持つランバース国の第一王子、メイナードの婚約者に決まっていた。確かに彼の言う通り婚約時に恋愛感情など存在しうるはずもない。なぜなら「おぎゃー」と産声《うぶごえ》を上げたばかりの、ここはどこわたしは誰状態の赤子が、どうして人を好きになれようか！

思い出すだけでむかむかしてくる。

そりゃあね、メイナードはいいかもしれませんよ。

でも、捨てられたこっちの身にもなってほしい。

メイナードに捨てられたアイリーンには一生「王子に捨てられた女」という嫌なレッテルがついて回るのである！

（やっぱ一発殴っとけばよかったわ！）

メイナードにとんでもないセリフを吐かれて婚約破棄されたアイリーンであるが、別にメイナードとの仲は悪くなかった。むしろ良好。まあ――、二人の関係性を正しく表現するのであれば、婚約者というよりは「親友！」という感じではあったけれど。

アイリーンは、はあと憂鬱なため息をつく。

自分でも間抜けだと思うけれど、悲しいかな、メイナードに捨てられたあとになって、アイリーンは彼のことが異性として好きだったのだという事実に気づかされた。

（もちろん、次期聖女選定の儀式が行われると聞いた途端に、あっさり次の聖女候補の筆頭であるリーナに乗り換えやがった馬鹿《ばか》王子には愛想が尽きたけれどね！）

それでもたった六日で心の傷が癒《い》えるはずもなく。傷心のところに向けて、メイナードとリーナが見つめあう姿を見せつけられるなんて、傷口に塩をわんさかと塗りたくられた気分だ。

（でも、よりにもよってなんでリーナなのよ！）

正直言って、リーナは好きになれない。

昔から高飛車だったこともあるが、メイナードから婚約破棄をされた直後に、あの女がアイリーンに何を言ったか。

（なぁにが、『わたくしが聖女だったばっかりに、お可哀《かわい》そうなアイリーン様』よ！　あんたまだ聖女に選ばれてないじゃないの！　もう聖女気取りですかそうですか！　あーっ、むかつくっ！）

どうして格下の伯爵令嬢に、わざとらしい憐憫《れんびん》のたっぷりこもった嫌味な視線を向けられて、そんなセリフを吐かれなければならないのだろうか。

（あんたがミジンコほどにも同情していないのは、ありありと伝わってきたわ！）

アイリーンは無性に何かを蹴飛ばしたくなって、目の前の椅子の足を見た。

アイリーンの前に座っているのは友人の伯爵令嬢。椅子を蹴飛ばしたりしたら、あとでめちゃくちゃ怒られる。

仕方がないので、アイリーンはメイナードを睨《にら》みつけることで多少留飲《りゅういん》を下げようと思った。

聖女選定の儀式には、聖女に選ばれる可能性のある癒しの力を持った女性が集められる。聖女は癒しの力を持った女性から現れるからだ。アイリーンがこの場に呼ばれているのも、彼女が癒しの力を持っているからにほかならない。

とはいえ、アイリーンの力は下の下もいいところで、かすり傷を治す程度の微々たるものである。

そのため、癒しの力の大きさによって席順が決まっているので、アイリーンは末席の方にちょこんと座らされていた。候補筆頭のリーナは当然破格の待遇を受けていて、メイナードとともに一番前に席が用意されており、さらに言えば、もうリーナで決定だと言わんばかりに、神官たちから聖女選定のあとに行われる儀式やパレードの説明を懇切丁寧に受けていた。

そんなリーナや神官たちに、アイリーンを含め、会場にいる女性たちから冷ややかな視線が注がれているが、神官はおじいちゃんなのでそれが老眼で見えないのかもしれない。全く気づいている様子がない。

聖女がリーナだというのならば、さっさと儀式を終わらせて解放してくれないだろうか？　待たされるこっちの身にもなってほしい。

（あーあ、この儀式が終わったら、女子修道院にでも行こうかしら。どうせ次の縁談なんてろくなの

来ないだろうし）

王子に捨てられた女のもとに来る縁談なんて、たかが知れているだろう。娘に激甘の父が、必死になって良縁を探してくれるかもしれないけれど、むしろそれをされると、そうまでしないと誰も結婚してくれないのかと思えてきて悲しくなってくる。

それならばいっそ、女子修道院にでも入って、一生リアースの神に祈って生きていくのも一つの手だ。

貴族と結婚なんてしたら、社交界などでメイナードやリーナと会う機会ももちろんあるだろう。この先、メイナードとリーナのラブラブな結婚生活なんて見たくない。

（お父様は反対しそうだけど、泣き落とせば何とかなるわよね）

アイリーンがメイナードに婚約を破棄されたと聞いたコンラード侯爵は大激怒で、国王のもとに怒鳴り込んだ。コンラード侯爵と国王は親友同士だから、たまに見ているこっちがハラハラするくらい容赦のないことを言うことがあるが、今回は普段とは比べものにならないほどすさまじい剣幕だったらしい。そばで見ていたアイリーンの一番上の兄ジオフロントが、下手《へた》をすれば一家もろとも不敬罪で投獄かと冷や汗をかいたほどだったとか。

とにかくアイリーンの父は頭に血が上っているから、今であれば泣き落とせばほだされてくれる可能性が高い。さっさと修道院行きを決めて、メイナードと二度と会わなくていい世界におさらばしたいところである。

アイリーンがくだらないことばかり考えている間に、気がつけば聖女選定の儀式がはじまろうとしていた。

聖女はランバースに昔から伝わる宝珠が選ぶそうだ。

なんでも、聖女にだけ反応するのだとか。

胡散《うさん》くさいことこの上ないが、とにかく宝珠が光れば聖女らしい。

メイナードに恭しくエスコートされながら、リーナが宝珠の置かれている祭壇の方へと進んでいく。

その途中、なぜかメイナードが小さくこちらを振り返って、紺碧の瞳がアイリーンのアメシスト色のそれにぶつかった。

その目は、何か言いたそうにじっとアイリーンを見つめて、やがて静かに逸《そ》らされる。

(……？)

メイナードの顔が、泣きそうに歪《ゆが》んでいたように見えたのは、アイリーンだけだろうか？

メイナードの表情が気になって、つい彼の背中にばかり視線を向けていると、突然、会場内がざわざわとざわめきだす。

いったいどうしたのだろうかと首をひねった瞬間、誰かが「リーナじゃなかった」とつぶやいた。

リーナじゃなかった？

アイリーンは首をひねり、そしてリーナの目の前にある宝珠に視線を向け、目を見開いた。

(リーナじゃなかった！)

宝珠は、ぴくりとも反応していない。

リーナも驚いているようで、宝珠を持ち上げ、撫《な》で回したりひっくり返したりして必死になっている。

隣に立つメイナードも、茫然《ぼうぜん》としたように宝珠を見つめていて――

（ざーまあー！）

思わず、アイリーンは心の中で喝采《かっさい》を上げた。

だって、リーナじゃなかったのである！

聖女はリーナじゃなかった！

これを「さまあみろ」と言わずなんと言う！

聖女を手に入れたいからという理由でアイリーンと婚約破棄をしたメイナードも、もちろん散々馬鹿にしてくれたリーナも、思い知ったか！　人を散々コケにしてくれた天罰である。

アイリーンは二人がこちらを見ていないことをいいことに、こっそりと舌を出した。

（べーっだ！　あーっ、すっきりした！）

今日ここに来るのは憂鬱で仕方がなかったが、こんな面白い結末があったなんて。我慢してここに来た価値もあるというものである。

もしここに誰もいなければ、腰に手を当てて「おーほほほほ！」と高笑いするのに！

メイナードに捨てられて心がやさぐれていたアイリーンは、内心で小躍りしながら、にまにまと笑っていたが、ハッと我に返ると表情を引き締めた。

（いかんいかん。人様の不幸は笑ってはいけません）

王妃教育でつけられた教師にも、未来の王妃たるものみな平等に愛せと教えられていたし――

（あ、でも、わたしもう王妃にならないんだった）

アイリーンの顔が途端にニヤリと崩れる。

王妃となる未来はなくなったのだから、今このときくらい顔がにやけるのを許してほしい。

えへんえへんと場を仕切る神官の咳《せき》払いが聞こえてくる。

仕切り直しで、次の候補が宝珠の前に立った。

リーナはショックのあまり一人で立っていることもできないようで、メイナードに支えられながら席に着く。

アイリーンは末席で、順番が回ってくるのはまだだいぶ先であるから、ちょっとした意趣返し的な気分でメイナードたちに視線を向けた。

喧騒《けんそう》に混じって、くすくすという笑い声が響いている。

リーナは昔から、次の聖女は自分に違いないと言って憚《はばか》らず、目がくりんとしていて顔立ちも可愛《かわい》らしいからか、男にちやほやされて図に乗っていたような節があった。逆に同性を見下すような態度を続けていたせいか、女の敵が多い。当然、女性だらけのこの場で彼女に同情するような声は上がらない。

聖女に選ばれなかったショックと、くすくすと笑われる恥ずかしさからか、リーナはとうとう泣き出してしまった。

でも隣に座るメイナードには、それを慰める気力も残っていないようだ。

それもそうだろう。

聖女を手に入れるためにアイリーンと婚約破棄をしてあっさりリーナに鞍替《くら》えしたのに、そのリーナが聖女でなかったのである。ショックでないはずがない。

かと言って、まさか本物の聖女が現れた瞬間に、リーナを捨ててその女性に求婚するわけにもいかないだろう。まだリーナとは正式に婚約式を交わしていないとはいえ、アイリーンを捨てた直後、リーナはメイナードとの婚約内定の扱いを受けた。国王も認めている。いやむしろ、国王がリーナをメイナードにあてがったらしいから、国王の命令とも言えるけれど、そのあたりはどうでもいい。

とにかく、さすがに女性を数日のうちにとっかえひっかえするのは王子とはいえ醜聞すぎる。メイナードが次の聖女を手に入れることはないだろう。

（ま、メイナードじゃなくてもサヴァリエ殿下がいるし、そっちが動くかしらねー？）

メイナードの三つ年下の第二王子サヴァリエは誰とも婚約していないから、最悪そちらが聖女と婚約という運びになるかもしれない。その場合、次期国王はどうなるのだろう。メイナードが転がり落ちてサヴァリエだろうか。――昔からサヴァリエは国王になりたくないと言っていたから、それはないだろうか。

アイリーンが穴があくほどにメイナードを見つめていたからだろうか。

メイナードがふと振り返って、アイリーンと視線が絡んだ。すると彼は、気まずそうな表情をして視線を落とす。

（ふふん、恥ずかしいわよねー？　聖女がほしかったのに、リーナは聖女じゃなかったもんねー？　ほんとバカよねー？　聖女が決まってから次の相手を決めればよかったのにねぇ。ふっふっふ）

にやにや笑いが止まらなくなったアイリーンは、神官に「アイリーン・コンラード侯爵令嬢！」と名前を呼ばれてハッとした。

どうやら順番が回ってきたようだ。

アイリーンの番まで回ってきたということは、当然、アイリーンより前にいた癒しの力の強い女性たちは全員撃沈したということだ。

（……変ね）

アイリーンの癒しの力は強くない。そのアイリーンよりさらに後ろにいる人たちは、もちろんアイリーンよりも力が弱い。

ここまで聖女が選ばれないなんて――、もしかして、今日この場に呼ばれた人たちの中には聖女はいなかったのだろうか。

さすがに一度の儀式で癒しの力を持つ女性を全員集めることなんてできないから、残った候補の中にいるのだろう。

アイリーンは神官に呼ばれるままに宝珠の前まで歩いていき。思わず疑いの目をもってそれを見つめてしまった。

どこからどう見てもガラス玉にしか見えない。

（これ、本当に宝珠かしら？　誰かガラス玉にすり替えたんじゃないの？）

一回目の候補——つまりこの場に呼ばれた女性たちは、もちろん今日この場に呼ばれていない女性たちよりも聖女の可能性が高いから呼ばれている。その中から選ばれなかったということは、この宝珠は偽物なのではなかろうか。

「コンラード侯爵令嬢、お早く」

アイリーンが怪訝《けげん》そうに宝珠を見つめたまま立ち尽くしていると、神官のおじいちゃんがごほんと咳払いをした。

アイリーンのあとも候補は控えているから、さっさとしてほしいということだろう。

神官たちも今日の儀式で聖女が出ないかもしれないと諦《あきら》めモードなのか、どこか投げやりだ。

アイリーンはどうせ自分が選ばれることはないだろうと軽い気持ちで宝珠の上に手をかざした。

——その、直後。

「あれ？」

思わず、声に出てしまった。

ガラス玉——もとい、聖女を選ぶ宝珠様が、きらきらと輝きだしてしまいましたことよ？

（あららららら？）

アイリーンが茫然と宝珠を見下ろしていると、周囲がざわざわしはじめて、次の瞬間大きなどよめきが走った。

もしかしなくとも——

「おめでとうございます！　聖女に選ばれました！」

仮にも聖女が選ばれたというのに、まるでくじ引きに当選したみたいにかるーいノリで神官が告げる。

あまりの軽さにがくっとよろめいて、もう一度確かめるように宝珠を見た。

やはり宝珠はきらきらとまぶしいくらいに輝いている。

（……うっそー）

一番信じられないのは、宝珠に選ばれたアイリーン自身。

だがしかし、これだけは言いたい。

アイリーンはくるりと後ろを振り返ると、最前席で大きく目を見開いているメイナードに向かって、こう口を動かした。

――ざまあ、メイナード！

声に出す勇気がないから口の動きだけで言ったけど、メイナードには通じたみたい。

どうしてか、アイリーンと目が合った瞬間、メイナードはまるで何かに耐えるかのように片手で目の上を覆って天井を仰いだ。

一章　新たな恋と過去の婚約者

（あー、疲れた）

アイリーンはコキコキと首を鳴らした。

婚約破棄で心がやさぐれていたアイリーンは、少しでもメイナードを見返してやろうとお気に入りのローズピンクのドレスで聖女選定の儀式に臨んだが、これがまずかった。このドレスはウエストをきゅっと絞るデザインのため、いつもよりもきつめにコルセットを締めていたのである。まさか自分が聖女に選ばれるとは思っていなかったため、そのあとに続く儀式のことなど念頭には置いていなかったのだ。

聖女に選ばれたあとは、一日のうちにここまで詰め込みますか！　と言わんばかりのスケジュールで、お清めの儀式にパレード、国王陛下や教皇であるユーグラシルへの挨拶《あいさつ》など、分刻みの予定が組まれて、邸《やしき》に帰ったときにはすっかりへとへとになってしまっていた。

アイリーンの父であるコンラード侯爵は狂喜乱舞《きょうきらんぶ》しそうなほど喜んでいて――次兄オルフェウス曰《いわ》

く、「ざまあみろ陛下！」とガッツポーズで叫んだらしい――、母である夫人は興奮のあまりにぶっ倒れ、帰ったアイリーンを出迎えた兄二人は「こんなのを聖女に選んでいいのか宝珠……」と言わんばかりのあきれ顔である。

（そりゃあね、聖女っていうからにはそれはそれは清らかな女性がなるものだろうと言いたいお兄様たちの気持ちもわかるけど）

アイリーンは幼いころより王妃教育を受けてきたが、いかに表面の取り繕い方を教えられても中身は変わらない。

アイリーン自身、「わたしでいいわけ？」と宝珠に問いかけたいくらいなのだから。

コンラード家も家格は高いしお金持ちだが、年中行事に「庭の草むしり」が組み込まれるほどに庶民くさい。ちなみに誤解しないようにつけ加えるが、もちろん専属の庭師は雇っている。ただ単に、草むしりがしたいだけだ。母が。

そのため、貴族の中でもちょっと異端児的なのである。そのような家の娘が「聖女」。まあ、そんな家の娘を王妃にしようとしていたのもどうかと思うが。

アイリーンは侍女のセルマに頼んで、儀式のせいで凝った背中をもみほぐしてもらおうと思いながらダイニングへ向かい、そこにあふれ返っているプレゼントの数々に唖然《あぜん》とした。

「嘘《うそ》でしょ？　今日一日でこれ？」

ダイニングテーブルの上には求婚の手紙が山になっていて、床の上には所狭しとプレゼントが置かれている。贈られてきた花を生ける花瓶が足らず、鍋《なべ》やコップなども出動させて家中花だらけだ。それぞれ単品ではいい香りの花も、これだけあれば鼻がひん曲がりそうである。

花を生け続けていたメイドの「もう一生花なんて見たくない！」という悲鳴が聞こえてきて、さすがに申し訳なくなってくる。

「お前、しばらく領地へ行ってこい」

見るに見かねた長兄のジオフロントがこめかみを押さえながら言った。

さっきまで女子修道院に行く気満々だったアイリーンだが、求婚の山にその気もどこかに消え失《う》せる。この分だと良縁も期待できそうだ。メイナードとリーナの結婚式は見たくないが、今日のことでちょっと気分も晴れたし、しばらくすれば失恋の痛手からも立ち直れそうである。

（それに、聖女が修道院って、きっと陛下が許さないだろうし）

禁止されているわけではないのだが、聖女が教会側につくのは避けたいというのが国王および、国王派の考えだ。

ランバース国は建国当初からリアース教という宗教が信仰されており、国王のほかに教皇と呼ばれる、国王からすれば目の上のたんこぶ的な面倒くさい立場の人間がいる。

もともと教皇を輩出する二家は王家から派生しているため一くくりに「王族」と呼べなくもないが、いろいろ難しい関係らしい。

現教皇は政治に口出しをしてこないが、教会側に権力が傾くのは国王としては当然避けたいところ。

そのため、聖女はなんとしても国王側に引き込みたいそうで――、アイリーンの父コンラード侯爵も「国王派」なため、アイリーンが聖女に選ばれた今、彼女の修道院行きは許可されないだろう。

アイリーンはメイドたちが贈り物や求婚の手紙を選別するのを見ながら、確かにしばらく領地に下がっていたほうがよさそうだと思った。今は贈り物や手紙で済んでいるが、そのうち直接乗り込んでくるようなことも――

「お嬢様、お客様がお見えです」

直接乗り込んでくる人間も出てくるだろうと思った矢先、執事のマーカスが困り顔でやってきて来客を告げた。誰《だれ》かと問えば、「ベルドール子爵です」と告げられる。

（ベルドール子爵？）

アイリーンはさっと貴族名鑑を思い浮かべた。

長くメイナードの婚約者でいたから、貴族たちの名前は末席までしっかりと頭に叩《たた》き込まれている。社交の場でメイナードに恥をかかせるわけにはいかないからだ。

「ベルドール子爵ってレラーフ公爵の息子のパリス様かしら？」

親しくはないが、社交界で挨拶程度は交わしたことがある。

丸顔で中肉中背《ちゅうにくちゅうぜい》。これと言って特出すべき特徴もない、凡庸《ぼんよう》な青年だ。

そのベルドール子爵がいったい何の用だと、アイリーンが首をひねると、マーカスは本人が目の前にいないのをいいことに肩を落とした。

「点数稼ぎでしょう」

「点数稼ぎ？」

いったいなんの点数を稼ぐのだろう？

さらに首を傾《かし》げていると、次兄オルフェウスがあきれたように言った。

「決まってるだろ、お前、聖女に選ばれたんだから」

「あ、そっか」

つまりは、聖女にお近づきになりたい輩《やから》の一人ということだ。

「マーカス、聖女はいないと言って追い返せ。……パリスは教会側だし、あまりいい噂《うわさ》は聞かないからな」

ジオフロントがそう命じるが、マーカスは弱り顔。おそらくだが、マーカスも一度追い返そうとして失敗したのだろう。

「しょうがないから顔だけ見てくるわ」

「何か言われても知らん顔しておけよ」

「わかってるわよ。大丈夫、わたしやればできる子だから」

生まれた瞬間に次期国王の婚約者にされたアイリーンである。昔からみっちり教育を受けているのだ。中身はともかく、外面《そとづら》だけはいいのである。

マーカスのあとについてアイリーンが玄関に向かうと、そこには大きな花束を抱えたベルドール子爵が立っていた。赤や黄色、白、ピンクなど色とりどりの薔薇《ばら》が束ねられた巨大な花束だ。これがまた――、驚くほど様になっていない。のっぺりした顔ににこやかな笑みを浮かべているものの、なんというか「うわー……」と思わず数歩後ろに下がりたくなるような、そんな感じだ。

「アイリーン嬢、相変わらずお美しい」

ぞわっとするようなお世辞を言いながら花束を手渡されて、アイリーンは顔面の筋肉を総動員して完璧《かんぺき》な笑みを貼《は》りつけた。

「まあ、素敵なお花をありがとうございます」

「いやいや、あなたのお美しさにはその花も霞《かす》んでしまいますよ」

(誰か助けてー!)

ほんの挨拶程度を交わしただけで、アイリーンは回れ右をして逃げ出したくなった。

アイリーンは「まあ」と照れた表情を作って、その裏で脳をフル回転させてこいつをどうやって追い返そうかと考えた。

相手はレラーフ公爵の息子である。失礼なことをすればあとあと面倒くさい。かといって、長く相手をしていたら、次の日には顔の筋肉が筋肉痛でストライキを起こす。

「それで、ベルドール子爵はどうなさいましたの?」

「どうかパリスと」

「……。パリス様はどうなさいましたの?」

アイリーンが言い直すと、パリスは満足そうに頷《うなず》いた。

パリスはさっとその場に跪《ひざまず》き、あろうことかアイリーンの手を取ると、その甲に恭しくキスを落とす。

(うぎゃっ)

手の甲にキスは挨拶であるとは理解しているが、アイリーンは心の中で悲鳴を上げた。

「メイナード殿下との婚約を解消されたとお聞きいたしました」

笑顔で傷に塩を塗られて、アイリーンはイラっとした。

口元が引きつりそうになるのを必死で耐えて、「ええ」と一言だけ返す。

パリスはアイリーンがイラついているのに気がつかず、にこやかに続ける。

「ですので、本日、こうしてお伺いした次第です」

つまりは、求婚に来た、と。

これはマナー違反だろう。アイリーンはちらりとマーカスを振り返った。

貴族の結婚は、ひいては家の結婚である。気持ちを伝えるだけなら問題ないが、求婚となると話は変わる。まずは、家長である父に話を通すのが筋だ。

ダイニングに積まれている求婚の手紙も、アイリーン宛《あて》ではなくすべて父であるコンラード侯爵宛である。

できればすぐに父に来てほしいところだが、アイリーンが帰ってきたときに出迎えなかったということは、おそらくどこかに出かけているのだろう。大方国王に嫌味でも言いに行ったのではなかろうか。

そうすると、これを対処できるのは長兄であるジオフロントしかいない。

マーカスは心得たとばかりに頷いて、ダイニングにいるジオフロントを呼びに行った。

だがジオフロントが飛んでくるよりも早く、突然現れた来訪者が声を上げた。

「あら、ベルドール子爵、どうなさいましたの？」

声のする方を見ると、アイリーンの親友キャロラインが、扇で口元を隠しながら微笑《ほほえ》んでいた。

キャロラインは、波打つまぶしいほどの金髪の美人だ。サファイアブルーの瞳《ひとみ》はびっしりと長いまつ毛に覆われていて、なかなか目力の強い、ハッと人の目をひきつける派手な容姿をしている。

自他ともに認める美しいけれども派手なこの外見のせいで、キャロラインは男性にものすごくモテるが、同時に、自分にあまり自信のない男性は、キャロラインの持つ身分もあわさって、怖がって近寄ってこない。どうやらベルドール子爵は後者のようだった。キャロラインの姿を見た途端、彼の口元がぴくっと引きつったのにアイリーンは気がついた。

キャロラインは三大公爵家の令嬢らしく淑《しと》やかに歩いてくると、アイリーンをかばうように前に立った。

「聖女様にご用事かしら？　まさか求婚にいらしたとか。……なぁんて、ベルドール子爵ともあろう方が、そんな無作法な真似《まね》、なさるはずございませんわね」

ほほほ、とキャロラインは軽やかに笑う。

ベルドール子爵は途端に居心地が悪そうにそわそわしはじめ、「急用を思い出しましたので」と慌てたように退散した。

キャロラインは、ベルドール子爵の姿が見えなくなると、扇を閉じて鼻で笑った。

「ったく、ベルドール子爵の紋章の馬車が駐《と》まってたからまさかとは思ったけど、ほんっとおつむの弱い馬鹿《ばか》な男ね」

「助かったわキャロライン」

「あんたも、あんな小物に手間取ってんじゃないわよ。あんな小さい男わね、にこっと微笑んで嫌味の一つでも言えば退散すんだから。手玉に取って貢がせるなら単純で扱いやすいでしょうけどね」

さすが男を転がす才能にかけては、アイリーンの知る限り右に出る者のいないキャロライン様のセリフである。

キャロラインはアイリーンが抱えている薔薇の花束を奪い取ると、ぽいっと玄関に投げた。

「縁起が悪いから、さっさと捨てなさいよこんなもの」

「花に罪はないんだけど……」

「花に罪はなくてもあいつが触った時点で汚れてるでしょ」

なかなか辛辣《しんらつ》なことを言ったあとで、キャロラインは一転して満面の笑顔を作った。

「それで、あんた宛の貢ぎ物においしそうなお菓子が来てるはずよ。アイリーンの好きなものを聞かれてお菓子だって言っておいたから。持つべきものは聖女様々よねぇ。人気の菓子店に並ばなくてもお菓子が手に入るなんて、さいっこう！　で、どこにあるの？」

「………」

貢ぎ物の山の中に大量にお菓子があったが、それはキャロラインの仕業だったのか。

るんるんと鼻歌を歌いながらダイニングの方へと消えていくキャロラインを追いかけながら、アイリーンは大きなため息をついた。

☆

翌日、アイリーンは、コンラード家の領地へ向けて出立した。

出発前に求婚者の中に「すんごいイケメンで性格がよさそうな男性がいたら教えてね」って兄たちに告げると、残念な子を見るような目を向けられたが、アイリーンだって女の子である。

さっさとメイナードのことを忘れて、素敵な男性と恋がしたい！

ジオフロントは嘆息しながらわかったとは言ってくれたが、同時に「お前が思うほど、そううまくはいかないと思うがな」と意味深なことを言ってアイリーンを送り出した。

出発前に見送りに来たキャロラインによると、リーナ・ワーグナー伯爵令嬢はショックのあまり寝込んでしまったらしい。アイリーンは少しだけ可哀《かわい》そうに思ったが、メイナードから婚約を破棄されたあとにリーナに向けられた、嘲《あざけ》るような顔を覚えているから同情はしない。

別にいいじゃない。リーナにはメイナードがいるんだし。聖女じゃなくても次期王妃として幸せになれば。

聖女であるアイリーンが領地に向かうと言えば、王家から十何人もの護衛の騎士を送り込まれた。

聖女って、他国からも狙《ねら》われるらしい。

強力な癒《いや》しの力を持った聖女は、ランバース国では国の安寧だが、他国からすれば国に繁栄をもたらすと言われている。そのため、あわよくば――と考える他国の連中もいるわけで。

(強力な癒し手とか言われてもさー、わたし、かすり傷しか癒せないけど)

つくづく、アイリーンが聖女でよかったのだろうかと思う。

あのガラス玉――もとい、宝珠は聖女選びを間違えたのではなかろうか。

（というか、聖女っていったい何なのかしらね？　強力な癒し手としか言われてないけど、わたしよりリーナの方が癒しの力強いわけだし）

前聖女のサーニャを思い出しても、これと言って何か特別なことをしていた記憶はない。ただ聖女と呼ばれて、夫であった前王弟に愛されて生涯《しょうがい》に幕を閉じた。

聖女に選ばれたら、聖女がなんなのか誰も知らない新事実のようなものをこっそり教えてもらえるのかもしれないと踏んでいたが、それもない。

ただ、アイリーンの肩書に、「メイナードの元婚約者」の次に「聖女」が増えただけだ。

（ま、騎士様たちに大切そうに守られるのはちょっと気分いいけどねー！）

兄たちが聞いたら「俗物」とかなんとか言ってあきれられそうであるが、イケメンぞろいの騎士団の騎士たちにかしずかれるのは、ドキドキしてとてもいい気分だ。

「アイリーン様、近くの川で一休みいたしましょうか」

馬車が停《と》まり、扉を開けた騎士の一人が恭しくアイリーンの手を取りながら馬車を降りるのを手伝ってくれる。

たくさんの騎士たちの中でもひときわ目を引く長身の彼の名前はファーマン・アードラー。短めのブラウンの髪をした、さわやかなイケメン騎士である。キリリとした眉《まゆ》に精悍《せいかん》な顔立ち。前髪をかき上げるしぐさが、これまた麗しい。

「お嬢様、よだれが」

「あら」

一緒についてきてくれた侍女のセルマに指摘されて、アイリーンは慌てて手の甲で口元をぬぐった。

(だって仕方ないじゃーん！　ファーマンってばイケメンなんだもーん！　眼福なんだもーん！　ぁの長身で、ぁの筋肉質な太い腕で、壁ドンとかされてみたいんだもーん！)

セルマが可哀そうな子を見るように見つめてくるから、アイリーンはさすがに落ち込んだが、メイナードの婚約者でなくなった今、誰に目移りしたってアイリーンの勝手である。

ファーマンは本当に背が高くて——まあ、メイナードも高かったけど、あいつはもういい——、成人女性の平均身長よりほんの少しばかり低いアイリーンの頭は、彼の胸のあたりまでにしか届かない。

あの分厚い胸筋にぎゅうっとされてみたい。頭をよしよしされてみたい。そうすればきっと傷心も癒《い》えるはずである。

(ファーマンは二十八歳かぁ。十歳差……。年上の旦那《だんな》様にめちゃくちゃ甘やかされる人生って最高かも……)

うっとりと妄想に走りそうになったアイリーンの肩を、セルマがぽんぽんと叩く。

(わかってるわよ。もうよだれは垂らしませんとも！)

「あと一日でご領地です。もう少しの辛抱ですよ」

ファーマンに優しくされて、へろーんとアイリーンの顔の筋肉が緩む。

(ファーマン、いーかも……！)

失恋を癒すのは次の恋ですよ！　と言っていた家のメイドたちの言葉を思い出す。メイドたちと仲のいいアイリーンは、旅立つ前に彼女たちからいろいろな助言を受けていた。そのうちの一つに、新しい恋をせよというものがある。それがとっととメイナードを忘れるコツらしい。

（ファーマンいいなぁ。ファーマンがいいなぁ。聖女な奥さんほしくないですかー？　今ならお買い得ですよー！）

聞けば、ファーマンはアイリーンが領地にいる間、護衛としてそばにいるらしい。もちろんほかの騎士たちも同じなのだけど——、すっかりファーマンしか見えなくなったアイリーンの目には、これが運命のように感じられた。

（領地にいる間に愛とかはぐくんじゃったりして！　きゃあっ）

すっかり次の恋をする気満々のアイリーンの脳裏にちらっとメイナードの顔が現れたが、アイリーンはしっしと野良犬を追い払うように追い払って、るんるんと隣のセルマを振り返った。

「ね、どう思う、ファーマンのこと！」

「……お嬢様の思考回路は単純で結構なことですね」

セルマが額に手を当てて嘆息する。

さわさわと眼前に静かに流れる川の岸辺では、春の野花が風に揺れている。

その中に見つけた白い花に、ふと昔、メイナードにプロポーズされたときのことを思い出したアイリーンだったが、すぐに首を横に振ってその思い出を脳から追い出した。

アイリーンに花束をくれた優しかったメイナードは、きっともうどこにもいないのだ。

聖女がほしいと言ってアイリーンを捨てるような男なのだから。

アイリーン様、と遠くからファーマンに呼ばれてアイリーンは振り返る。

そろそろ出発らしい。

(見てなさいよメイナード、わたしだって素敵な人と素敵な結婚をして見せるんだから!)

さらばメイナード! 早く来い新しい恋!

アイリーンはメイナードの残像をぽいっと川の中に捨てて、にこにこと笑いながらファーマンのもとへと歩いていった。


——が。

アイリーンはすぐに、世の中はそれほど甘くはないと思い知らされる。

コンラード家のカントリーハウスに到着したアイリーンを待っていたのは、予想外の人物で。

「……なんでここにいるんですか。殿下」

アイリーンより先に到着して、コンラード家のサロンで優雅に紅茶を飲んでいたメイナードの顔を見た瞬間、アイリーンはあんぐりと口を開けてしまったのだった。

☆

驚くアイリーンをよそに、メイナードはにっこりと極上の笑みを浮かべた。

「やあ、アイリーン」

（やあ、じゃないわよ！）

聞けば、メイナードは馬を飛ばして来たらしい。確かに馬を飛ばせば、馬車でのんびり移動していたアイリーンたちより早く着くだろうが、どうしてそれほど急ぐ理由があったのだろう。

というか、どうして彼がここにいるのだ。

「リーナはどうしたんですか」

アイリーンはメイナードに白い目を向ける。

リーナは今、聖女に選ばれなかったショックで寝込んでしまっているそうだ。正式に婚約式をしていないとはいえ、婚約者として内定している彼女を放置して、メイナードはこんなところまで何の用事なのだろうか。

アイリーンの冷たい視線から、彼女の言いたいことがびしばしと伝わってきたらしいメイナードは、気まずそうに視線を逸《そ》らした。

（人ん家《ち》で、我が物顔で茶ぁしばいてんじゃないわよ）

メイナードはつい先日まで婚約者であったが、婚約を破棄した今、彼とアイリーンは『無関係』。

アイリーンの心を傷つけて塩まで塗り込んでくれた罪は重いのである。出ていってほしい。

けれどもメイナードは図太いと言うかなんと言うか——、気を取り直したように咳《せき》払いをして、アイリーンへ真剣な顔を向けた。

「アイリーン、話がある」

こっちには話なんてないわよ。

喉元《のど》まで出かかった言葉を何とか呑《の》み込んで、アイリーンはファーマンを振り向いた。

助けてーっと視線で助けを求めてみたけれど、ファーマンは騎士で、メイナードはほぼ次期国王も確定している第一王子。ファーマンもほかの騎士たちも一礼して、さっさとサロンから出ていってしまった。

セルマも、じろりとメイナードをひと睨《にら》みしたものの、やはりサロンから出ていってしまう。

結果、メイナードと二人っきりにされてしまったアイリーンは、渋々ソファに腰を下ろした。

「それで、お話とは？」

つーんとアイリーンが顎《あご》を反らせば、メイナードは少し驚いたように目を見張った。

それはそうだろう。子供のころと違い、ここ数年のアイリーンは、殿下に対していつも微笑んでいた優しい婚約者だったのだから。

（ふんっ、わたしを捨てた男に愛想を振りまけるほど、わたしは聖女じゃないのよ！　……聖女だけど）

だが、昔からちょっぴり思考回路の緩い——ちょっと自分に都合よく物事を解釈するくせのあるメイナードは、アイリーンの冷たい態度をこれまた都合のいいように解釈したらしい。

「アイリーン、私がリーナを選んでしまったから拗《す》ねているんだね！」

「…………」

何を言うんだこの馬鹿男は。

拗ねているのではなくて、捨てられて恨んでいるのである。拗ねてない。断じて！

メイナードは立ち上がってアイリーンの隣までやってくると、そっと手を握りしめてきた。

「すまなかった。私は大切なことがわかっていなかったようだ」

「……大切なこと？」

一応聞いてやろうと、アイリーンが顔を上げれば、メイナードは満面の笑みで頷く。

「そうだ。私は聖女にこだわりすぎるあまりに、見落としていたんだ。この――、気持ちに」

「……気持ち？」

何を言っているのだろうこの男は。

アイリーンは訝《いぶか》しがるような視線を向けた。

聖女にこだわりすぎるあまりに見落としていた気持ち？　なんだそれ。

メイナードはアイリーンの手の甲にキスを落として、言った。

「そう、アイリーン、君を愛しているこの気持ちだ」

よくもまあ、しゃあしゃあと言えたものだ。

アイリーンの中で、最後の最後に残っていた小さな恋の欠片《かけら》のようなものが、バリンバリンに――

そう、木っ端みじんに砕け散る。

（……なんでわたし、こいつが好きだったのかしらね）

怒りを通り越して、心の中に吹雪《ふぶき》が吹き荒れる。

「殿下――、馬鹿ですか？」

アイリーンはうっかり、心の声を口に出てしまった。


馬鹿だよね？

馬鹿ですとも。

馬鹿に違いない！


アイリーンの中で「馬鹿」の二文字が踊る。

これを馬鹿と呼ばずして何を馬鹿と呼べばいいのか。

メイナードは真面目《まじめ》な顔で、何を言っているのだろうか。

聖女にこだわるあまりに見落としていたとかなんとか言っていたが、明らかにアイリーンが聖女に選ばれたからここに来たに違いない。

さもアイリーン個人を愛しているように言ってくれるが、そんな見え透いた嘘を誰が信じるだろう。

アイリーンはぺいっとメイナードの手の中から自分の手を取り返した。

「殿下、おっしゃっている意味がわかりません」

まったくもって理解できない。

アイリーンが冷ややかに告げると、メイナードは傷ついた顔をして顔を覗《のぞ》き込んできた。

「アイリーン、怒っているのか……？」

怒っていないと本気でメイナードが思っているのならば、この男の頭の中には花畑が広がっていることだろう。すぐに王位継承権を返上してほかの人に譲った方がいい。

アイリーンは怒りのあまりに髪が逆立ちそうになりながら、ずんずんとサロンの扉まで歩いていき、それを開けて、返事の代わりにこう言った。

「どうぞお帰りください、『元』婚約者様！」

元という部分を強調してアイリーンが言えば、メイナードは愕然《がくぜん》と目を見開いた。


絶賛やさぐれ中である。

それはもう、目の前のクッションを破って中の羽毛をぶちまけたいほどに。

メイナードがコンラード家からすごすごと出ていったあと、怒りや悲しみや苛立《いらだ》ちがないまぜになって、どうしていいのかわからなくなったアイリーンは、子供のように泣き出してしまった。

わんわんと泣きじゃくるアイリーンに、セルマはおろおろして、ファーマンが子供にするように、でも恐るおそるという様子で頭を撫《な》でてきたので、勢い余って抱きついた。

ファーマンのがっちりとした体は、アイリーンが必死に腕を伸ばしても、右手と左手がギリギリ届くかどうかというほど。その大きな体に必死になって縋《すが》りついて号泣すると、ファーマンがぽんぽんと背中を叩いてくれる。

「もうやだぁー！　あの王子、やだぁ！」

嫌いだ嫌いだと泣き叫べば、ファーマンがおずおずと抱きしめ返してくれる。

ファーマンがそっと目配せすると、セルマは心得たように頷いてサロンから出ていった。落ち着くまで好きなだけ泣かせてあげた方がいいと判断したのだ。

ファーマンはアイリーンを抱きしめたままソファに座り直し、しばらく何も言わずにその体勢のままそばにいてくれた。

泣き続けていると、だんだんと自分でも何でそんなに泣きたいのかわからなくなってきて、自然と涙が止まっていく。

メイナードに婚約を破棄されたときよりも、手のひらを返したように言われた先ほどのセリフの方が傷ついた。

愛だのなんだの言うくらいなら、はっきりと「君が聖女だったから」と言われた方がまだましだった気がする。

その方が、ああ、王家の都合で婚約を破棄されたんだな。王家の都合でまた戻ってきたんだなと、どこか割り切れた気がするから。

メイナードは実はアイリーンのことが好きで、でも仕方なくリーナと婚約し直すことになったのだと、心の中ではちょっぴり都合よく考えていた。

それなのに、今更とってつけたかのように好きだと気がついたとかなんとか言われたら、まるでそれまでアイリーンのことを何とも思っていなかったかのようだ。

結局、十八年も一緒にいたのに、好きだと思っていたのはアイリーンだけだったのである。

こんな屈辱、あるだろうか？

ひどすぎる。

「ご、ごめんね、子供みたいに泣いて……」

しがみついていたファーマンから手を放し、けれども泣き顔が恥ずかしくて顔を上げられずにいるアイリーンの頭のてっぺんに、くすりと小さく笑う彼の吐息が落ちる。

子供だと、思われたのだろうか。

アイリーンは確かにファーマンより十歳も年下であるが、先月誕生日を迎えたからもう十八歳。とっくに社交界デビューもしていて、ランバース国では大人《おとな》の扱いを受けている身だ。

（うー、恥ずかしいよぅ）

もう何年も人前で泣いていなかったのに、まさかファーマンの前で、それも彼に縋りついて泣いてしまうとは。

穴があったら入りたいとはこのことだ。

おずおずと顔を上げれば、彼の髪の色と同じブラウンの瞳《ひとみ》が優しく見下ろしていた。

心が弱っていることもあってか、ドキリと心臓が大きく波打つ。

ファーマンが手を伸ばして、アイリーンの目尻《めじり》の涙をぬぐう。

「私なら、こんな風に泣かせませんけどね」

「……え？」

「私があなたの恋人であれば、こんな風に泣かしたりしないと、そう言いました」

「え……っと」

言葉の意味を理解するとともに、アイリーンの目が徐々に見開かれる。

それは、つまり――

「私にしませんか？」

「ファー……マン……？」

「私では、嫌ですか？」

まるで畳みかけるように言葉を重ねられて、アイリーンは反射的に首を横に振った。

よかった、とホッとするように微笑まれるから、また心臓が大きく波打つ。

（あれ、えっと……、これって……）

アイリーンは今まで読んできた恋愛小説の内容を必死に思い出した。メイドたちから借りては読んでいた、庶民の間で流行しているらしい恋愛小説の数々である。

アイリーンは生まれたときからメイナードの婚約者であったため、恋愛偏差値は限りなくゼロに近い。いったい今何が起こっているのか、それを理解するには本の知識が必要だ。

（私にしないかとファーマンは言ったのよね。つまりこれは、ファーマンがメイナードの代わりになるってことよね？　ということは？）

リーンゴーン、とアイリーンの頭の中で鐘が鳴り響いた。

つまりあれだ、ファーマンはアイリーンの恋人になると、そう言っているのである。

――お嬢様、前の男を忘れるには次の恋ですよ！

メイドたちが拳《こぶし》を握りしめて力説していたのを思い出す。

アイリーンの全身の血がまるで沸騰《ふっとう》しているかのように熱くなった。

(うわ、うわうわうわうわっ！　もしかしなくてもわたし今告白された!?)

アイリーンは両手で頬《ほお》を押さえてうつむいた。

告白された！　人生ではじめて告白された！　……ちなみに、八年前のメイナードのおままごとのような求婚は除外する。

アイリーンが真っ赤な顔を上げれば、ファーマンが微笑む。

「その顔は、受け入れてくださると、そういうことでよろしいですか？」

(よろしいです！)

食い気味に叫びそうになって、アイリーンは慌てて口を押さえた。待て待て自分、興奮しすぎである。少し落ち着こう。

口を押さえたまま、アイリーンがこくこくと何度も頷くと、ファーマンがくすりと笑う声がして、ゆっくりと顔を近づけてきた。

何だろうと思っている間に、ちゅっと目尻に小さなキスが落ちて、アイリーンはぴしっと固まった。

(今――)

瞠目《どうもく》するアイリーンに、息もかかるほどに近い距離にいるファーマンがささやくように告げる。

「これから、よろしくお願いしますね、アイリーン様」

(ふわあああああっ)

アイリーンは心の中で大絶叫した。

甘い！　甘すぎる！　なんだこれ！

頭の端にひょこっと飛び出してきたメイナードの頭を、もぐらたたきの要領でぶん殴ったアイリーンは、もぐらたたきのハンマーを握りしめたまま踊り出す。

(ざまあみなさいメイナード！)

今度の聖女は王家のものにはなりませんからね、あしからず！

アイリーンは新しく手に入れた凛々《りり》しい恋人を見上げて、メイドたちの助言は正しかったとうっとりした。

二章　新しい恋人

人生薔薇《ばら》色。

この言葉は、今のアイリーンのためにあるに違いない。

メイナードに婚約破棄をされて転がり落ちていくかに見えたアイリーンの人生は、聖女選定ののち、ファーマンという素敵な騎士の愛の（くどいようだがくり返す。「愛の!!」）告白で一発逆転を迎えた。

ざまあ〜、メイナード！

ざまあ〜、リーナ！

わたしは今、幸せです！

朝起きて頬《ほお》をつねったアイリーンは、その痛みに狂喜乱舞《きょうきらんぶ》しそうになった。

（夢じゃない！）

ベッドを下りて実際に踊り出しそうになったところへ、侍女のセルマが起こしにやってきたので諦《あきら》めたけれど。セルマが来るのがもう少し遅ければ、くるくると部屋中を踊り回っていたに違いない。

「おはようございます、お嬢様。ご気分はいかがですか？」

ご気分？

（絶好調です！）

アイリーンがアメシスト色の瞳《め》をにこにこさせていると、事情を知らないセルマは、まるで奇妙なものを見るような目つきを向けてきた。

「……お嬢様、昨夜からおかしいですが、変なものを食べました？　雨が上がったあとに庭に生えてくるキノコは食べてはいけませんとあれほど申したはずですが……」

失敬な！

（落ちているものや庭に生えているものを拾ったり取ったりして食べてはいけませんというのは、子供のころにきちんと学習したわよ！）

だが、アイリーンがご機嫌な理由をセルマに教えるわけにもいかない。

ファーマンと晴れて恋人同士になったアイリーンであるが、当然、まだ家族の耳には入っていない。セルマにこのことが知られれば、もれなく父である侯爵の耳に入る。騒ぎ出すのは目に見えているから、もう少し黙っておきたい。

アイリーンは着替えて、蜂蜜《はちみつ》色の少し癖のある髪をセルマに丁寧にまとめてもらった。そうして「廊下でスキップしてはいけません！」というセルマに怒られながら一階のダイニングへ向かう。

（今日のご飯はなにかしら～！　ファーマンも一緒にご飯を食べてくれるかしら～！　ふわふわのオムレツがあったら嬉《うれ》しいなぁ～）

るんるんと鼻歌を歌いながらメインダイニングの扉を開いたアイリーンは、その瞬間、ぴしりと凍りついた。

メインダイニングの縦に長いテーブルの上座で、まるで宮廷楽師の奏でるヴァイオリンの幻聴すら聞こえてきそうなほど優雅に、我が物顔で茶をしばいていたのは。

「……だからなんでそこにいるんですか、殿下……」

昨日追い払った、元婚約者様だった。


「やあアイリーン、おはよう。いい朝だね」

(何がいい朝だね、よ)

キラキラ笑顔で清々《すがすが》しく言われても、アイリーンは騙《だま》されない。

艶《つや》やかな黒髪に、濃紺色の瞳《ひとみ》。

王家は無駄にイケメンぞろいだけれど、特にメイナードの顔立ちは整っている。切れ長の目やすっと通った鼻筋は、絵にかいたように寸分の狂いもなく顔に収まり、きりりとした中に甘さの残る、女子供に「きゃー!」と騒がれるタイプの顔立ちだ。

剣術や馬術をたしなむから、すらりと高い肢体は引き締まっているし、男のくせに肌もつるつる。

王妃様に似たのか、優しそうな双眸《そうぼう》で見つめられて、ぽーっと魂を飛ばしてしまった女性を何人も知っている。婚約していたときはあちこちの夜会に一緒に出席していたから、この「歩く天然たらし魔」の色気にやられてぶっ倒れそうになった女性を何度目撃したことか。

その、黙っていればとんでもないイケメンだけれど中身は実はとんでもなく残念だったと昨日判明したアイリーンの元婚約者メイナードが、どうしてここにいるのだろうか？

(昨日追い返したから、あのまますごすご王都に帰ったと思ったのに、なんでまだいるのよ)

アイリーンは半歩後ろに控えているセルマを振り返った。

セルマはアイリーンと視線が絡むと、ついと明後日の方を向く。

(セルマー！　知っていたわねー！)

どうやらセルマは、メイナードが来ていたことを知っていたらしい。事前に教えたら意地でも部屋から出ないと踏んで、黙っていたに違いない。

アイリーンはメイナードから一番遠い席に腰を下ろした。

するとメイナードは傷ついたような顔をして席を立ち上がると、あろうことかアイリーンの隣の席に移動してくる。

「アイリーン、私たちは少し話し合うべきだと思う」

(なんでよ)

話し合うことなんてこれっぽっちもありやしません！

ふんっ、とアイリーンが顔をそむけると、メイナードは顔を覗《のぞ》き込んでくる。

「アイリーン、君は勘違いをしているかもしれないけど、聖女を王家に迎えるために、私は泣くなく君と婚約破棄をしたんだよ？」

（んなわけないでしょ！　白々しい！）

どんな厚顔王子だと睨《にら》みつけるが、なまじ付き合いが長いせいか、ちょっと睨んだくらいでは彼には通用しない。

「でも聖女は君だった。だから私たちは誰にも引き裂かれることはないんだ」

（……誰《だれ》が誰と誰を引き裂いた？）

ムカムカしてきたアイリーンは、部屋の壁際に控えているセルマを振り返った。

（なんでこいつを追い返さなかったのよセルマー！）

セルマもメイナードにはいい感情を持っていない。

セルマの表情からそれはありありと伝わってくるのだが。やはり王位継承権第一位の王子を追い返すのは至難の業である。メイナードは比較的温和な性格なので、多少の失礼に怒り狂って「不敬罪！」などと言い出すようなことはないが、さすがに帰れとは言いづらい。

視線が絡むと、セルマは申し訳なさそうにうつむいた。

「アイリーン、聖女は王家に嫁ぐべきだ。もう何代もそうだったからね。それに、聖女は他国からも狙《ねら》われるから、王家にいるのが一番安全なんだよ。しっかり警護もできるからね」

諭《さと》すように言われて、アイリーンは、はーっと大きく息を吐きだした。

「殿下、リーナはどうなりました？」

メイナードはすでにリーナと婚約している。婚約式はしていないけれど、内定しているのだから彼女はメイナードの婚約者だ。アイリーンを追いかけてくる暇があれば、ショックを受けて寝込んでいる婚約者のそばにいてあげるべきではないのか。

リーナの名前を出せば、メイナードはさすがに気まずそうになった。

(ほらね。どうせ何も考えずにここに来たんでしょ?)

昔からメイナードは、何か一つのものに夢中になると、後先考えずに行動する癖がある。

次期国王になるのだから、その癖は矯正《きょうせい》すべきだ。

メイナードには相変わらず腹を立てているアイリーンだが、十八年も一緒にいたのだから、そこにはもちろん情もある。なにかがあってもアイリーンはもうメイナードを補佐できる立場にいない。しっかりしてくれないとアイリーンも心配だし、何より困るのは国民だ。

「り、リーナのことは……、関係ない。私は君と私のことについて話し合いたいんだ」

(関係あるに決まってるでしょ!)

アイリーンは頭を抱えそうになった。

婚約者がありながら元婚約者を口説きに来たという、目も当てられない状況に、どうして彼は気がつかないのだろうか。

(あーもう、この鳥頭に道理を説くにはどうしたらいいのかしら!)

メイナードは、頭はいいはずなのである。仕事も早いし、こう言っては何だが、メイナードの父である現国王よりもメイナードの方が頼りになる。しかし、どうしてか、頭のネジがたまに緩む。それは大抵、アイリーンが絡んだときのことであるが、アイリーンはそこまでは気がついていない。ただ、よくわからないけどたまにおかしくなる、と思っている。

こんなのが十八年間も婚約者だったのかとアイリーンが泣きたくなったとき、メインダイニングにファーマンがやってきて、メイナードを見て、固まった。

メインダイニングの扉の前で、部屋の中の状況に戸惑っているのか、ファーマンはアイリーンとメイナードを交互に見て、それから理由を求めるようにセルマに視線を向けた。

「アイリーン」

アイリーンがうっとりとした視線をファーマンに向けると、それが気に入らなかったのだろう。腕を伸ばしたメイナードが両手でアイリーンの頬をむにっと挟み無理やり自分の方へ向かせてしまった。

ぐきっ。

メイナードが無理やり引っ張ったから、アイリーンの首が鈍い音を立てる。

(ちょっと！　痛いじゃないのよ！)

アイリーンがじろりと睨んだが、メイナードは真剣な表情で、

「アイリーン、とにかくゆっくり話し合おう。結論が出るまで、ゆっくりとね」

やけに「ゆっくり」を強調して言う。

結論なんてすでに出てるっての！

メイナードの言う結論は、「自分に都合のいい結論」である。そんなものは、アイリーンがおばあ

ちゃんになったところで出てくるはずはない。

「殿下はリーナと一緒に幸せになったらいいじゃないですか！　わたしはわたしで、『別の』素敵な方と幸せになりますから！」

別のというところに力を込めて言ってやると、メイナードがまるで捨てられた子犬のような目をした。

「どうしてそんなひどいことを言うんだ？」

ちょっとみなさんー！

この人、今、自分のことを丸っと棚に上げましたよ！

むっとしたアイリーンは、メイナードの手の甲をぎゅうっとつねってやった。

「殿下。いいですか？　で・ん・か・が！　婚約破棄をしたいとおっしゃられたんです。そうでしょう？　なのに『今の』婚約者とお幸せにって言ったわたしのどこがひどいんでしょーか？」

「誤解だよ」

「どんな誤解だ!!」

とうとうアイリーンは最後の淑女の仮面をかなぐり捨てた。

もともとメイナード相手に、他人に接するように分厚い外面《そとづら》をかぶったりはしないが、それでも相手は王子だとこれでも――ほんの少しは――気を使っていたのである。

だが、もう限界だ。この馬鹿《ばか》王子！

ぎゅうっと手の甲をつねる力を強くすると、メイナードは顔をしかめて、ようやくアイリーンの顔から手を放した。

「殿下、わたしと殿下は十八年間婚約関係にありましたが――」

「そう！　わかってくれた？」

おいこら口を挟むな！

アイリーンがキッと睨みつけると、メイナードはシュンとして口を閉ざした。

アイリーンはコホンと咳《せき》払いを一つすると、メイナードに指を突きつける。

「婚約を解消した今、わたしとあなたは無関係！　恋人でもなければ友人でも親戚《しんせき》――は、ずっとたどれば多少の血のつながりはありますけど、とにかく！　殿下にわたしの幸せを邪魔する権利は、これっぽっちもございません！　わたしは『殿下以外』の殿方と幸せになりたいんです！　勝手に過去の自分の所業を婉曲《えんきょく》させて都合のいいこと言ってるんじゃないわよ！」

今度はメイナードが口を挟む暇もないほど、勢いよくまくし立ててやる。

あー、すっきりした！

言いたいことを言えたアイリーンは満足して、しっしと野良犬を追い払うように手を振った。

「わかったらさっさとお帰りください。わたしはこれから朝ごはん――」

「アイリーン！」

「……ちょっと」

メイナードが突然アイリーンの手をぎゅうっと握りしめてきた。

はーなーしーてー！

アイリーンは手を振り回してメイナードの手を引き離そうとするが、がっしりと両手で握りしめられて、まるでタコの吸盤のようにくっついて離れない。

さらに、メイナードは心なしか、何かに感動したように目をうるうるさせている。

とうとう頭がおかしくなったのだろうか。

さすがに心配になって、メイナードの潤んだ目を覗き込めば、今度は抱きつかんばかりの勢いでこう言われた。

「アイリーン！　私が悪かった！　君がそんなに傷ついていたなんて知らなかったんだ。そんなに私のことが好きだったんだね！　もう大丈夫、今度は絶対にこの手を放さな――ぶっ！」

アイリーンは握りしめられていない方の手で、力いっぱいメイナードの顔を押しのけた。

「どこをどう聞いたらそんな結論に至るんですか！」

傷ついていたかと言われればそりゃあ傷ついていましたよ！

だがアイリーンが言いたいのは、メイナードにどれだけ傷つけられたかということではなく、メイナードとアイリーンはもう無関係だと言いたいのである。

（こいつの頭、異次元にでもつながってるんじゃないでしょうね？　ネジが緩むとかの問題じゃないわ。間違いなく数本ぶっ飛んでるわよ。この国は終わったわね……）

アイリーンは怒りと疲労でおかしくなりそうだった。

ファーマンを振り返ると、あっけにとられたような顔をしている。それはそうだ。関係ない人間からすればある意味漫才である。もう嫌だ。

（ファーマン、助けてぇ……）

ファーマンが騎士団の中でどれほどの地位なのかは全然知らないけれど――貴族名鑑しか頭に入っていないから爵位を持った騎士しかよくわからない――、一介の騎士が王子に逆らえるはずもない。

アイリーン自身、聖女になりたてで、聖女がどれほどの権力を持っているのかもわからないから、ファーマンに向かって「何してもオッケー！　全部わたしが責任を持つわ！」なんて無責任なことも言えないし。

（はあ、このアホは自力で追い返すしかないのかー。ほんっとわたしの恋心返してほしい。なんなのかしら、こいつ）

一日がはじまったばかりだというのに、すでに一日の体力を根こそぎ持っていかれた気分である。

（メイナードってこんなに馬鹿だったかしら？　少なくとも今までは意思の疎通はできていたはずなんだけど、この短い間に熱病にでもかかって脳の半分くらい死んだんじゃないでしょうね）

前聖女であるサーニャが他界してから、まるでメイナードが知らない誰かになってしまったかのようだ。

「殿下、もういい加減に……」

メイナードはどうしてそんなに聖女にこだわっているのだろう。そうとしか考えられない。

聖女は確かに大切なのだろうけど、一度捨てた女に必死に縋《すが》りつくなんて、矜持をかなぐり捨てているとしか思えない。

たまに頭のネジは緩むが穏やかな性格のメイナードは、山のようにプライド高い偏屈な男ではなかったけれど、さすがにここまでなりふりかまわない人でもなかったはずである。

（聖女って言うけどねぇ、聖女に選ばれてから今まで、わたし、何一つ変わってないのよ？）

癒《いや》しの力が強くなったわけでも、無敵な力を手に入れたわけでも、もちろんない。メイナードが知る、アイリーン・コンラードそのままなのである。

ただ、「聖女」という肩書が一つ増えただけだ。例えば結婚して名前に夫の姓がくっつくのと同じである。

正直、聖女が何なのかわからないけれど、「国に存在しさえすればいい」というだけのたいした力のないまるでお人形のような女に、そこまで縋りつく理由がどこにあるというの。

他界した前聖女も、前王弟殿下の奥方として社交の場に顔を出すくらいで、聖女として特別な仕事をしていたようには見えなかった。むしろ極力表に出さないように、城の奥深くに隠されるようにして生活していた方だったと認識している。それは他国に攫《さら》われないようにする措置だろうと推測するが、それは「聖女」という名前のついたお人形以外のなんだと言うのだ。存在意義はどこにあるのだろう。

つまりアイリーンも、もしもメイナードと結婚したら――絶対にしないけど！　――、同じように城の奥でお人形生活を送ることになるのだろう。

（そこまでしても手に入れたい聖女って、いったい何なのかしらね）

聖女に選ばれても、誰も何も教えてくれなかった。聖女とはいったいなんなのか。知らないけれど、選ばれてしまった瞬間に、これまで当然のように与えられていた自由は、当然ではなくなったのかもしれないと今更ながらに気がついて、少しだけ肩が重くなる。

「アイリーン、君のためなんだ」

メイナードは手を握りしめたままそんなことを言う。

(わたしのため？)

わたしのためだと言うのならば、この手を放して帰ってほしい。

もう——、わたしはあなたのものではないのだから。

アイリーンが大きく息を吐きだしたときだった。

「恐れながら殿下——」

扉のところで固まっていたはずのファーマンがいつのまにかアイリーンのそばにいて、守るように彼女の肩に手を回した。

「殿下にアイリーン様は差し上げられません」

予想外にもきっぱりと言い切ったファーマンに、アイリーンの方が目を丸くしてしまった。

☆

アイリーンが驚いたのと同様に、メイナードもびっくりした様子だった。

まさか一介の騎士が会話に割り込んでくるとは思わなかったのだろう。

メイナードはたまに残念な王子だけれど、人に対しては威圧的な態度を取るような人じゃない。そのせいか友人も多く、第二騎士団の副隊長でもある、ジェネール公爵令息――キャロラインの兄である――バーランドや、アイリーンの兄であるオルフェウスとは冗談を言い合うような間柄で、ほかにも同様の友人は多くいるのだが、さすがにそれは貴族――それも、そこそこ身分のある家柄の人たちに限られる。

メイナードはたぶん気にしないだろうが、相手の方が恐縮してしまうからだろう。

だから、騎士の――それも、貴族でないファーマンから射貫《いぬ》くように見つめられて、驚くのも無理はない。

ファーマンがいずれ騎士としての実績を積んで爵位を賜《たまわ》れば別だろうが、今の彼は貴族ではない。騎士という身分だが、平民である。

アイリーンのコンラード家は、祖父が前王の宰相を務め、現当主である彼女の父も国の重鎮という立場であるが、家長の人柄か、身分にこだわらない人付き合いをする。

身分の貴賤《きせん》問わず、素晴らしい人物はたくさんいるのだというのがコンラード侯爵の持論である。

そのせいか、アイリーン自身も身分問わず人付き合いをしてきたけれど、メイナードはたとえ彼が気にしないとはいえそうはいかない。おそらく生まれて二十二年間、平民から威圧的な視線を向けられたことはないはずだ。戸惑っているのがありありと伝わってくる。

「君は……？」

メイナードはちらちらとアイリーンの肩を抱くファーマンの手を気にしつつ訊《たず》ねた。

ここで「その手を放せ！」と言えないのがメイナードである。こういうところが気が弱い。変なところでぐいぐい来るのに、妙なところでたじろぐのである。

ファーマンはアイリーンの肩から手を放して、胸に手を当てて騎士の礼を取る。

「ファーマン・アードラーと申します」

「アードラー……？　どこの所属だ？」

「それは……」

ファーマンは言い淀《よど》んだが、小さく息を吐きだすと、諦めたように告げた。

「第一聖騎士団です」

「聖騎士団!?」

メイナードが驚いたけれど、アイリーンだって驚愕《きょうがく》した。

城には第七部隊までの騎士団があるが、それとは別に、教会には聖騎士団と呼ばれる三つの部隊からなる騎士団がある。

教皇や枢機卿の護衛が主で、あまり表立って活動することがないため、王子であるメイナードもほとんど関わることがない。

「ファーマン、聖騎士団だったの……」

聖女の護衛の中に、聖騎士が入り込んでいたのは知らなかった。

「黙っていてすみません。内緒にしていたつもりはないのですが、……聞かれなかったもので」

それはそうだ。国が派遣した護衛の中に聖騎士が混じっているとは誰も思わない。教会の人間以外の警護をするなんてあり得ないからである。

（そっか、わたしが聖女だから……）

だが、聖女に選ばれたからと言って、アイリーンは教会に籍を置くつもりはない。

「聖騎士団……。アードラー、今回、アイリーンの護衛についた騎士の中に、何人の聖騎士がいる？」

メイナードが少し険しい表情になる。

聖騎士の扱いは難しいのである。聖騎士は教会に所属しているから、王家の命令を受けるわけではない。教会は王家に忠誠を誓っているけれど、その扱いはとてもデリケートなものだ。

二百年以上も前になるが、教会が王家に反発してクーデターを起こしたことがあった。気に入らなければいつでも噛《か》みつくと言わんばかりの教会は、決して王家の忠実な飼い犬ではない。

「私一人です」

ファーマンの答えにアイリーンは妙な納得を覚えた。

領地に向かう道中にしても、邸《やしき》の中にしても、ファーマンはほかの騎士たちとつるんで行動をしていない。一匹狼《おおかみ》のような感じがして格好いいなと単純に思っていたけれど、なるほど、理由を聞いて理解できた。騎士と聖騎士は、まあ、一緒に行動しにくいだろう。

「そうか。それで、どうして君はアイリーンの護衛を？」

「猊下《げいか》がお命じになられたので」

「それを陛下は？」

「ご存じのはずですが」

「……聞いてないぞくそ親父」

　メイナードがぼそりと毒づいた。

メイナードはすっかり不貞腐れて、じっとりとファーマンを睨んだ。

「それで、私にアイリーンが渡せないとかなんとか言っていたな。アイリーンは私の婚約者だぞ」

「元ね」

「も、元婚約者だ。それをわかって言っているのか？」

（いや、メイナード。わかっているもなにも、『元』婚約者のあんたに、口出しする権利はどこにもないんだけど……）

　ファーマンはもう一度アイリーンの肩に手を回して、大きく頷《うなず》いた。

「存じ上げております。この度は、ワーグナー伯爵令嬢とのご婚約、おめでとうございます」

（おおっと、なかなか言いますねファーマン）

　メイナードはうぐっと言葉に詰まり、そわそわと視線を彷徨《さまよ》わせている。

「い、今は私の婚約の話をしているわけでは――」

「それは失礼いたしました」

　ファーマンが恭しく腰を折ると、メイナードはむっと眉《まゆ》を上げた。

「それで、君はアイリーンの何なんだ！　さっきから護衛騎士のくせに馴《な》れ馴《な》れしいぞ！」

　アイリーンは私のものだと言わんばかりの噛みつきように、頭が痛くなってくる。

　さっきも言った通り、メイナードは『元』婚約者。すでに無関係になった昔の男だ。誰がアイリーンの肩を抱こうと「馴れ馴れしい」と言う権利は彼にはない。

ファーマンはちらりとアイリーンに視線を向けて、にっこりと微笑《ほほえ》んだ。

「恐れながら、私とアイリーン様は恋人関係にございますので。口を出す権利はあるかと」

（あ、言っちゃった）

アイリーンはそーっとセルマを振り返った。

セルマは目玉が飛び出さんばかりに目を見開いてしまっている。あの様子では、あとで間違いなくお説教だ。

（うぅ、嬉しいけど、まだ秘密にしておいてほしかった……）

こんなことなら朝の時点でセルマに伝えておけばよかったと思うが後悔先に立たず。

がたんと音を立てて席を立ったメイナードが、あわあわしながらアイリーンに指を突きつけた。

「恋人関係!?」

「アイリーンが、その男と恋人関係!?」

どうでもいいけどメイナード。人を指さしたらダメなのよ。わたしもたまにやってセルマに怒られるもの――、とアイリーンが明後日なことを考えている間に、メイナードの顔が見るみるうちに青ざめていった。

「どういうことだ！　君は私の婚約者――」

「だーかーらー、元でしょ？　殿下とわたしの関係は終わったんですから、別に新しい恋人ができたって問題ないじゃないですか」

「問題大ありだ！　私は認めないぞ！」

「殿下は別にわたしの家族じゃないですし、認めてもらわなくても父が認めれば何も支障はないんですが……」

まだコンラード侯爵には話していないため、アイリーンは心なしか小声で言い返した。

もしかしたら「聖騎士」という部分が引っかかるかもしれない。だが、あの父の場合、娘に激甘なので、泣き落とせば何とかなりそうだ。メイナードとの婚約を解消した一件で、これ以上娘が傷つくようなことはしないはずである。

(手ごわいのはむしろお母様かしらねー)

領地に向かう前のこと。メイドたちと一緒になって、次の恋の話をしていたところへふらりとやってきたコンラード侯爵夫人は、拳《こぶし》を握りしめてこう力説した。曰《いわ》く。

――男で女の一生は決まるの！　変な男を掴《つか》めば一生後悔するのよ！　いいこと、殿下のことは残念だったけれど、次に選ぶ男はお金持ちで性格がよくて扱いやすそうな男を選びなさい！

……あのときは何も思わなかったが、母もなかなかすごいセリフを吐いたものだ。

ちなみに「金持ちで性格がよくて扱いやすい男」に父は見事に当てはまる。いつも母の手の上でコロコロコロコロ転がされているのだ。

「アイリーン……」

メイナードが捨てられた子犬のような目で見つめてくる。

だが、そんな目を向けてもダメなものはダメなのである。アイリーンは素敵な騎士のファーマンと幸せになりたいのだ。もう王子様はこりごりである。

「殿下、そういうことなので、わたしはファーマンと幸せになります」

「……認めないぞ」

(別にメイナードに認められなくたっていいもーん)

アイリーンがつーんとそっぽを向くと、メイナードは大きく息を吐きだして、やがて、しょんぼりと肩を落としてすごすごと邸から出ていった。

三章　元婚約者は諦めない

「……うざいんだけど」

第二騎士団の副隊長であり、ジェネール公爵の次男であるバーランド・ジェネールは、読んでいた本から顔を上げると、ひどく落ち込んで今にも灰になりそうな友人に容赦ない一言を浴びせかけた。

バーランドは、妹のキャロラインと同じまばゆい金髪の背の高い男だ。騎士団の副隊長を務めているだけあって全体的に筋肉質でがっしりした印象を与えるが、三大公爵家の生まれだけあって、往々にして軍人にありがちな荒々しさというものは感じない。

第二騎士団の副隊長でありながら、基本的にはメイナードの側近として彼の身辺警護を担っているため、常に剣を携帯しているが、使い古されたそれは、今はテーブルの上に無造作に投げてある。本を読むのに邪魔だったからだ。

バーランドがエメラルド色の瞳《ひとみ》を冷ややかに細めて、肩よりも少し長い髪をかき上げながら友人を見やれば、落ち込んでいる友人ことランバース国第一王子メイナードは、突っ伏していたテーブルから顔を上げた。

「ひどいぞバーランド！　ここは慰めるべきじゃないのか！」

メイナードは昨日に引き続き先ほども元婚約者であるアイリーン・コンラード侯爵令嬢の気を引くためにいそいそと会いに行ってきて、あえなく撃沈して戻ってきた。ま、当然である。理由？　馬鹿《ばか》だからだ。

メイナードは現在、コンラード侯爵の領地内にある王家の別荘に滞在している。

アイリーンが生まれたときから婚約関係にあったメイナードは、アイリーンが領地ですごすオフシーズンにも一緒にいたいからという理由でこの別荘を建てさせた。昔から、何をするにもアイリーンと常に一緒だったのである。

少なくとも、バーランドの目には、このアホ王子がアイリーンとの婚約を解消するまでは、二人は仲睦《むつ》まじい恋人同士――には見えなかったが、親友同士のように仲がよさそうに映っていた。

「慰めるわけないだろう。そもそも何もかもが間違っているんだ。それにオルフェもまだカンカンに怒っているからな。僕もあきれる」

バーランドが冷ややかに返せば、メイナードはまたテーブルに突っ伏してしまった。

オルフェことオルフェウスは、アイリーンの次兄だ。オルフェウスとバーランド、そしてここでいじけまくっているメイナードは三人ともに今年二十二歳。同じ年齢ということもあり、昔から何かと一緒につるんで遊んでいた。しかしオルフェウスは今回の婚約破棄騒動ですっかり腹を立てて、メイナードに絶交を言い渡したのである。

メイナードの言い訳も弁解も一切受け付けず「顔を見たら間違いなくぶん殴るから近寄るな！」と告げたオルフェウスの気持ちもわかる。バーランドも、もしも妹のキャロラインが同じ扱いを受けたならば、容赦なく相手の男を殴り飛ばしていただろう。実際に手を出さなかったオルフェウスは相当我慢したのではなかろうか。

「……だって、本当のことなんて言えないじゃないか」

「言えばいいじゃないか。変なところで意地を張りやがって」

バーランドは嘆息した。

今回の件について、バーランドは内情を知っている。

メイナードがアイリーンとの婚約を解消したくなかったのも、最後までごねていたのも知っている。けれどもこの不器用な男は、最後はすべて自分が罪をかぶることに決めて、アイリーンに向かってこう言ったのだ。

——君とはもともと政治的な意味合いでの婚約で、お互いに恋愛感情はなかったのだから、別にいいよね？

馬鹿である。

いくら罪をかぶるとはいえ、もう少し言い方があっただろう。

それをまた、自ら嫌われにいくようなことを言ったなんて。

アイリーンはどうだか知らないが、メイナードがアイリーンを好きだったことをバーランドは知っている。

けれども、次期国王の立場で、自分の感情を優先することはできなかった。だから最後はアイリーンとの婚約を解消して、次期聖女だと言われていたリーナを選ぶことにしたのだが、メイナードはその理由を決してアイリーンには言いたがらなかった。

どんな理由であれアイリーンを捨てることには変わりがないのだからと。それならばいっそ、嫌われることを選ぶと言ったメイナードに、バーランドは不器用すぎるだろうとあきれたものだ。だが、彼の意志を尊重して、バーランドも口をつぐんだ。アイリーンの耳に入る可能性のあるオルフェウスにも妹のキャロラインにだって、言ってない。

だが、結果としてリーナは聖女ではなかったのである。

だったら、もうすべてを正直に打ち明ければいいものを、この王子はまた何を思ったのか、秘密にしたままアイリーンに求婚しようとしているのである。

馬鹿すぎる。

メイナードに言わせると、全部を話せばアイリーンはもう一度自分のもとに戻ってくるはずだが、それはできないのだそうだ。

メイナードがそう言いたくなる理由も知っているが、バーランドが同じ立場だったら全部をぶち明けて取り戻しに行くだろう。

どこまでも不器用な男だ。

「諦《あきら》めて全部正直に打ち明ければいいだろう。アイリーンも、仕方ないと理解するんじゃないか？」

「仕方ないじゃ嫌だ」

「はあ？」

「仕方ない、じゃなくて、私がいいと言ってほしい」

「はああ？」

「それに――、理由を言えば聖女についても話さなければならなくなる」

バーランドは大きく嘆息した。

聖女について――、バーランドも、これについては詳細までは知らない。ただ、メイナードがサーニャが他界した直後にこぼした一言はまだ耳に残っている。

――アイリーンが、次の聖女に選ばれなければいい。

メイナードがこぼしたこのつぶやきを、バーランドは不思議に思ったものだ。

次の聖女にアイリーンが選ばれてほしいならわかる。なぜなら王家にとって「聖女」を得ることは義務のようなもので、実際に今回のアイリーンとの婚約破棄とリーナとの婚約は王家の意志が絡んでいた。

結果は、リーナは聖女ではなくアイリーンが聖女であったという、目も当てられないようなことになってしまったが、聖女選定前に次期聖女の最有力候補であるリーナとの婚約は、メイナードの父である国王が決めたと聞いている。

メイナードも――好き勝手に生きているように見えて、国を背負うために必要な教育をきちんと受けてきた男だ。王の言葉の意味、王家の意志をすべて理解し、最終的に王の命令を呑《の》んだと聞いた。

だから、その聖女にアイリーンが選ばれればいい。メイナードがそう思うのならばわかるのだ。アイリーンが聖女であったなら、メイナードは彼女の婚約を解消することも、わざと嫌われるようなことを言って遠ざける必要もなかったのだから。

（……『聖女』とはなんだ）

一般的に知られている「聖女」はただのお飾りだ。過去の戦争で活躍した英雄の亡霊とでも言うのか――、聖女がいるかぎり国は安泰だという半ば暗示的な一種のリアース教の信仰対象とも言える。

だが、おそらくメイナードの言う「聖女」はこの意ではない。

リーナと婚約する運びとなったときに、メイナードは言った。

――私はリーナ・ワーグナーを愛せないだろう。きっと生涯《しょうがい》かけても愛せないと思う。私にはアイリーンを忘れられる自信がないから。でも、リーナの幸福と安寧だけは、『王家の義務』として与えてやる努力をしなければならないし、それを惜しむつもりはない。

バーランドに向かってこぼした言葉は、半ばメイナードが自分へ向けた決意のように聞こえた。

（殿下がアイリーンを好きなのは間違いないんだが……、あんな馬鹿なことを言って遠ざけようとしなければ、もっとスムーズにいったかもしれないのに。馬鹿だな）

バーランドはやれやれと肩を落とす。

「そんなことを言って、真正面からぶつかってどうにかなると本気で思っているのか？　理由も告げず？　僕がアイリーンでもお断りだ。いいか？　すでにお前はどん底まで落ちているんだからな、なりふりなんてかまっていたらそれこそ横からかっ攫《さら》われるぞ」

「……もうかっ攫われた」

「はあ!?」

「ファーマン・アードラーとかいう聖騎士がアイリーンの新しい恋人だそうだ。……恋人。アイリーンは私のなのに……」

メイナードがテーブルと仲良くしている横で、バーランドは額を押さえて天井を仰いだ。

「聖騎士!?　……最悪だ」

「私は認めていない」

「お前が認めなくても、アイリーンは好きにするだろう」

「……ちょっと前まで、アイリーンは私のそばで笑っていたのに。私のだったのに……」

「今はもう無関係だからな」

「……お前なんて嫌いだ」

メイナードは完全に不貞腐れた。

バーランドはうじうじしはじめた友人にもう一度「うざい」と言って立ち上がる。

「僕はアイリーンがお前と復縁しようとどうしようと、どちらでもいいけどな。相手が聖騎士なら話は別だ」

よりにもよってどうしてこう面倒くさい方にばかり話が転がっていくんだと肩を落として、バーランドはいじけている友人を置いて部屋を出ていった。

☆

朝食のあと、アイリーンは予想通りセルマから説教を食らった。

しかし口うるさいがなんだかんだとアイリーンに甘いセルマは、最終的にはため息とともに折れた。

「まあ、お嬢様がいいならもうそれでいいです。ただし、あの聖騎士に泣かされるようなことがあれば、すぐにおっしゃってくださいね」

切れ長の目をキランと光らせたセルマに、アイリーンは思わずびくっとした。

セルマはアイリーンより六歳年上の二十四歳。アイリーンが十二歳のときからそばにいる信頼できる侍女である。

セルマは成人女性の平均身長よりも若干低いアイリーンと違い、すらりと背の高い美人で――、そして、なかなか腕っぷしも強い。いつぞやアイリーンが夜会で酔っ払いに絡まれた際に、セルマが容赦なくその男の腹に蹴《け》りをお見舞いして昏倒《こんとう》させたことを、アイリーンはいまだに覚えている。あのときは怖かった。酔っ払いに絡まれたことよりも、セルマが。

良家の使用人は、主人に身の危険が迫ったときに対処するため、多少の武術の心得が必要になるのであるが、たぶんセルマは、コンラード家の中でも強い方だろうと思う。セルマの家は、彼女曰《いわ》く落ちぶれた男爵家らしいが、セルマの父である男爵は騎士団に所属しており、幼いころから護身術を叩《たた》き込まれていたのだとか。……うちの家なんて、ジオフロントお兄様は多少剣が扱えるが、オルフェウスお兄様は武術はからきしなんだけど。危機感が足りないのかしら？

「旦那《だんな》様にお手紙を書かれますか？」

「ううん、家に帰ったときに紹介するわ。だって、手紙なんて書いたら、それこそ馬で駆けつけてきそうなんだもの」

「あり得ますね」

「お父様ったら、わたしがいくつになったと思っているのかしらね」

「旦那様にとってはいつまでも可愛《かわい》い娘なのですから仕方がございませんわ」

アイリーンは肩をすくめて、セルマがいれた紅茶に口をつけた。

教育に関して言えば、アイリーンは未来の王妃になる予定だったからか、かなり厳しめにしつけられてきた。だから、人の目がなければ「はしたない！」と怒られることを平気でしてしまうアイリーンだが、公の場では見事に猫をかぶれる。それは幼いころから本当に血を吐きそうなほどみっちり叩き込まれた教養だったりマナーだったりのおかげであるが、何度泣いて逃げ出したくなったかなんて覚えていない。

だからなのか、娘に厳しい教育が施される分、それ以外ではコンラード侯爵は娘に対して激甘だった。生まれてすぐに娘を王子の婚約者にしてしまった負い目か、母が「もう十二歳にもなる娘を膝《ひざ》に乗せてデレデレしているんじゃありません！」とブチ切れるほどに溺愛《できあい》された。

だからきっと、ファーマンという恋人ができたと手紙で報告した日には、早馬で駆けつけてくるくらいはしでかすはず。

「そう言えば、ファーマン様はどうなさったのです？」

「ファーマンなら用事があるって言って教会に行ったわよー」

コンラード家の領地には、そこそこ大きな教会がある。

その教会を管理しているのは、いずれは枢機卿の一人に――とも噂《うわさ》されているロバートである。

ランバース国の三大公爵家の一つであるリヒテンベルグ公爵家の現当主の弟の息子で、アイリーンの長兄であるジオフロントと同じ二十四歳。十九歳のときに教会に籍を置き、この地にある教会にやってきたのだが、リヒテンベルグ家とコンラード家は懇意にしているため、アイリーンも幼いころからロバートと面識があり、よく遊んでもらった。

セルマは眉《まゆ》をひそめた。

「護衛のくせにお嬢様を放置してふらふら出かけるのは感心いたしませんね」

「それは……、でも、ほら。聖騎士だから教会のお仕事が最優先されるでしょ？」

ファーマン以外にも、護衛の騎士が十何人もいるのだからそれほど目くじらは立てなくてもいいと思うのだけど。

「お嬢様は聖女になられたのですよ？　もっと危機意識を持っていただかなくては困ります。何かあってからでは遅いんですよ！」

「うぅ……」

聖女が他国に狙《ねら》われるというのは、聖女に選ばれたその日に儀式を執り行っていた神官から聞かされている。それはもうくどいくらいに「決して一人で行動しませんように！」と言われた。

だが、そうは言ってもである。今のところ一度も身の危険は感じていないし、父であるコンラード侯爵も「今は王都の我が家にいるよりは領地の方が安全かもな」なんて言っていたから大丈夫なはず。

たぶん。

「変な男に攫われて既成事実を作られたあとでは遅いんですからね！」

（ソウデスネ）

セルマが言いたいこともごもっともである。

他国のみならず、国内にも聖女を手に入れたい人間はたくさんいる。正規に求婚してくるような男性ならまだいいが、拉致《らち》されて閉じ込められる——という危険性も皆無ではない。

「でも、だからカントリーハウスの方が安全なんでしょ？」

コンラード家のカントリーハウスはど田舎《いなか》にあるから、周囲に人も少なく、不審な動きをする人間がいればすぐにわかる。だから人の多い王都にある邸《やしき》にいるより安全なのだとか。

山のようなプレゼントや求婚の手紙が鬱陶《うっとう》しいから領地へ逃げることにしたけれど、これは名案だったらしい。言い出したのはジオフロントであるが。

「まったく、ファーマン様がお戻りになったら言ってやらないといけませんわね」

セルマはまだファーマンが出かけたことについて怒っている。

アイリーンはやれやれと息を吐きだして、茶請けとして置かれているアーモンド入りのクッキーに手を伸ばした。

☆

次の日。

アイリーンは早くも暇を持て余していた。

コンラード家のカントリーハウスは無駄に広いが、ど田舎に建てられている。

その分、町の喧騒《けんそう》から離れてのんびーりゆったーりできるのは魅力的ではあるが、一番近い町に行くまで馬車で一時間もかかるのだから、日々の食材を購入しに出かける使用人たちを泣かせたいとしか思えない。

しかも今は、護衛のための騎士たちが十何人も滞在しているから、毎日の食料の買い出しも相当な量になるはずである。

「わたしが聖女に選ばれちゃったばかりに、面倒なことになってごめんね」

申し訳なくなってアイリーンがメイドの一人にそう告げれば、護衛騎士との素敵なロマンスの妄想ができるからむしろ万々歳だと言い出した。なるほど。こんなど田舎にある邸に住み込みで働いていたら、素敵な出会いはそうそうないだろう。これは若いメイドの皆さんのロマンスも考えてあげた方がいいのかしらねー、とアイリーンが考えていれば、セルマがあきれたようにこう言った。

「お嬢様の場合、引っかき回す方がお得意でいらっしゃいますから、何もしない方がよろしいかと」

アイリーンはしょんぼりとうなだれた。

せっかくちょっと暇をつぶせそうだと思ったのに。引っかき回すだなんてあんまりだ。

仕方なくアイリーンはほかに何か暇をつぶす方法はないかと考えて、クッキーを焼くことにした。

王妃になったら教会のバザーとかに手作りのお菓子なども出品することがあるということで、教養としてお菓子作りも学んだアイリーンだが、意外と性に合っていたらしい。

いろいろなことに興味を持つというか、突拍子もないことを思いつくというか、そういう性格が幸いして（?）、新しい味のお菓子を生み出している。セルマはアイリーンのお菓子作りを横で見ながら、「斬新《ざんしん》で結構なことですね」と感心しているのかあきれているのかわからない顔で言うけれど、なんだかんだとアイリーンの作ったものは必ず口に入れてくれる。

「今日はレモン味にしようかしら」

甘く煮たレモンの皮をクッキー生地に練り込んだら、絶対においしいはずである。

「お嬢、レモンの甘さはこんなもんですかね？」

アイリーンがキッチンへ出入りするのは昔からなので、シェフたちも慣れているのか、嫌な顔をせずにクッキー作りを手伝ってくれる。

わいわいと騒ぎながらクッキーを作るアイリーンを、セルマは少し離れたところで危なっかしい妹を見るような目つきで見守っていた。

（あ、どうせだから教会に差し入れに持っていこうっと！）

ファーマンは今日も教会である。

クッキーを焼いて差し入れに持っていけば、喜んでくれるだろうか?

好きな人にお菓子を食べてもらえると嬉しいものである。メイナードも昔から、アイリーンの作ったお菓子を――って、あいつはもうどうでもいいんだった。

アイリーンが脳裏にひょこっと顔を出したメイナードを追い払って、ファーマン用のクッキーをハートの形に型抜きしつつ、にまにまと笑っていると、シェフたちが口をそろえてこう言った。

「お嬢、気持ち悪いです」

（うるさいよ！）


クッキーを焼き終えたアイリーンは、さっそくその足で教会へ向かうことにした。

教会までは馬車で四十分ほど。

田舎の教会まで行くだけなのに、やっぱり護衛がついてくる必要があるらしく、なんだかとても仰々しい。

暇を持て余したアイリーンの思いつきで、騎士の皆様に余計な仕事をさせてしまったと申し訳なくなって、たくさん焼いたクッキーをあとで彼らにも差し入れしようと心に決める。

教会の前で馬車を降りて、アイリーンはセルマとともに門をくぐった。

騎士たちはここで待機。王家の騎士たちがずかずかと教会の敷地内を我が物顔で歩き回るのはよろしくないらしい。

「相変わらずきれいな庭ね！」

ここを管理するロバートの趣味か、教会の庭には色とりどりの薔薇《ばら》が植えられていて、四季咲きのそれがちょうど見ごろを迎えている。

薔薇のアーチをくぐり、真っ白な壁の教会の中に入れば、事前に先ぶれを出しておいたからかすぐに奥へと通された。

教会には神官が寝泊まりする住居スペースがあり、基本的に関係者以外が立ち入ることは許されないのだが、アイリーンはロバートと仲がいいからか、メイナードの婚約者だったからなのか、昔からすんなり通される。

住居スペースの二階まで上がると、教会のすぐ隣にある孤児院の屋根が見えた。教会が管理している孤児院で、アイリーンも手作りのお菓子を持って何度も訪れたことがある。メイナードとともにほかの孤児院にも視察に行ったことがあるけれど、ここの孤児院は領地内にあるからか、ほかの孤児院よりも思い入れが強い。

（しまったわ。もっとクッキーを焼いて、孤児院にも差し入れればよかった）

子供たちは甘いものが好きだ。孤児院へは国からの援助もあるが、ほとんどが寄付でまかなわれている。贅沢《ぜいたく》な暮らしはできないから、自然とお菓子のような嗜好品《しこう》はあまり与えられないのである。

孤児院にまで頭が回らなかった自分に軽い自己嫌悪を覚えながらロバートの部屋の扉を叩けば、にこやかに出迎えられた。

「やあ、アイリーン。聖女に選ばれたそうだね。遅くなったけれど、おめでとう」

長兄ジオフロントと同い年のロバートの髪は、少し癖のあるダークブラウンである。長く伸ばすとうねってまとまらないとかで、肩よりも長く伸ばした姿は見たことがない。

ロバートの部屋は昔と変わらず物が少なかった。窓際のシンプルなライティングデスクの上は整然と整えられていて、その近くの本棚には分厚い書物がびっしりと並んでいる。

真っ白い壁には絵画も何も飾られてはおらず、装飾品といえば、窓際に置かれているエバーグリーンの小さな鉢植えくらいなものだった。

髪と同じ色の瞳《め》を優しく細めて、ロバートはアイリーンに椅子《いす》をすすめると、自ら紅茶をいれはじめた。

セルマは部屋の中へは入れないから、廊下で待ってくれている。

「それで、今日はどうしたの？」

「あ、クッキーを焼いてきたんです！」

アイリーンはロバートにクッキーの包みを差し出すと、部屋の中に視線を這《は》わした。

ロバートに呼ばれて教会に行くと聞いたから、てっきりファーマンもここにいると思ったのだけれど、誰《だれ》もいない。

するとアイリーンの思っていることなどお見通しだと言わんばかりにロバートが笑い出した。

「アードラー君ならここにはいないよ。ちょっと雑務をお願いしていてね。そうだな、もう少ししたら戻ってくるんじゃないかな？」

「ど、どうしてファーマンを探しているってわかったんですか！」

「それは、それだけそわそわしていればね。アードラー君は君の恋人になったんだって？」

ファーマンはロバートに話してしまったらしい。

ロバートは一見すると優しそうだが、昔からアイリーンをからかって遊ぶのが大好きな少々困ったお兄さんである。この人にネタを与えてはならないというのは、アイリーンの昔からの教訓だ。

「アードラー君に先を越されてしまったね。私も君の恋人に立候補したかったのに」

「またすぐそういう冗談を言うんですから」

「おや、本気なんだけどねぇ」

ロバートは笑いながらリボンをほどいてクッキーの包みを開いた。

「殿下ももったいないことをなさったものだね。聖女を手に入れたくて君との婚約を解消したというのに、まさか君こそが聖女だったなんてね。目も当てられないとはこのことだよ。もっとも、いくら聖女とはいえ、十八年も一緒にいた君をあっさり捨てるような殿下に同情する気はこれっぽっちも起きないけどね」

ロバートは情報通だ。王都から離れた田舎にいるのに、まるで見てきたようにいろいろなことを知っている。

「その聖女ですけど、本当にわたしでよかったんでしょうか」

「どういう意味？」

「だって、わたし、それほど特別な力なんて持っていません。癒《いや》しの力だってそんなに強くないし。というか下の方だし。どうして選ばれたのか、いまだによくわからないんですよね」

そもそも聖女が何なのかも理解できていないと言えば、ロバートは立ち上がって。本棚から一冊の本を抜き取りアイリーンに差し出した。

「聖女のことについてはここに書かれているよ」

アイリーンは本の表紙に書かれているタイトルを見てはーっと息を吐きだした。

この本なら知っている。と言うか、ランバース国民であれば子供でも知っている建国史だ。ロバートの言う通り、確かに聖女のことについてはここに書かれているが、逆を言えば、ここに書かれている情報以外持っていない。ほかに聖女のことが書かれている書物を知らないからだ。

聖女――

そう呼ばれるようになる女性が現れたのは。今から八百年前の戦争の時代。

西の端にちょこんと位置する小国ランバースは、近隣諸国からの侵略を受けて絶体絶命《ぜったいぜつめい》の状況に陥っており、そこへ現れたのがのちに聖女と呼ばれるようになった女性だった。

彼女の祈りによって、ランバース全体に強力な結界が張られ、他国からの侵略を退けた。また、彼女の持つ強力な癒しの力が傷ついた人々を癒したという。

そのあと、その聖女がどうなったかについては記されていない。

でも、初代と言われているこの八百年前の聖女以降、聖女と呼ばれる女性が特別な力をもってして活躍したという話はどこにも伝わっていない。建国史はもとより、ほかの書物にも聖女について記されてはいない。そのため、聖女がいったい何なのか、何のために存在しているのか、詳しいことは誰にも何もわからない。ただ聖女という名前のついた、生けるお人形――、アイリーンはどうしてもそう感じてしまうのである。

「聖女は国に存在しさえすればいいんだよ。それほど深く考えなくてもいい。ただ、とても重要で貴重な存在だとそれだけわかっていればいいよ」

ロバートはそう言うが、例えば聖女に選ばれるのには強力な——それこそ、リーナのような強い癒しの力が必要、とか、選ばれた瞬間にすごい力が手に入る、とかならば納得がいくが、アイリーン自身、ただ宝珠によって選ばれただけで、何か特別な力を持っているわけでも手に入れたわけでもない。

「大丈夫だよ。戦争もない今の時代に、聖女の力が必要になることなんてまずない。君は何もしなくていいんだよ」

納得していないアイリーンに、ロバートは困り顔でくり返す。

おそらくだが、ロバートはアイリーンの持つ情報以上の何かを知っているのだろう。そんな気がする。でも、この様子では決して口を割りそうにない。

アイリーンはロバートのいれた紅茶を飲みながら、こっそりとため息をついた。

(別にさー、聖女に選ばれたわ！　さあ、国のために祈りましょう！　なぁんて、わたしのキャラじゃないし。正直なところ、そりゃあ国のみんなには幸せな生活を送ってほしいとは思うけど、顔も知らない人たちの安寧なんて祈ろうにもどうすればいいかわかんないし？　国中の人たちのために祈りを捧《ささ》げよ！　とか言われてもそれはそれで困ったけど……でもねえ？)

何もしなくてもいいと言われれば、妙な反発感を抱いてしまうというか。

あの山崩れを起こしそうなほどの求婚が落ち着くまで領地でごろごろして、そのあとに王都に戻って、アイリーンはなにをするのだろう。

もしもファーマンが許してくれるなら、さっさと彼と結婚して、子供でも育てながら彼の帰りを待って、のんびり老いていくのも、それはそれでいいと思う。

メイナードと婚約していたときは、この人頭はいいけどたまに抜けているし、妙に頓珍漢《とんちんかん》なところがあるから、自分がしっかりして彼を支えていかなきゃ！　と思っていたけれど、ファーマンはしっかりしていそうだし包容力もありそうだから、アイリーンがしっかりする必要はどこにもない。それを少し残念に思うのは、十八年間のあいだ血反吐《へど》を吐く思いでお妃教育を受けてきたからかもしれないが。

（こういうのを、ないものねだりって言うのかしらね）

何かが物足りない。

もちろんファーマンが不満なのではない。

だが、聖女としてもアイリーン個人としても、これからの人生、特に何もすることがなく、のんびりすごしていけばいいのだと思えば――、どうしてだろう、ぽっかりと心に穴があいたような気がするのだ。

アイリーンはロバートとティータイムをすごしながらファーマンの帰りを待ったあとで、彼にクッキーを手渡して、悶々《もんもん》としながら帰途についた。

☆

「……。……殿下」

アイリーンはたっぷりと沈黙したのち、それはもう、これ見よがしの盛大なため息をついた。

ファーマンとのお付き合い宣言をしてから四日。その間、メイナードは一度も訪ねてこなかったので、てっきり諦めて王都へ帰ったのだと思っていた。

そしてその次の五日目。

ファーマンは相変わらず教会に出向いていて、護衛のくせに教会に入り浸っているとセルマが腹を立てるからそれをなだめつつ、これまた相変わらず暇なアイリーンは庭師のおじちゃんと一緒に土いじりでもしようかしらねー、なんて考えていた矢先のことだった。

日焼け防止に帽子をかぶり、動きやすいシンプルな紺色のワンピースに着替えて、さあ、草むしりするぞ、花を植え替えるぞと息巻いて玄関へ向かったアイリーンは、ちょうど邸にやってきたメイナードとばったり遭遇した。

アイリーンがまさか玄関にいると思わなかったらしいメイナードは驚いたようだったけれど、すぐに満面の笑みを浮かべて、手に持っていたものを差し出してくる。

花束。

それも、真っ赤な薔薇の花束。

たぶん、これ、五十本くらいある。

アイリーンはその花束を見下ろして、盛大なため息をついてしまったというわけである。

なぜなら、婚約していたときでさえ、花束をもらった記憶はほとんどない。薔薇なんてせいぜい、ダンスパーティーとかで、メイナードが胸に差していたものをもらったくらいである。それなのに何を思って花束。意味不明。

「アイリーン、話し合おう！」

(まだ言ってるし！)

花には罪はありませんから？　一応受け取りますけどね？

メイナードは第一王子で、それなりに忙しいはずなのだが、いつまでもこんなところで油を売っていていいのだろうか。

「殿下、この前も言いましたが、わたしにはファーマンが——」

ファーマンの名前を出すと、メイナードの顔がムッとなる。

「ファーマン、ファーマン、ファーマン！　いったいアードラーのどこがそんなにいいんだ！」

「え？」

アイリーンは花束を抱えたまま「うーん」と考えた。

(つーか、この花束重い！　せめて半分くらいの量にしてよ！)

「ファーマンはぁ……、優しいし」

「私も優しい」

「かっこいいし」

「顔では負けてないはずだ」

「包容力あるし」

「私だって数年もしたら包容力くらい出る……はずだ」

「胸筋分厚くってどきどきするし」

「私だって鍛えれば何とでもなる！」

「何より優しくキスしてくれたし」

「キスくらい私だ――はあ!?」

人が説明する横で茶々入れしていたメイナードは、「キス」という単語に目を剥《む》いた。

「キス!?　キスってどういうことだ!?　まさかアイリーン、私というものがありながらほかの男とキス――」

だから、メイナードはもう他人だってば！

アイリーンは自分で言って恥ずかしくなってしまい、薔薇の花束で顔を隠した。

「恋人同士だもの、キスくらい……」

と言っても、目尻《めじり》にチュッだけどね。

どうしてか、それ以降、甘い雰囲気にならない。ムードか？　ムードが大事なのか？　ムードさえ出れば今度は唇にキスしてくれるだろうか？　でもムードって、なんだろう？

キスの正体がお子様にするような目尻にチュッだけだとは知らないメイナードは、アイリーンの目の前でぷるぷると震えはじめた。

「キスなんて、私だって婚約式のときに一度したきりじゃないか！」

婚約式かぁ。懐かしい。さすがに赤ちゃんのときに婚約式はできないから、アイリーンが八歳の時に行った。そのときにキスはしたけれど、ま、八歳なんて言ったらおままごとみたいなものである。

キスの感触なんてこれっぽっちも覚えていない。

なぜなら婚約して十八年、メイナードとアイリーンの間にあまーい雰囲気なんて皆無だった。

メイナードの部屋で二人きりですごしていたときも、たいていはボードゲームやカードゲームに夢中になっていたし。もっと昔には、二人そろって悪戯《いたずら》ばかりして大人《おとな》に怒られていたし。とにもかくにも、恋人らしい甘酸っぱい雰囲気？　そんなもの、あったためしがない。

メイナードはショックを受けてしまって、ぶつぶつと独《ひと》り言まで言いはじめた。

（……そんなに目尻にチュッがショックなのかしら？　まさかメイナード、キス魔だったりするの？　そんなにキスしたけりゃ、リーナとすればいいのに）

ファーマンとのキスが「目尻にチュッ」だと説明していないことに気がついていないアイリーンは、ふとリーナの存在を思い出した。

アイリーンが領地に引っ込んでからも、友人たちから手紙が届く。それによると、寝込んでいたリーナは、メイナードがちっとも見舞いに来ないからと言って癇癪《かんしゃく》を起こしているらしい。

さらに言えば、メイナードとリーナはまだ正式な婚約式を交わしていないのだが、早く婚約式を執り行えと、彼女の父であるワーグナー伯爵から国王に訴えがあったとか。

（ほんっと、キャロラインは情報通だわ）

さすが三大公爵家の一つ、ジェネール公爵家。ジェネール公爵は現宰相を務めているから、キャロラインのところにも自然といろいろな情報が集まる。キャロラインは面白い話に目がないので、手に入れた情報の中から選《え》りすぐりのものをアイリーンに教えてくれるのだが、目下、彼女の興味はリーナらしい。リーナのことが昔から大嫌いなキャロラインは、彼女が落ち込んでいるのが楽しくって仕方がない様子。

「不公平だ」

リーナのことだから、メイナードがここにいると知ったらそのうち乗り込んでくるのではなかろうかとアイリーンが嫌な気持ちになっていると、メイナードが唐突に言った。

「は？」

「私は婚約式以来キスしていないのに、ほかの男が大人になった君の唇の感触を知っているのは、不公平だ！」

真面目《まじめ》な顔で何を言うかと思えば。

「私だってアイリーンとキスがしたい！」

（げ！）

この人、本当にキス魔かもしれない！

アイリーンは身の危険を感じて薔薇の花束で唇をガードすると、くるりとメイナードに背を向けた。
一、二、三歩！
メイナードとの間に三歩の距離を空けたアイリーンは、振り向きざまに彼に指を突きつける。

「今日から三歩以内の距離に入ってきたらぶん殴ります！」

メイナードは「ガーン」という音さえ聞こえてきそうなほどショックを受けた顔になったけれど、立ち直りの早いこと。

三歩以内の距離に近寄るなということは、逆を言えば三歩以内に近寄らなければそばにいていいのだと曲解したらしい。

ずいぶんとまあ、自分に都合よく考えるものだ。

（……そしてどうしてこんなことに……）

メイナードと並んで草むしりをすることになったアイリーンは頭を抱えたくなる。

アイリーンが草むしりをすると聞いたメイナードは、どういうつもりなのか、一緒にすると言い出した。

王子が草むしり。

本気かと疑ったが、本気だったらしい。

元婚約者同士が並んで草むしり。しかもその相手は王子様。どうしていいのかわからないのは、アイリーンだけではなかった。

突然メイナードが草むしりをすると聞いたコンラード家のカントリーハウス専属庭師のおじちゃんは、恐縮しすぎて泡を吹きそうになっている。使用人たちは使用人たちで心配そうに次々にやってきては、やれ殿下が日焼けしては大変だからと言って日傘《ひがさ》をさしたり、近くにテーブルと椅子をセッティングして、いつでも水分補給ができるように整えたり、護衛に来ている騎士たちなどは、「殿下にばかり働かせるな！」と総出で庭にやってきては、花壇を耕したり、木の植え替えを手伝ったりといそがしい。

（……草むしりは殿下がやりたいと言うから、むしろ草は残しておいてやれとか、意味わかんないわ）

雑草を除去したいのに、メイナードがしたいらしいと聞いた使用人たちは、むしろわざと雑草を残してほかの作業に取りかかっている。いい迷惑だ。

これでは当初予定していたよりもずっと草むしりに時間がかかるではないか。

「草むしりも意外と面白いものだな。城の庭には草一本生えていないが」

それはそうだ。

王家お抱えの庭師たちが必死に毎日草むしりをしているのである。生えているはずがない。

コンラード家のカントリーハウスは、無駄に広い庭を庭師のおじちゃん一人が管理しているから、草一本生えていない庭なんてとても無理。そんな過酷なことを言えば、庭師が過労でぶっ倒れる。だから、庭の草むしりは、使用人も含め。家族総出で行われる。そう、これがコンラード家年中行事の「草むしり」の正体なのだ。

もちろん、庭師を増員すればこの作業も必要なくなるのだが、コンラード家はこの地味な草むしりを大変お気に召しているのである。

(お父様だけは芋虫《いもむし》が怖くてやりたがらないけどねぇ)

目に入るだけで大騒ぎをはじめるほど芋虫が大嫌いなコンラード侯爵とは正反対で、アイリーンの母である夫人は芋虫を見つけると「あら可愛い」と言って木の枝でつつきはじめるツワモノである。虫なんてどんと来い。そう言えば昔、蝶《ちょう》の幼虫を育てたがった母と父の間で喧嘩《けんか》が起こったことを思い出したアイリーンは遠い目になった。あのときは「あなたがいいと言うまで口を利きません」と言った母が勝った。

「なかなか面白かった。また来てもいいだろうか？」

さすがに汗だくになってきたので、草むしりを一時中断してメイナードと冷たい飲み物を飲んでいると、元婚約者様はキラキラ笑顔でそうのたまった。

元婚約者の家に来て草むしりをする王子……。

第一王子がそれでいいのかとアイリーンはあきれたが、ダメと言っても勝手に来そうなので、手伝ってくれるならいいかとアイリーンは諦める。

「殿下、王都へ帰らなくてもいいんですか？」

「うん」

うん、ってあなた。

(即答ですか！)

「リーナはどうするんですか？」

「たぶん、バーランドがうまくやる」

「は？」

「バーランドが無理なら、父上が」

「はい？」

「そもそも、元はと言えば元凶は父上なのだから、それくらいしてもいいはずだ」

「あの、よくわからないんですけど……」

「とにかく、私が戻る必要はどこにもない！」

「……仕事は？」

「来る前にあらかた片付けて、残ったものは父上に押しつけてきた」

「それでいいんですか……」

「いいんだ。仕返しだから」

メイナードは国王と喧嘩でもしたのだろうか？

ごくごくとアイスティーを飲みながらメイナードは自信満々に言うけれど、彼がここにいることがリーナにばれる危険性については何も考えていないに違いない。

（うわー、やだ。リーナにばれたら何言われるかわかったもんじゃないわ。絶対チクチクネチネチ言われるじゃないの）

ここは何としても、リーナにばれる前にメイナードを追い返さなくてはならない。

「殿下、わたしがこんなことを言うのもなんですけどね」

「うん？」

「わたしは殿下と十八年もの間婚約関係にあったので、そりゃあこの前のことはすっごく頭に来ましたけども、一応、多少なりとも殿下のことは大切だと思っているわけですよ」

「アイリーン！」

「三歩！」

メイナードが顔を輝かせて立ち上がろうとしたから、アイリーンがすかさず言えば、彼はすごすごと座り直す。こういうところは、変に律儀と言うか素直なメイナードである。

「リーナが聖女に選ばれなかったときの殿下の顔を見たときは、正直ざまぁみろーっとか思っちゃいましたけど、今はもう過去のことだと水に流そうと思っているわけですよ」

「……そんなことを思っていたのか」

「思われるようなことをしたのは殿下です」

「……ハイ」

「だからですね。この前のことはもう終わったことだし、わたしにはもうファーマンがいて幸せだから、心も潤っていて、殿下の幸せだって祈ってさしあげられるわけでして」

「う、うん……？」

「いいじゃないですか。聖女にこだわらなくたって。聖女と言ってもなーんにも役に立ちそうにないんですし。聖女に選ばれたからと言って、わたしにすごい力が宿ったわけでもありませんからね。だから、聖女なんてものにこだわらず、殿下は殿下で幸せになったらいいと思いますよ。リーナとこのまま結婚するのか、ほかの方をお選びになるのかは知りませんが、どうか殿下もお幸せに――」

言っているそばからメイナードの目がうるうるしはじめて、アイリーンは首を傾《かし》げた。

「で、殿下？　どうかしました？」

さすがにアイリーンも心配になったが、メイナードはぱたりとテーブルの上に突っ伏して動かなくなる。

おろおろするアイリーンのそばで、セルマがこめかみのあたりを押さえて、

「……さすがに今のは殿下に同情いたします」

と言ったけれど、アイリーンにはよくわからなかった。

草むしりのあと、メイナードは意気消沈《いきしょうちん》とした様子で帰っていったけれど、いったい何がそんなにショックだったのだろう？

夕方になって戻ってきたファーマンは、夕食を食べながら、アイリーンに今日一日のことを訊《たず》ねてくる。

ファーマンは教会から戻ってきたら、必ずアイリーンに一日の出来事を訊ねるのである。

ちなみにファーマンはアイリーンと一緒にメインダイニングで食事をとっている。セルマは渋い顔をするけれど、アイリーンが押し通した。

今日は本を読んでいたとか、お菓子を作っていたとか、毎日変わり映えのしない報告ばかりなのだけど、そんなヤマもオチもないアイリーンの話をファーマンは微笑《ほほえ》みを浮かべて聞いてくれる。アイリーンも単純なもので、そういうファーマンの様子に「わたし、愛されている！」と幸せを感じるのであるが――。

今日は、少しばかり様子が違った。

ファーマンは、メイナードが来たことを告げると、途端に難しい顔をして黙り込む。

(もしかしてヤキモチかしら？)

アイリーンはどきどきしたけれど、ファーマンはその後も難しい表情のまま食事を続けて、特に何を言うのでもなく早々に部屋に引っ込んでしまった。

「あーあ、結局今日もあまーい雰囲気にはならなかったわ」

メインダイニングに残されたアイリーンがしょんぼりしていると、セルマが厳しい表情を浮かべて、ファーマンが出ていった扉を睨《にら》む。

「お嬢様とアードラー様は、本当に恋人同士でいらっしゃるのですか？」

「え？　それはそうでしょ。メイナードの前で恋人宣言だってしたし。これが恋人じゃなかったら何だって言うの？」

「……だといいのですがね」

セルマの言葉には何か含みがある。

確かに甘い雰囲気には程遠いかもしれないけど、まあ、知り合ったばかりだし、これから距離を縮めていけばいいんじゃないかしら？

でも、たまにはぎゅっと抱きしめるくらいしてほしいアイリーンである。

「十も年が離れているからかしら？　わたしってそんなに子供っぽい？　魅力ないのかしら？」

だから恋人らしい触れ合いもないのかと落ち込みかけていると、セルマはやけにきっぱりと言い切った。

「子供っぽいところもおありですが、それを含めてお嬢様は大変お可愛らしいですから大丈夫です」

「本当？　抱きしめたり、キスしたくなるくらい？」

「それは知りません。同性目線でお答えしても仕方がないでしょう」

「それもそうね」

恋愛偏差値ゼロのアイリーンには、どうすればファーマンに抱きしめてもらえるかがわからない。

(恋愛って、難しいのね)

☆

メイナードは飽きもせず、毎日のように草むしりにやってくる。

律儀にアイリーンとの三歩の距離を保って黙々と草を抜いていく彼のおかげで、コンラード家の庭の草はほとんどなくなった。

草むしりが終われば花の植え替えをするのだが、この分だと、それも手伝うと言い出しそうな雰囲気である。

よほど草むしりが気に入っているのか、メイナードはいつもご機嫌で——、逆に、ファーマンは不機嫌が続いていた。

一緒に食事をするときもあまり笑わないし、ここ数日は今日一日何をしていたのかと訊ねてくることもなくなった。

これはもしかしなくとも、メイナードが来ているのが気に入らないのだろうか。

だが、メイナードはアイリーンが呼んでいるわけではなく勝手に来ているわけで、草むしりを手伝ってくれるだけだから害はないし、追い返すのも面倒だからまあいいか——とも思っていたわけで。

（あー……、これは全面的にわたしが悪いわね）

軽い自己嫌悪。やはり恋愛は難しい。

「明日のご予定はいかがですか？」

メイナードと一緒に草むしりをしてごめんなさい、とアイリーンが謝ろうかと悩んでいると、ファーマンがナイフとフォークを置いて唐突に訊ねてきた。

「明日？　明日は、特には……」

いつも通りなら、メイナードと一緒に草むしりをするだけだ。明日あたり、花の植え替え作業もはじまるだろうか？

「明日は教会でバザーがあるんです。よろしかったら行きませんか？」

バザー？

バザーに行かないかですって？

「そ、それはファーマンと一緒に……？」

「お嫌ですか」

「お嫌じゃないです！」

食い気味に答えたアイリーンは、ぱあっと顔を輝かせた。

（これってもしかしてデートのお誘いよね！）

デート。なんていい響きだ。メイドたちから借りた本によれば、デートとは恋人同士が仲良くお出かけすることを言うらしい。間違いない。デートである。

恋人関係になっておよそ二週間！

セルマー！　わたしやったわー！

思わず満面の笑みでセルマを振り向けば、なまぬるーい視線を向けられた。「興奮しすぎて鼻血を出さないように注意しろ」と口の動きだけでセルマが告げる。

失礼ね！　さすがに鼻血は出さないわよ！　……たぶん。

「それでは明日、一緒に向かいましょう」

アイリーンが「うんうん」と頷《うなず》けば、ファーマンが小さく笑う。

ここのところ難しい表情しか浮かべていなかったファーマンなので、くすっと程度の小さな笑みでも嬉しいものである。

（ああ！　明日のデート、何を着ていこうかしら！）


調子に乗ったアイリーンが、せっかくのデートだから背伸びをしてファーマンを悩殺するぞと息巻いていると、セルマが冷ややかにこう言った。

「どうして教会のバザーに行くのに、そんなに大きく襟《えり》ぐりの開いたドレスを着ていく必要がございますか！」

そしてあえなく一張羅を没収されたアイリーンは、セルマが出してきた若草色の襟の詰まったドレスを着せられた。

どうでもいいけど、これはないでしょ。ちっとも露出がないじゃないの。せめてもっとほかの――と視線で訴えたアイリーンだったが、「何か文句でも？」と言わんばかりのセルマの視線にあえなく撃沈する。

（このドレスも可愛いけどさ、全然色っぽくないじゃないの）

ファーマンが思わずぎゅっと抱きしめたくなるようなドレスがよかったのに、残念なことこの上ない。

セルマによって蜂蜜《はちみつ》色の髪がハーフアップにされて、瞳と同じ色のアメシストの髪飾りでまとめられる。

バザーだから、歩き回れるように靴はローヒール。背が高くないから、ヒールがないと余計に小さく見えるけれど、これはかりは仕方がない。

メイナードには今日はバザーに行くから草むしりはしないと連絡を入れてもらって、さあ行くぞと気合を入れて玄関に向かえば、ファーマンが待っていた。

今日は騎士の格好を解いたファーマンは、シンプルな黒いシャツにダークグレーのトラウザーズ姿である。

（はぁ、カッコいい。胸筋最高。ぎゅーされたい！）

うっとりとファーマンを見つめていると、セルマがわざとらしい咳払《せき》いをした。

「いいですかお嬢様、調子に乗ってはしゃぎすぎてはいけませんよ。聞いていらっしゃいます？」

「うんうん」

今日は留守番のセルマは心配そうである。

本当に大丈夫だろうかと額を押さえるセルマを残し、

「いってきまーす！」

元気よく挨拶《あいさつ》したアイリーンは、ファーマンとともに馬車に乗り込んだ。


ど田舎にある教会のバザーは、一種のお祭り騒ぎである。

娯楽が少ないからか、ここぞとばかりに盛り上がるのだ。

手作りの雑貨やお菓子が並び、賑《にぎ》やかな音楽が流れて、教会の庭の一角ではちょっとしたお芝居までやっている。

王都の教会のバザーも近い部分はあるけれど、半分は貴族の社交の場と化していて、用意されたテーブル席でご婦人方が「うふふ」「おほほ」と噂話に興じたり、慈善活動が資産や権力の誇示の場だと勘違いしている紳士の皆様が、寄付高を声高に自慢しあっていたりして、アイリーン的には「なんだかなー」とため息をつきたくなるところも多かったが、この教会では純粋にバザーという名のお祭りを楽しんでいるような雰囲気だ。

裏手の孤児院から手伝いに駆り出されている子供たちが、可愛らしく着飾って、花籠《かご》を持って花を売って回っている。

アイリーンは白いマーガレットの花束を買って、それを片手にファーマンと腕を組んでバザーの中を見て回った。

「やあ、アイリーン。来ていたの？」

バザーを一通り見て回ったあとで、飲み物を買ってベンチで休憩を取っていると、アイリーンたちの姿を見つけたロバートがやってきた。

この教会を管理しているロバートは、両手にたくさんの料理やお菓子を持っている。出品している店を回るたびに押しつけられるのだろう。食べるのを手伝ってほしいと言いながらアイリーンの隣に腰を下ろした。

アイリーンはカップケーキを、ファーマンはパンを受け取って、三人は並んで食事をとる。

「君がここのバザーに来るのは久しぶりだね。どう？　楽しい？」

（もちろん！）

アイリーンが隣のファーマンの顔をちらりと見上げると、彼はにこりと微笑み返してくれる。今日のファーマンは機嫌がいいらしい。そんな彼と一緒にバザーを見て回って、楽しくないはずがない。

ロバート相手にのろけるわけにもいかないので、アイリーンは小さく「はい」と頷いたが、どうやらロバートにはお見通しの様子。くすくすと笑われてしまった。

ロバートはしばらくして、教会の人に呼ばれると慌ただしく行ってしまった。

「疲れていませんか？」

「全然！　ファーマンは？」

つい訊《き》き返したけれど、聞かなくてもわかる。ファーマンはアイリーンとは鍛え方の違う騎士様である。この程度で疲れるはずがない。

大丈夫ですよとくすりと笑われて、アイリーンはくすぐったくなる。

ファーマンは領地に来てからずっと教会に出入りしていたから、こうして二人きりですごすのは実ははじめてである。

王都から領地への移動の間は護衛としてそばにいてくれたが、ゆっくりとおしゃべりする時間はなかったし、あのときはただの護衛と護衛対象でしかなかったから。

「いい天気ねー！」

「そうですね」

二人そろってすっきりと晴れている青空を見上げて、そんなことを言ったりして。

何もすることがないけれど、逆にこうして二人でのんびり空を見上げてぼーっとしているのが嬉しかったりもする。

バザーも一通り見て回ったけれど、まだしばらくここでのんびりしていたい。

あと少ししたら庭で演奏会が開かれるらしいから、それまでゆっくりして、演奏会がはじまるころに聴きに行ってもいい。

子供から買ったマーガレットの小さな花が風に揺れる。

強い風ではないけれど、春先でまだ少し涼しいから、風が吹き抜けると肌寒く感じてしまう。

（マーガレットかぁ。懐かしいなぁ……）

子供のころ、マーガレットの花束を差し出してくれたある人の顔を思い出して、アイリーンは慌てて首を横に振った。

「どうかしました？」

突然首を振ったアイリーンに、ファーマンが不思議そうになる。

アイリーンは「なんでもないの」と答えたあとで、寒がるふりをして少しだけファーマンとの距離を詰めた。

本当はぴったりとくっついてみたかったけれど、まだそんな勇気はない。

メイナードのときは、彼が隣にいるのが当たり前だったから何も悩まなかったけれど、ファーマン相手ではそうはいかない。

マーガレットの花を見ているとどうしてもメイナードのことを思い出してしまって、アイリーンはふと、彼は今何をしているのだろうかと考えた。

☆

——アイリーンがデートに行った。

メイナードは王家の別荘の私室で一人チェスをしながら、はーっと息を吐きだした。

バーランドは王都へ向かったきり戻ってこない。

この一週間、アイリーンと仲良く草むしりができてとても幸せだったのに、その幸せは昨日の夜に届いた「ファーマンとバザーに行くから不在にします」という連絡を受けて一気に急降下。

愚痴を聞いてくれるバーランドはいないし。一人チェスは面白くないし、もういっそふて寝をしてすごそうかと本気で考えている。

聖女選定の儀式さえなければ、アイリーンは今もメイナードの隣で笑っていてくれたはずなのに。

メイナードは前聖女サーニャが他界した直後の、父王との会話を思い出した。

☆

「サーニャが死んだため次の聖女選定を行うことになった。次の聖女はリーナ・ワーグナー伯爵令嬢だ。お前とアイリーンの婚約は破棄され、リーナと婚約し直すことになるからそのつもりで」

聖女サーニャの他界の知らせを受けてすぐのことだった。

メイナードは父である国王に呼び出されて単刀直入《たんとうちょくにゅう》にそう告げられた。

あまりに突然のことにメイナードはあんぐりと口を開けたまましばらく反応できなかった。

今、国王はなにを言った？

この目の前の椅子にふんぞり返っているくそ親父は、何を言いやがった？

茫然《ぼうぜん》とするメイナードをよそに、国王はさも道理を説くような偉そうな顔で続けた。

「聖女を教会側に渡すわけにはいかん。教皇派の発言力が強まるのは面倒だからな」

国王の言いたいことは、一応は理解できる。メイナードは二十二歳。すでに国王の下で政治を学びはじめているし、もっと言えばその一部の仕事をすでに引き受けている。他国と比べると、小国だからか、この国のどこか緩い国民性からか、現在、宗教派閥が国王の足を引っ張るようなことはないが、歴史を紐《ひも》解けば、国王派と教皇派の対立で国が荒れた時期もあった。過去と同じ轍《てつ》を踏むわけにはいかない。

また、聖女を王家以外の貴族に嫁がせるのも問題がある。身の回りの警護の問題はもとより、聖女が嫁ぐことでその家の発言力は自然と上がり、変な派閥を作りやすい。大きな顔をして政治に口出ししてくる輩《やから》が出ないとも限らない。

だが――

「……聖女を手に入れたいなら、私でなくともいいはずですが」

弟のサヴァリエには申し訳ないが、彼はまだ誰とも婚約していない。ちょうどいいのがいるのだから、聖女はサヴァリエにあてがえばいい。

すると国王は「わかってないな」と言わんばかりに大きく首を振った。その大げさな様子に、メイナードはイラっとする。

「サヴァリエを聖女と結婚させれば、貴族院の連中が何を言うか、お前は想像できないのか？」

「……次の国王はサヴァリエにしろ、と？」

「そういうことだ」

メイナードは舌打ちした。

けれどもここで「わかりました」と引き下がるわけにもいかない。

メイナードとアイリーンは十八年間も婚約関係にあった。結婚相手はアイリーン以外考えられない。

国王になった隣には、アイリーンにいてほしい。彼女の笑顔とともに国を担っていきたいのだ。

「お前がアイリーンを気に入っているのは知っているがな、これればかりは仕方ない」

何が仕方ないだこのくそ親父。他人事《ひとごと》だと思って好きなことを言いやがって。

子供のころであればこのあたりで容赦なく殴りかかっていたところだが、メイナードも二十二歳。息子と言えど、国王を殴るのはまずいとわかっている。

「ちなみに、どうして次の聖女がワーグナー伯爵令嬢だと？」

リーナ・ワーグナーは確かにこの国で一番と言ってもいいほど強い癒しの力を持っている。それはメイナードも認めるところであるが、だからと言って、儀式を行う前にさも決定事項のように言い切れることが疑問だった。

国王はほくほく顔で言った。

「教皇に教えてもらったのだ」

「――は？」

教皇が、どうして次期聖女の情報をこっそり国王に教えるのだ。いやそれよりも、どうして次の聖女が誰であるかを教皇が知っているのか、である。

教皇は神の代弁者とも言われるが、聖女は宝珠が選ぶもの。教皇が選ぶものではない。

「次の聖女はリーナ・ワーグナーでしょう、と。他家に取られる前に早くお前の婚約者にしてしまえと助言してくれたのも教皇だ。今の教皇ユーグラシルは優しいからな！」

メイナードは教皇ユーグラシルの顔を思い出して眉間《みけん》に皺《しわ》を刻んだ。優しい？　少なくともメイナードにはそうは思えない。彼は苦手だ。

（第一、教会側も聖女がほしいはずだ。聖女が誰かを知っているなら、どうしてそれを国王に教えて私との婚約をすすめてくる？）

メイナードが考え込んでいると、国王は怪訝《けげん》そうな顔をした。

「どうして悩む。次期聖女がアイリーンでなければいいと、お前も言っていたじゃないか。アイリーンでなかったのだからむしろ喜ぶところだろう？」

喜べるか馬鹿親父。

アイリーンが聖女に選ばれなければいいと思っていたのは確かだが、アイリーンとの婚約を解消させられるのでは話が違う。

「……サヴァリエが駄目なら、末席のあたりのどこかの王族にでも……」

「お前がそれを本気で言っているのであれば、私はお前の次期国王としての素質を疑うな」

前聖女のサーニャが当時の王弟であった大叔父《おじ》に嫁いだのは、国王だった祖父がすでに妃を迎えていたからだ。もし祖父がメイナードと同じように、まだ婚約を交わしただけの立場であれば、その婚約は破棄されてサーニャと結婚していただろう。

聖女は限りなく国王に近いところへ嫁がせろ。それが教皇派を除く王家の総意だ。

（……くそっ）

メイナードはアイリーンの顔を思い浮かべる。

十八年前に婚約して、八年前におままごとのような求婚をした、蜂蜜色のふわふわとした髪にアメシストのようなきれいな紫色の大きな瞳をした、可愛らしい侯爵令嬢。

サーニャがまさかこれほど早くに逝《い》くとは思っていなかった。彼女は死ぬ数日前までは元気にしていて、アイリーンと結婚する数年先まではもってくれると思っていたのに——

こんなことならば侯爵の意向を無視してさっさと結婚しておけばよかった。二十歳までは娘を手元に置いておきたいとぬかす親ばか侯爵の意志を尊重するのではなかった！

メイナードが両手で顔を覆うと、何を思ったのか、国王がこんなことを言い出した。

「そんなにアイリーンのことが心配なら、お前と婚約を解消したあとでサヴァリエの婚約者にしてもいいぞ？」

メイナードは殴れない代わりに、近くのソファに置いてあったクッションをひっ掴むと、力いっぱい国王の顔面目がけて投げつけた。

☆

「くそ親父……」

いや、恨むべくは、次期聖女がリーナ・ワーグナーだという妄言を国王の耳に入れた教皇ユーグラシルだ。

いったいどういうつもりなのかは知らないが。余計なことを言ってくれたものだ。

そのおかげでメイナードは、アイリーンと婚約を解消するしかなくなった。——まあ、メイナードも、前聖女のサーニャが他界した瞬間に嫌な予感がしていたのは確かだったのだが。

王家は聖女にこだわる。

その理由は聖女が「何」であるのかという理由もあるが、なにより、権力の偏りを生む聖女という存在を、王家以外にくれてやるわけにはいかない。

過去には聖女が王家以外に嫁いだ例もあるが、その時代は大抵国が荒れた。

国とは、絶妙な力の均衡の上に成り立っているものである。その均衡が崩れたとき、政《まつりごと》はうまくいかなくなる。

だからこそ、権力を生む聖女は、何としても王家の中に取り込む必要があった。

それはわかる。わかっている。

すべて、時期が悪すぎた。

前聖女がもう少し長く生きてくれれば、メイナードはアイリーンを手放さずに済んだ。

もっと長く生きていれば、もしかしたらアイリーンは聖女に選ばれなかったかもしれない。

（……どうしてアイリーンなんだ）

次の聖女がリーナ・ワーグナーだと聞かされたとき、メイナードの心は二つの感情で大きく揺れた。

一つは、アイリーンとの婚約を解消しなければならないという苦しさ。

もう一つは――、アイリーンが聖女ではなかったという安堵《あんど》。

アイリーンは――、アイリーンだけは、聖女に選ばれてほしくなかった。

それがたとえ、アイリーンを手放すことになったとしても、彼女は聖女なんかに選ばれてほしくなかったのに。

聖女はリーナ・ワーグナー。メイナードはおそらく、一生をかけてでも彼女を愛することはできなかっただろう。メイナードの心にはすでにアイリーンがいる。けれども、愛することができなくても、メイナードはそれでいいと思った。

アイリーンが聖女でないなら、それでいい、と。

戦争のない時代に、聖女の力を必要とするようなことは起きないかもしれない。

けれども、もしも何か国難が起こったときに――、聖女は、その力を使わなくてはならない。使わせなくてはならない。

それをするのは、伴侶《はんりょ》である王家の人間――すなわち、メイナードだ。

聖女に選ばれてしまったのだから、アイリーンはなんとしても王家に取り込まなくてはならない。

けれどもメイナードは、それを喜んでいいのか悲しんでいいのかがわからない。

一度は諦めたアイリーンをもう一度手に入れるチャンスが与えられた喜びと同時に、もしもの未来を考えると心が凍る。

アイリーンに真実は告げられない。

十八年間――生まれてすぐにメイナードの婚約者として王家に縛りつけられた彼女を、さらに縛りつけるようなことは言いたくない。

だからメイナードは、言えない分、せめてできる限りの自由をアイリーンに与えたかった。

本当は、アイリーンが聖女に選ばれた時点で、国王は勅命《ちょくめい》を出すつもりだった。アイリーン・コンラードを再びメイナードの婚約者に、と。

ふざけている。

王家の都合で婚約破棄されたアイリーンに、王家の都合で戻ってこいと言う。

その勅命を出そうとした国王を、実の父とはいえ、メイナードは心底軽蔑《けいべつ》した。

だから自分で取り返すから手を出すなと言ってアイリーンを追いかけた——のに。

(……恋人か)

まさかあっさり新しい恋人を作られるとは思わなかった。

しかも相手は聖騎士。教会側の人間。

そこまで考えてメイナードはハッとした。

ファーマン・アードラーは聖騎士で教会側の人間。

アイリーンの護衛の中に聖騎士が入り込んでいたという違和感。

「……教皇は、どうしてリーナ・ワーグナーを聖女だと言った?」

聖女は宝珠が選ぶ。その聖女の名前を、どうして教皇が知っていた?

「まさ、か……」

教皇が正しく聖女の名前を知っていたのならば、それを偽ることだって可能なはずで——

「わざとか」

メイナードは勢いよく立ち上がった。

チェス盤の上から駒《こま》がこぼれ落ちて、床の上に散らばる。

教皇はわざと国王に偽の情報を与えた。聖女はリーナ・ワーグナーだと。そして、アイリーンの護衛の中に教会側の人間である聖騎士を潜り込ませる。すべては――

「教会側が、聖女を手に入れるために……」

あの食えない教皇ならば、国王の勅命を、メイナードが退けることまで計算に入れていたはずだ。

何もかも、教皇の手のひらの上だった。そう考えれば、すべてのつじつまが合う。教皇がリーナが次期聖女だと言ったそのときから感じていた違和感の答えが、出る。

「なんで気がつかなかったんだ……」

アイリーンが聖騎士にかすめ取られてから気がつくなんて遅すぎる。

こうなっては、教会側はそう簡単にアイリーンを手放さないだろう。人のものになった聖女を勅命をもって王家に取り入れれば――、王家への反感が高まるのは必至。

どうやっても、手が出せない。

メイナードは力なく椅子に座り直すと、テーブルの上に突っ伏した。

「アイリーン……」

「お前まだうじうじしているのか」

あきれたような声が聞こえてきて、メイナードは顔を上げた。

王都から戻ってきたらしいバーランドが、旅装束のまま扉に寄りかかるようにして立っている。

戻ってきてすぐにこちらへやってきたのか、その顔には若干の疲労感があり、いつもきっちり整えている金髪は少し乱れていた。

「……アイリーンがデートに行ったんだ」

「ファーマン・アードラーと?」

「アードラー以外の男が出てきたら、私は本気で泣くぞ」

「うざいからやめてくれ」

バーランドは大きく嘆息して、メイナードに向かって調査報告書を放《ほう》り投げた。

「ファーマン・アードラーの素性がわかったぞ。あいつは――」

メイナードは報告書を開くと、途端に眉を寄せた。

メイナードの推理が限りなく真実に近いと証明する証拠《しょうこ》が、そこにはあった。

四章　教皇の犬

軽快なリズムで演奏会が終わると、立ち代わりで舞台に現れた子供たちが賑《にぎ》やかに歌い出す。

今日のために一生懸命に練習したのだろう。頰《ほお》を紅潮させて歌う子供たちはとても可愛《かわい》らしい。

彼らは教会が運営する孤児院の子供たちだ。

孤児院と聞いて、昔はよく可哀《かわい》そうだと思っていた。

でも、決してそうとは限らないと教えてくれたのは、慰問で訪れた孤児院の修道女だった。

孤児院には生まれたときから捨てられた子供もいれば、金銭的に困窮《こんきゅう》して預けられた子供、それから親からひどい虐待を受けていて保護された子供たちがいて、孤児院に預けられてからの方がずっと幸せになった子供たちも大勢いるという。

孤児院を運営している大人《おとな》たちは、子供の心に寄り添って、彼らが立派な大人になれるように苦心する。

だから、この子たちはみんな笑っているでしょうと言われて、アイリーンはなるほどと思ったものだった。

そのときからだろうか。アイリーンは孤児たちのことを可哀そうだと思わなくなった。そうではなく、どうすれば子供たちがもっと笑っていられるだろうと考えるようになって――、メイナードと何度も孤児院に足を運んでいたから、ステージに立つ子供たちの表情を見ればわかる。

今ここで歌っている子供たちは、幸せそうだ。

歌い終わった子供たちがちょこんと可愛らしくお辞儀をするから、アイリーンは大きな拍手を送る。

次はヴァイオリンを演奏する子の番で、彼女たちがステージに上がろうとした、まさにそのときだった。

火事だ――、とどこかから声が上がって、あっという間に周囲が喧騒《けんそう》に包まれる。

「火事って、どこで⁉」

慌ただしく駆けてきた教会の関係者を捕まえて問いただせば、教会の裏手の孤児院から火の手が上がったのだと説明された。

孤児院が火事だと聞いた途端、ファーマンの顔がさっと強張《こわば》る。

「ファーマン！」

アイリーンが止める間もなく駆け出していったファーマンを追いかけようとするが、走り出す前に誰《だれ》かに腕を強く引かれて振り返った。

「ロバート様！」

「危ないから君は行ったらだめだ。こちらへ燃え移ることはないだろうが、子供たちと一緒に教会の中に避難していなさい」

「でも……」

ファーマンが走り去った方を心配そうに見つめるアイリーンの頭に、ロバートがポンと手を置いた。

「彼は騎士だ。大丈夫、ほかにも大勢向かったし、私もこれから様子を見てくるから。それに、ほら、聖女が一緒にいたら子供たちも安心するだろう？」

ファーマンも孤児院も心配だったから行きたかったが、そう言われればアイリーンが我儘《わがまま》を押し通すことはできない。

アイリーンが頷《うなず》くと、ロバートはホッとしたように微笑《ほほえ》んで、アイリーンと子供たちを教会の中に避難させ、その足で孤児院の方へ向かった。


どのくらい時間がたっただろうか。

子供たちや修道女たちと教会の中でファーマンたちの無事を祈っていると、一人の男性が近づいてきた。

教会で働く人間は位によって服の色分けがされている。

男が来ていた服の色は灰色だったので、一番下の位——主に、雑務などを行っている立場の人間だとわかった。

「アイリーン様、大神官様がお呼びです」

ロバートは教会を管理していて、みんなから「大神官様」と呼ばれている。

どうやら火事が落ち着いたのだろう。アイリーンは一つ頷いて、男のあとをついていった。

てっきり孤児院へ向かうと思ったのだが、男が案内したのは孤児院とは逆の教会の裏側。

(こっちには特に何もないはずだけど……)

あるのは小さな裏庭だけである。

孤児院の方へ向かわないということは、まだ火が消えていないのだろうか。だが、たとえそうであっても、わざわざ裏庭に向かう必要がどこにあるだろう。

火事の騒ぎで裏庭に来る人間はほとんどいないだろうし、ますますわからなくなってアイリーンは首をひねる。

「こちらで少しお待ちください」

「ええ……」

男がいなくなってしまうと、アイリーンは裏庭に一人ポツンと取り残された。

(ロバート様、いったい何の用事なのかしら?)

裏庭に呼び出して、内緒話でもするつもりだろうか？

いや、そんなはずはない。ロバートは慎重な性格である。本当に内緒話がしたいのならば、いつ誰が聞いているとも知れないこんな場所ではなく、ロバートの部屋で完全に人払いをするだろう。つまり、わざわざ人気《ひとけ》のない裏庭に呼び出すはずは——

そこまで考えて、アイリーンはハッとした。

ここにいるのはまずい。

そう、ロバートがわざわざ裏庭にアイリーンを呼び出すはずはないのである。

アイリーンが慌ててこの場から立ち去ろうと踵《きびす》を返しかけたそのときだった。

「――――!」

突然に口に何かを当てられて、直後に襲ってきた強い刺激臭に急速に意識が奪われていき――

(ああ……、聖女は一人でふらふらしたらダメって、あれだけ言われたのに……)

アイリーンは自身の迂闊《うかつ》さを悔やみながら、意識を手放した。

☆

孤児院の火災はそれほどひどいものではなく、出火もとであろうキッチンのあたりが燃えただけだったが、火を消し終わったあとも片付けなどで忙しく、ファーマンが一息つけたのはしばらくたってからのことだった。

「アードラー君、もうここはいいから、アイリーンのもとに戻ってあげなさい」

ロバートにそう言われて、ファーマンはアイリーンを置いてきてしまったという事実に今更ながらに気がついた。

孤児院が燃えていると聞いて、いても立ってもいられずに駆けつけてしまったが、ファーマンはアイリーンの護衛だ。アイリーンの護衛は今日はファーマンしかいないのだから、彼女を一人にするなど言語道断《ごんごどうだん》。

青くなるファーマンの肩を、ロバートが苦笑しながらポンポンと叩《たた》いた。

「アイリーンには教会の中にいるように言ってあるから大丈夫だ。気持ちはわかるが……、君は彼女のそばにいないといけないだろう？」

「……申し訳ございません」

ファーマンはロバートへ一礼して、そのまま教会へ走っていく。

一部の人間にしか知られていないが、ファーマンはここの孤児院出身だ。そのせいか、つい冷静さを欠いて飛び出してしまった。

ロバートはファーマンがここの孤児院出身だと知っているから、咎《とが》めるようなことはしなかったが、アイリーンの護衛の任務に就いているファーマンが護衛対象を放置して自分の感情を優先させたのはまずかった。

アイリーンは貴族令嬢には珍しいほどに心の広い女性だ。

一介の騎士に対しても使用人に対しても気さくに話しかけるし、裏表がないのか、言動に嫌味もない。

アイリーンの侍女にはネチネチ言われるが、ファーマンが教会へ毎日出入りしていることについても、彼女はまったく責めなかった。

そんなだから、メイナード王子もアイリーンに夢中なのだろう。

彼女は相当鈍いのか、メイナード王子が自分に気があるなんてこれっぽっちも思っていない。聖女だから口説いてくると信じていて――、まあ、メイナードも相当不器用なのだろうが――、彼の気持ちにはまったく気づいていないアイリーンも大概である。

そばで見ているファーマンでもわかるのに、あれほど必死に気を引こうとされて、どうして気がつかないのだろうと不思議になる。

二人そろって草むしりなんて日課にしはじめたと聞いたときは閉口してしまったものだ。何もないのに一国の王子が毎日草むしりに来るはずないだろう。「殿下って草むしりが好きみたいなの」と言ったアイリーンにはさすがにあきれた。

だが、逆を言えば、その超がつくほどの鈍感さのおかげで助かってもいる。

メイナードには申し訳ないが、彼女を王家に渡すわけにはいかないのだ。

（さすがのアイリーン様でも、今回は怒っているかな……）

アイリーンを置いて孤児院に向かってしまったから、置いていかれた彼女が怒っても仕方がない。

申し訳ないと思う反面、少しだけ怒らせてみたいと思う自分がいた。

彼女はどんな顔をして怒るのだろうか。そんなことを考えてしまった自分に苦笑する。

怒られる怒られないはさておき、最初は謝っておいた方がよさそうだ。二十八年――それなりにモテてきたファーマンは、女性に対して、こういうときには下手《したて》に出ておいた方がいいというのを知っている。

教会へ到着したファーマンは、アイリーンの姿を探して視線を彷徨《さまよ》わせる。

「アイリーン様？」

それなりに大きい教会とはいえ、見渡せないほど広いわけではない。

ファーマンはアイリーンの名前を呼びながら教会の中を探し回ったが――、どういうわけか、彼女の姿はどこにもなかった。

☆

「どういうことだ！」

「殿下、落ち着いてください」

ファーマンの襟《えり》に掴《つか》みかかったメイナードを、ロバートが引き離す。

孤児院から教会へ戻ったあと、ファーマンはアイリーンがいなくなったことをロバートに報告した。

教会内を総出で探し回ったが、アイリーンを見つけることはできなかった。

そしてマーガレットの花束が教会の裏庭に落ちていたと報告が上がり、もしかしたら何者かに連れ去られてしまった可能性が浮上して、ファーマンはロバートとともに急ぎコンラード家へ向かったのである。だがそこにはなぜかメイナードと、第二騎士団の副隊長であるバーランド・ジェネールがいて、事情を聞いたメイナードがファーマンの襟に掴みかかってきたのである。

「火事が起こって慌てていたのはわかるが、お前が一番優先しなければいけないのはアイリーンではないのか！」

メイナードに怒鳴られて、ファーマンは反論できなかった。その通りだからだ。

アイリーンの侍女であるセルマは真っ青な顔で今にも倒れそうである。

メイナードをなだめるように彼の方に手を置いたバーランドが、鋭い視線を投げてよこした。

「心当たりは？」

低い声が、バーランドも相当怒っているのだと伝えてくる。

「それは……」

ファーマンはちらりとロバートに視線を投げた。

ロバートは肩をすくめて、仕方ありませんねと前置きして口を開く。

「あまり言いたくはありませんでしたが、こうなっては黙ってもいられませんね。心当たりは、あるにはあります」

そうして、彼はここのところファーマンを教会に呼びつけていた本当の理由を話しだした。


ファーマンが毎日のように教会に出入りしていたのにはわけがある。

教会関係者の中に怪しい動きをしているものがあると、秘密裏にロバートに報告が上がり、それを調べるために駆り出されていた。

報告されていた怪しい動きをしている可能性のある教会関係者の一覧にあった男が少々厄介な身分であったため、表立って調査に乗り出すことができず、頭を抱えていたところに、アイリーンの護衛としてファーマンがやってくると聞いたのである。使わない手はない。

本来、ファーマンはしばらくの間アイリーンの護衛に専念するはずだったのだが、その立場も逆を言えば好都合だった。調査のために新たに聖騎士の派遣を要請すると怪しまれるのではないかと危惧《きぐ》していたからだ。その点、アイリーンの護衛としてもともとこの地へやってきていたファーマンがロバートの周りをうろうろしても、さほど不思議でもない。万が一理由を問われても、アイリーンの身辺警護のための打ち合わせだと誤魔化しておけばいい。

ファーマンは聖騎士となって長いし、今までも教会の命令を受けて様々な仕事をこなしてきたから、能力についても折り紙付きだ。唯一、教皇の命を受けているファーマンが、個別でのロバートの頼みを断るかもしれないという可能性があったが、意外にも彼は二つ返事で引き受けてくれた。

しかし、この二週間ほどの調査で、怪しい人物はある程度絞り込めたが、何を目的にしているのかまではまだわかっていなかった。

聖女が狙《ねら》われる可能性も考えられなくはなかったが、国内で聖女を攫《さら》ったところで、メリットがあるはずもない。聖女を連れ去ったとして重い罪に問われるだろうし、隠そうとしたところで、聖女がいったい何であるのか、その事情を知るもの以外の者たちにとって、聖女の価値は「聖女を妻にした」という付加価値のみ。家の中に隠したところでまったく意味を持たないのだ。

危険を冒して手に入れたところで何にも役に立たないのだから、わざわざ連れ去る必要はない。聖女を妻に迎えたいのであれば、むしろこそこそせず、正々堂々《せいせいどうどう》求婚するのが一番いい。だから、アイリーンが狙われる可能性は低いと踏んでいた。

もちろん、安心しきっていたわけではない。

権力に固執するものはあの手この手でアイリーンを手に入れようともくろむだろう。連れ攫われる可能性までは考えていなかったが、何らかの方法で接触を図ってくることはあるかもしれないとは思っていた。

だが、何が目的であるのかわからない以上、決めつけて行動するわけにもいかず、様子見のためにしばらく泳がせていたのだ。

「今回のバザーの警備はどうなっていた」

「そこはきちんと行っていましたよ。教会の敷地内に誰が入ったのかも管理していましたし……、『彼』が入ってきたという報告はありませんでした」

「ではなぜアイリーンはいなくなった」

「……誰か別の人間の仕業か、手引きした者がいるとしか考えられませんね」

「もういい！」

メイナードは立ち上がると、急いで部屋を出ていこうとする。それを止めたのは、バーランドだった。

「待て！　まさか乗り込む気か」

「当たり前だ！」

「あほか！　いきなり邸《やしき》に王子が乗り込んで、もしも違ってみろ！　ただでさえお前は今回の聖女選定の一件でいろいろ不利なんだぞ、これ以上――」

「私よりアイリーンだ」

「ああ、もう！　だから、とにかく落ち着け！」

バーランドは無理やりメイナードを椅子《いす》に座らせると、ロバートをじろりと睨《にら》みつけた。

「もちろん聖騎士は動くんだろうな」

「……、この段階ではまだ、動かすわけにはいきませんね。証拠《しょうこ》がありません」

「ふざけるな！　誰の責任だと――」

「私が動きます」

バーランドがロバートを怒鳴りつけようとしたそのとき、ファーマンが静かに口を挟んだ。

部屋にいたものの視線がすべてファーマンに集まる中、彼は続ける。

「アイリーン様が連れ攫われたのは、そばを離れた私の責任です。私が動きます」

「却下だな」

メイナードの氷のような視線がファーマンに突き刺さる。

「悪いがお前は信用できない。私たちが調べていないとでも思ったか？　ファーマン・アードラー……、教会の――教皇の『犬』」

ファーマンは息を呑《の》んだ。

五章　恋と呼ぶにはあっけなく

間違いない。

これはお説教案件です。

カンカンに怒り狂うセルマの顔が目に浮かぶよう。

教会の裏庭で不覚にも何かを嗅《か》がされて意識を手放したアイリーンは、意識を取り戻すと、今の状況判断を行うより早くに頭を抱えてしまった。

絶対怒られる。間違いない。迂闊《うかつ》な行動はするなとあれほど言われていたのに、迂闊なことをしてしまった。

考えて行動しないからだとか、自分の立場をわかっているのかだとかで、きっと三時間は解放されないはず。

（あー……いやぁ……）

閉じ込められている今の状況より、セルマの雷を怖がる自分は意外と冷静なのだろうかとどこか他《ひ》人事《とごと》のように思いながらも、アイリーンはひとしきりセルマの剣幕を想像して怯《おび》えたあとで、部屋の中を見渡した。

薄暗い狭い小屋のような粗末な一室に、手足を縛られて転がされている。

部屋の中は埃《ほこり》っぽいし、縛られている手足は痛いし、どうしてこんな目に遭わなくてはいけないのだと恨み言を言いたくなっては、それは自分のせいだとため息だ。

アイリーンはどうにかして縄をほどくことはできないものかと、芋虫《いもむし》のようにばたばたと暴れてみたが、一向に緩む気配はなく、途中で力尽きる。

(仮にもわたし聖女なんだけど！　この扱いひどくない？)

生まれて十八年、拉致《らち》されて縛り上げられるなんてはじめての経験だ。

(わたしを攫《さら》ってどうしようっていうのよ！　言っておくけど、色気なんてこれっぽっちもないんだから、お金持ちのおじさまに売り飛ばそうとしたところで、安く買い叩《たた》かれて終わりに決まってるわよ！)

それとも聖女って高いのだろうか？

だが、アイリーンに特別な力なんてないのだから、買ったところで損するだけだ。

聖女に選ばれたその日に、神官のおじいちゃんが聖女は攫われる可能性がうんたらかんたらと言っていたけれど、それは国外に限ると思っていた。

なぜなら、国内で聖女を攫ったところで、隠し通せるはずがないし、聖女をほしがる人たちは地位や権力がほしい人たちなのだから、家に閉じ込めて隠していたら意味がない。

（わたしを脅して妻に――とかならあり得るのかしら？　でも脅される弱みってないしなぁ）

子供のころにメイナードと城の噴水で水遊びをして王妃様にこっぴどく叱《しか》られたことがあるけれど、それは当時城にいた人なら誰《だれ》でも知っていることだし。

八歳のころに陛下の冠の中にカエルを入れたのは、メイナードの発案である。

もっと言えば、五歳のころに木登りをして骨折したことがあるけど、あれは子供のころのおてんばで許されるはずである。

それから――

（……思い返して見れば、わたしってろくなことしてないわ）

それでもここ数年――それこそ、社交デビューしてからは、公の場では淑女のお手本になるような行動を心がけていた。だから脅されるような醜聞はないはずなのである。

（って言うか、普通のご令嬢が顔を真っ赤に染めるようなことでも、案外平気なのよねぇわたし）

二年ほど前の夜会のときのこと。

当時メイナードの婚約者だったアイリーンをやっかんだ令嬢の一人が、事故を装ってアイリーンのドレスに赤ワインをかけたことがあった。

（あのとき、汚れちゃったから着替えてくるわねーって言ったら、すっごい驚かれていたわね）

普通のご令嬢なら泣き出していたところだよとメイナードが苦笑したのを覚えている。

そのため、アイリーンを脅すつもりなら、それこそびっくりするような特大ネタを持ってこない限り無理である。

第一、メイナードに婚約破棄された以上の醜聞をアイリーンは知らない。

「……思い出したら腹が立ってきたわ」

水に流したはずだけど、「別にいいよね？」とほざいたあのときのメイナードの顔を思い出すと、胃のあたりがムカムカしてくる。

（いいわけあるか、ばーか！）

八年前にマーガレットの花束を贈って求婚してきたくせに、よくもまあ、あんなふざけたセリフとともに捨ててくれたものだ！

「はあ、……どうしよっかなぁ……」

縄がほどけなければ逃げようがないし、そもそもここがどこかもわからないし、おなかもすいてきたし、誰か助けに来てくれないだろうか。

怖いよーと泣き出すような性格ではないはずだけれど、さすがに心細くなってくる。

メイナードも、どうでもいいときにふらふら来ていないで、こういうときに颯爽《さっそう》と駆けつけてくれれば少しは見直すかもしれないのに。

（ファーマン、わたしから目を離したって怒られていないといいけど……）

ここから無事に生還したら、父に頼んで縄抜けの技術など拉致されたときの対処法について教えてくれる先生を探してもらおう。

ついでに、拉致した犯人に蹴《け》りの一発でもお見舞いしたいから、セルマに人を蹴り飛ばす技を教えてもらいたい。

だんだんとアイリーンの思考が物騒な方向へと傾きはじめたとき、小屋の外が騒がしくなった。アイリーンは床に転がったまま、声のする方へと首を巡らせる。

（あれ、この声ってもしかして――）

「アイリーン!!」

小屋のおんぼろ扉を蹴破らんばかりの勢いで開け放ったのは、まさかのアイリーンの元婚約者様だった。

☆

時刻は少し遡《さかのぼ》る。

「悪いがお前は信用できない。私たちが調べていないとでも思ったか？　ファーマン・アードラー……、教会の――教皇の『犬』」

メイナードが静かに告げると、ファーマンの目がゆるゆると見開かれる。

ファーマンが聖騎士であるとわかった段階で、メイナードは側近のバーランドに彼の情報を集めさせた。もっとも、バーランドも鋭い男である。メイナードからファーマンの所属を聞かされた段階で、調査するつもりではあったらしい。

バーランドは第二騎士団の副隊長でありながら、ジェネール公爵家の諜報《ちょうほう》部隊を使って様々な情報を仕入れてはメイナードに報告してくれるのだ。

メイナードの側近にはもう一人、バーランドよりも頭を使うことに長《た》けているオルフェウスがいるが、彼はアイリーンのことですっかり臍を曲げているので頼れない。

そこでバーランドを一度王都ヴァリスに戻し、ファーマンの近辺や表に出ていない彼の素性を洗わせた。

さすが教会だけあって、ファーマンの個人的な情報の大半が隠されていたが、逆を言えばそれである程度の絞り込みがかけられる。たかだか聖騎士一人の情報であるにもかかわらず、あまりにも秘されすぎていたからだ。

その結果、メイナードがたどり着いた結論が――『教皇の犬』。教皇の命令ならばたとえ死ねと言われても是と答えると噂《うわさ》される、教皇直属の部下だった。

教会は聖女を欲している。

メイナードはそう踏んでいる。

どういうからくりなのかはわからないが、教皇は事前にアイリーンが次の聖女であるとあたりをつけた。けれども、アイリーンはすでにメイナードの婚約者。手に入れるためには、メイナードから引き離す必要がある。

そこで教皇は、リーナの存在に目をつけた。

聖女の多くは癒《いや》しの力の強い女性が選ばれてきた。その点で、癒しの力の極めて強いリーナは、偽物に仕立て上げるにはちょうどよかっただろう。彼女の自信過剰な性格も、野心家な彼女の父の存在も、教皇にとっては好都合だったはずだ。

教皇が動くよりも早くに、リーナは次の聖女は自分に違いないと周囲に吹聴《ふいちょう》していた。昔からリーナが自分こそ聖女にふさわしいと言っていたことをメイナードも知っている。

あとは、教皇自身が国王の耳にささやけばいいだけだ。

そう――、すべてはあっけないほどに教皇の手のひらの上だった。

(気がつかなかった私もどうかしていた……)

教皇の狙《ねら》いにもっと早く気がついていれば、メイナードはアイリーンと婚約を解消することはなかった。――いや、悔やんだって仕方がない。アイリーンが聖女でないと聞いたとき、それを信じたのはメイナード自身だ。そう、アイリーンだけは聖女に選ばれてほしくないと祈っていた自身の願いが聞き届けられたのかと、喜びこそした。だから、あっさり信じた。疑いもしなかった。アイリーンを手放すことのつらさよりも、彼女が聖女に選ばれる方が、メイナードには耐えがたいほどの苦痛だったたから。

(結局、ユーグラシルも『教皇』だっただけだ)

教皇ユーグラシル。メイナードは彼のことが苦手だ。けれども、少なくとも彼は、先代の教皇であった男と違い、私利私欲《しりしよく》では動かない男だと、そう思っていた。だからこそ、国王もメイナードも、彼の言葉の裏を考えなかった。

メイナードはファーマン・アードラーに視線を向ける。

ファーマンがアイリーンの恋人に収まったのは、教皇の策略通りだったのかまではメイナードにはわからない。もしかしたら、教皇は違う男を選んでいたのかもしれない。そう――、ファーマンの隣で目を見開いているロバートのような貴族の男を。

メイナードの発言に驚いている時点で、ロバートはファーマンの素性を知っていたに違いない。彼の顔は、どうしてメイナードがそれを知っているのかと言いたそうだった。

「どこまでが策略で、どこまでが真実だった？」

メイナードが静かに問う。

アイリーンをメイナードから――王家から引き離したのは教皇の策略であろう。

では、アイリーンと恋仲だと告げたファーマンの心は、どこまでが嘘《うそ》でどこまでが真実だった？

（返答次第では、ただではおかない）

メイナードもアイリーンを傷つけた。どんな理由があっても、その事実は変わらない。けれどもファーマンのアイリーンに対する気持ちがすべて嘘だったと言うのなら、メイナードはこの目の前の聖騎士を許すことはできなかった。たとえお前に怒る資格はないだろうと言われても、だ。

アイリーンはどこまでもまっすぐで純粋だ。人の嘘や悪意を読むのは昔から得意ではない。良くも悪くも騙《だま》されやすくて――、だからこそ、聖女になんて選ばれてほしくなかった。彼女にあんな重たいものを背負わせたくない。

ファーマンがメイナードから視線を外すのを見て、拳《こぶし》を握りしめる。本当はこの場で殴りかかってやりたいけれど、時間が惜しかった。

「ロバート、悪いがお前たちのことは信用できない。教会の管轄《かんかつ》だという言い訳も聞く気はない。攫われたアイリーンは教会の関係者ではなく一般市民だ。そして、私の婚約者であった女性だ。教会からの苦情は一切受け付けない。――行くぞ、バーランド」

メイナードはバーランドを連れて部屋を飛び出した。

残された部屋の中には、ロバートとファーマンが黙ってうつむいていて――、そして、少し離れたところでそのやり取りを見ていたセルマは、メイナードたちが飛び出していった扉を見つめて、ぼそりとつぶやく。

「……少しだけ、見直しましたわ、殿下」

どうかお嬢様をお願いします――、セルマは静かに目を伏せた。

☆

「殿下……、どうしてここに？」

アイリーンは思わずポカンとして、部屋に飛び込んできたメイナードを見上げた。

誰か助けに来てくれないかなと思ってはいたが、本当に助けが来るなんて思わなかった。

しかも、これほどまでに血相を変えたメイナードの顔は、生まれてはじめて目にする。

驚きすぎて次の言葉が紡げないアイリーンに駆け寄ったメイナードは、彼女の腕や足の縄をほどくと、ぎゅーっと抱きしめた。

「アイリーン……、よかった」

メイナードの声が震えている。

よほど走り回ったのか、息も体も熱くて、ああこの人、本当に心配して探し回ってくれたのだと思うと、鼻の奥がツンと痛くなってくる。

何なのかしら、この人。

アホ王子のくせに。

わたしのこと、いらないって捨てたくせに。

そんなに震える手で、腕で、宝物みたいに抱きしめないでよ。

(あーもう!)

奥歯を噛《か》みしめて耐えるのに、目が潤むのを止められない。

アイリーンはメイナードの前で泣いたことなんてない。幼いころは違うけれど、少なくとも社交界デビューして、メイナードの婚約者なのだ、次期王妃になるのだと正しく理解してから、決して彼の前では泣かないと決めていた。

だから、泣きたくなんてないのに。……決壊、寸前。

アイリーンが必死になって涙と戦っていると、メイナードが小さく——本当に小さく笑って、後頭部に手を添えて、ぐっと彼女の顔を自分の胸に押しつけた。

(あー、これ。見ていないから泣いてもいいってことだ……)

だてに十八年もそばにいたわけじゃない。メイナードの言いたいことくらいわかる。それだけ、彼を見てきたから。

メイナードのそばでは、いつも強い女の子でいたいのに――、どうしてこの人は、アイリーンが泣きたいとわかるのだろう。

縛られたせいでしびれている手をメイナードの背中に回して、ぎゅーっとシャツを掴《つか》んでみる。

ぽろぽろと溢れた涙がメイナードのシャツに吸い込まれて、意地でも泣き顔を見られたくなくてしがみつけば、ぽんぽんと頭を撫《な》でられた。

（……わたしがちょっと弱いところを見せると、メイナードはすぐに甘やかすから、嫌い）

甘やかされるともっと甘えてみたくなる自分は、もっと嫌い。

メイナードとは常に対等でいたかった。

だって、アイリーンは将来王妃になる予定だったのだから、甘えるなんて許されないでしょ？

（メイナードだって、今でさえ忙しいのに――、将来国王になったらもっと忙しくなるのに、妻を甘やかしている暇なんてないのよ）

婚約を解消した今、もう肩肘《かたひじ》を張る必要なんてないとわかっているけれど、染みついた習慣や考え方はそう簡単には消えない。くだらないかもしれないけれど、意地も消えない。くだらないと言われようと、これはアイリーンの矜持《きょうじ》だ。

だから、メイナードの前では絶対に泣きたくなんてなかったのに。

（なのにこの人、わかっているのかしら？）

「もう怖くないから大丈夫だよ」

――涙が止まらなくなるから、そんなに甘い声でささやかないで。

意地でも声だけは出すものかと、声を押し殺して泣いていたアイリーンは、しばらくしてようやく顔を上げた。

気まずくてふいっと顔を逸《そ》らせば、メイナードがニコニコ笑うからむかつく。

助けに来てくれて嬉《うれ》しいのに、素直に「ありがとう」と言えないのは恥ずかしいからだ。

「殿下……、三歩以内に入っています」

ここでこんなことを言う自分を可愛《かわい》くないと思う。

「今は緊急事態だからね。どうしても殴りたいならあとで殴られてあげるから、もうちょっと我慢して」

メイナードはおかしそうに声を出して笑うと、ひょいっとアイリーンを抱え上げた。

「メイナード……！」

悲鳴を上げたアイリーンは悪くない。

だって、メイナードがいきなりお姫様抱っこで抱え上げたのだ。

(どうして抱え上げる必要があるの？)

下ろしてよと足をバタバタさせてみるけれど、しっかりと抱えられているからビクともしない。

(なんでこいつ、こんなに無駄に鍛えているのよ！)

見た目はそれほど筋肉質ではないのに、触れる腕や胸は驚くほどに硬い。実際この目で見たことはないから本当かどうかは定かではないが、噂では剣を使わせるとなかなか強いらしい。普段、メイナードが剣を持ち歩いているところを見たことがないから、信じていなかったけれど、小柄とはいえアイリーンを軽々と抱えてしまうところを見ると、本当なのかなと思ってしまう。

「アイリーンが私をメイナードと名前で呼ぶのは久しぶりだね」

「……失礼しました。だって、驚いたから……」

「別にいいよ。というか、前からいいって言っている」

「そういうわけには、いきませんから……」

子供のころはアイリーンもメイナードを名前で呼んでいた。それが殿下に変わったのはいつだっただろう。社交デビューをしたときはすでに「殿下」と呼び方を改めていたように思う。アイリーンの中で、この人は王子だから、ただの優しいお兄ちゃんじゃないと自覚したのは――十歳かそこらのときだった気がする。

アイリーンの中で、メイナードが悪戯《いたずら》仲間のお兄ちゃんから「婚約者」に変わった瞬間は、正直なところ覚えていない。

だって、メイナードの態度は昔から変わらないから。昔から、それこそ物心がついたときから、彼は優しかった。油断しているとすぐに甘えたくなるほどに、優しかったから――、どこで自分自身を律しはじめたのか、アイリーンは思い出せない。

「それより殿下、下ろしてください」

「それは無理。アイリーン、足がしびれているでしょ？　まともに歩けないと思うけど」

「……、あとで三発ほど殴らせてください」

確かに足がしびれているけれど、認めるのは腹立たしくてそう言えば、メイナードが「手加減してね」とニヤニヤするからバシッと肩を叩いてやった。もちろんこれはノーカウント。宣言した三発の中には含まれない。

「殿下、わたしは誰に攫われたんですか？」

メイナードに抱きかかえられたまま小屋の外に出ると、そこにはバーランドやほかの護衛の騎士たちの姿があって、アイリーンは真っ赤になった。

アイリーンを馬車まで運んだメイナードが、壊れ物を扱うようにそっと座席に座らせてくれる。

「今回のこと、それから聖女のこと――、そうだね、黙っている方が危険かもしれないね。わかった、帰ったら話すよ。全部、ね」

そう言ったメイナードの顔はどこか悲しそうで、それでいていつになく真剣で、アイリーンは心の中でぼんやりと、この人はきっと、これから話そうとしていることを本当はアイリーンに教えたくなかったのだろうなと、思った。

☆

邸《やしき》に戻ったときには、すっかり夜になっていた。

「お嬢様！」

邸の前に馬車が到着するなり、玄関から飛び出してきたセルマがアイリーンをぎゅっと抱きしめて
「あれほど行動にはお気をつけくださいと言ったでしょう！」と叱り飛ばす。

セルマにすごく心配をかけてしまったのはアイリーンも自覚しているところなので、一切の反論をせずにただ「ごめんなさい」と謝った。

遅れてやってきたファーマンとロバートがアイリーンを見てホッとした表情を浮かべるも、視線が絡むとなぜか二人そろって気まずそうに目を逸らすから、首をひねった。もしかして、教会でアイリーンが攫われてしまったことに責任を感じているのだろうか？　そのことはアイリーンも不注意だったし、むしろアイリーンの方こそ申し訳ないと思っているくらいなのだが。

「ファーマンもロバート様も、心配をかけてごめんなさい」

「いや……、君が無事でよかったよ」

小さく笑うロバートは、やはり少し変。

そばを離れて申し訳なかったと言うファーマンに至っては、顔色まで悪い気がする。

アイリーンが不思議に思っていると、メイナードが彼女の背中に手を添えた。どうでもいいけどメイナード、半径三歩の距離、平然と詰めてきたわね。

「ほら、ここで立ち話もなんだし、アイリーンもおなかがすいているだろう？」

「食事の準備はできております。お嬢様は先に着替えましょう」

メイナードに文句を言う暇もなく、セルマがぐいぐいとアイリーンを引っ張る。若草色のドレスは

埃まみれで、髪もぼさぼさで、確かに早く着替えた方がよさそう。

セルマに身支度を整えられてダイニングに降りれば、メイナードの右の手首にバーランドが包帯を巻こうとしていたところだった。

「どうしたんですか?」

メイナードはアイリーンの支度がまだかかると思っていたらしい。手当てされているところを見つかってバツが悪そうだ。

さっと袖《そで》で手首を隠そうとしたけれど、バーランドがあっさりばらしてしまった。

「アイリーンを助けに行ったとき怪我《けが》をしたらしいよ。君の前では格好をつけたかったから黙っていたみたいだけどね。ほら」

そう言ってバーランドがメイナードの袖をめくると、何かで引っかいたような傷があり、血がにじんでいる。

メイナードはじろりとバーランドを睨《にら》んだが、彼は飄々《ひょうひょう》とした様子で、巻こうとした包帯を片付けてしまった。

「と、いうことだから、アイリーン、頼めるかな?」

「おい!」

「もうばれたんだから、アイリーンに治してもらった方が早いだろ?」

メイナードの傷はそれほど深くなさそうである。大怪我になってくるとアイリーンの力では到底及ばないが、この程度の傷であれば、癒しの力の弱いアイリーンでも治すことが可能だ。

「殿下、診《み》せてください」

アイリーンが言えば、メイナードは渋々といった様子でアイリーンに右の手首を差し出した。

深い傷ではないけれど、血がにじんでいるし、これは痛かったはずである。

「すぐに言ってくれればよかったのに」

「……君は、いろいろ大変だっただろう？」

「それとこれとは話が別です」

「颯爽と助けに行って怪我をしましたじゃ格好がつかないもんな」

「うるさいぞバーランド！」

メイナードが怒鳴るが、バーランドは肩をすくめるだけだ。

妙なところで格好をつけたがるのだからとアイリーンは苦笑して、そっとメイナードの傷口に手をかざした。

集中すると、淡い光が手のひらからあふれ出て、ゆっくりとメイナードの傷を癒していく。

聖女に選ばれても、この力が弱いことには変わりない。使いすぎると疲れてしまうから、メイナードもアイリーンには力を使わせたがらないのである。

（こんな傷、リーナだったら一瞬なんだろうけど……）

アイリーンの力は弱いから、この程度の傷を治すのにも時間がかかる。

人の力を羨《うらや》んだところで仕方がないけれど、癒しの力を使うとき、いつもせめてもう少し強ければと思わずにはいられなかった。

傷の手当てを終えると、ファーマンやロバートたちもやってきた。

メイナードもバーランドも一緒に食事をとると言うから、五人でダイニングテーブルを囲んだけれど、妙に空気が張り詰めているように感じるのはアイリーンだけだろうか？

メイナードはファーマンを目の敵《かたき》にしているから、空気がギスギスするのも仕方がないかもしれないが、食事のときくらい、もう少しにこやかにしてほしいものである。

メイナードは視線が合えば微笑《ほほえ》んでくれるけれど、ファーマンにいたっては、黙々と食事を続けていて、アイリーンと視線を合わせようともしない。もしかして、今回のことで二人を責めているのだろうか？　それならばやめてほしい。あれは、アイリーンの不注意がすべてを招いたことなのだから。

カチャカチャと食器の音だけが妙に響く夕食を終えて、さて、そろそろ今回のことを訊《たず》ねようかと思っていれば、メイナードとバーランドが今日はここに泊まると言い出した。びっくりしていると、セルマも「それがよろしいですわね」と頷《うなず》いている。

どういうことかしら？　バーランドはともかくとして、メイナードのことはセルマも腹を立てていたはずだ。それなのにどうして歓迎ムードなのだろう。

それから「お嬢様は疲れているのですから早く寝ましょうね」と言われて、メイナードに今回のことを聞く暇もなく自室に押し込められた。

お風呂《ふろ》に入って、服を着替えて、セルマに無理やりベッドに横にされて、「おやすみなさいませ」と言われるけれど、もう混乱がすぎて全然眠たくありません！

（なんかわたし、のけ者にされてない？）

ももやするから、アイリーンは子供のようにごろごろごろとベッドの上を転がってみる。

両手を万歳させて、ごろごろごろごろとベッドの端から端までを転がって、また転がって、転がって……、しばらく飽きもせずに転がり続けていたら、コンコンと扉が叩かれる音が聞こえて、驚いたアイリーンは危うくベッドの下に転がり落ちるところだった。

「アイリーン、もう寝ちゃった？」

この声はメイナードである。

アイリーンは慌てて、転がりまくっていたせいで乱れた夜着を整えると、ベッドにもぐり込んで、さもおとなしく寝ようとしていましたと言わんばかりの体勢になってから、メイナードに入っていいと声をかけた。

部屋に入ったメイナードは、ランプに火をつけるとベッドサイドまで歩いてくる。部屋の扉を開けたままにしておいているのは、きっとアイリーンを安心させるためなのだろう。さすがに元婚約者様と夜に密室で二人っきりは、気まずいから。

「ごめんね、起こしちゃった？」

アイリーンが首を横に振ると、メイナードはベッドの縁に腰を下ろした。

「今日は怖かっただろう？　……眠れそう？」

なるほど、メイナードはアイリーンが寝付けないかもしれないと思って様子を見に来たらしい。

ある意味正解だったけれど、恐怖で寝付けなかったのではなくて、いろいろもやもやして寝付けなかったのだとはさすがに言えない。

「殿下、また三歩以内です」

「あとで殴っていいよ」

「……」

（あんた、殴られれば三歩の距離を詰めていいものだと思ってない？）

アイリーンがじっとりと睨みつけると、メイナードが困ったように笑う。この顔は図星だ。あんまり調子に乗っていると、グーで殴るよ。右ストレートですよ。顔面に拳をめり込ませてやるんだから。

「殿下、今日のこと、聖女のこと、早く知りたいです」

どうせ眠れないし。

「聞いたら余計に眠れなくなっちゃうかもしれないよ？」

「聞かない方がもやもやして眠れないです」

メイナードは少し考えたようだけれど、仕方がないねと笑う。

アイリーンの額に手を伸ばして、柔らかい蜂蜜《はちみつ》色の前髪を払うように撫でながら、ゆっくりと口を開いた。

「今回の首謀者は、ベルドール子爵だよ」

「ベルドール子爵ですか？」

アイリーンは領地に向かう前に、王都にあるコンラード家を訪ねてきたベルドール子爵の顔を思い出して目を丸くした。

ベルドール子爵はレラーフ公爵の次男で、名前をパリス。神職には身を置いていないけれど、父親のレラーフ公爵ともども教皇派である。

貴族たちの中には、ロバートのように神職になることを選ぶ人もいるけれど、神職に就かず、ただ教会と強いつながりを持っているだけの人の方が多い。そういう人たちは俗に「教皇派」と呼ばれていて、きれいな言い方をすれば教会が布教しているリアース教の敬虔《けいけん》な信者というところだ。悪意ある言い方をすれば、反国王派。国は国王が治めるのではなく、教皇が治めるべきだと声高に言ってしまうような人たちだ。

「どうしてベルドール子爵がわたしを……？」

パリスは確かに、アイリーンが領地を訪れる前に邸に花束を持ってやってきたけれど、聖女を攫って無理やり妻にしようなどと考えるほど馬鹿《ばか》ではないはずである。

「理由は吐かせてみないとわからないが、バーランドが調べたところによると、ここから一番近いグリードの港にベルドール子爵所有の船が停泊していたらしい」

「船？」

「ここからは私とバーランドの推測だが、他国が絡んでいるだろうと思っている」

なるほど、そう考えると説明がつく。

国内で聖女を攫って妻にしようなんて考えるのは、よほどの馬鹿である。普通はあり得ない。だが、国外であれば話は別だ。

もちろん、一歩間違えれば戦争まで発展しかねないほどの外交問題だが、逆を言えば、そこまでしても聖女を得たいと考える他国は少なくない。

聖女を手に入れると国が栄える――、そんな迷信めいた噂を、本気で信じている国はたくさんある。

つくづく思う。聖女とはなんなのだろうか。

他国がそれほどまでに聖女を欲するということは、少なくとも他国の王族レベルの間では、聖女がなんであるのか理解しているはずだ。

聖女に選ばれたアイリーンですら、子供でも知っている建国史程度の知識しか持ち合わせていないのに、他人がそれよりも「聖女」を知っているのは面白くない。

「聖女って、そんなに狙われるんですか？」

「そうだね。だから王家は、国をあげて聖女を守る。聖女を王家に引き入れたいのは、その方が守りやすくなるからという理由も、ある」

つまり、それ以外の理由もあるということか。とりあえず、ここは話の腰は折らずに、聞いておこう。

「お父様は、王都よりも領地の方が安全だろうと言っていましたけど」

「その感覚は正しくないけれども、間違いでもないよ。王都にあるコンラード家の邸にいるよりは、領地の方が守りやすいだろうね。周囲に人も少ないから、警備も敷きやすい。もちろん、あくまで比較対象が現在の王都のコンラード家である場合だけど。聖女にとって一番安全な場所は、城か――、もしくは、認めたくはないが、教皇が管理している大聖堂だろうね」

「……どうして聖女は狙われるの？」

アイリーンが問えば、メイナードは困った顔をする。アイリーンの前髪を梳《す》きながら、悲しそうに、申し訳なさそうに、まるで自嘲《じちょう》するように薄く笑う。

「聖女はね――、生贄《いけにえ》なんだ」

アイリーンは息を吞《の》んだ。

息を吞んだまま硬直しているアイリーンの頭を、メイナードは何度も撫でる。

「大丈夫。大丈夫だよ。アイリーンが生贄になる未来は来ない。私がそんなことはさせないからね」

優しく諭《さと》すように言われるけれど、そっかーよかったー、なんて安心できるわけがない！

爆弾発言もいいところだ。と言うより、アイリーンにとっては爆弾そのものである。

メイナードはアイリーンの心臓を破壊したいのだろうか？

(頭をよしよしされても誤魔化されないからね！)

「どういうことですか？」

アイリーンがじーっと見つめると、メイナードは困った顔のまま、言葉を練るように口を開く。

「はじめて聖女が現れたのは、八百年前だと言われている。大陸の大半を巻き込んだ大きな戦争があったときだ」

それは知っている。ランバースの建国史に書かれているからだ。聖女が祈って強力な結界と癒しの力でこの国を守ったと言われるあれである。

子供でも知っていることだ。まさか誤魔化す気ではないだろうかとアイリーンが口を尖《とが》らせると、メイナードが苦笑した。

「拗《す》ねないで。あの建国史はね、別に間違っているわけじゃないんだ。ただ、都合の悪いことが消されているだけでね。八百年前の聖女は、確かに祈った――、そう、自分の命と引き換えに、ね。国を、大切な人たちを助けてほしいと、神に祈ったんだ」

「命と？」

「そう。聖女は有事のときに、その命を使って国を救う存在だと言われている。聖女の命を懸けた祈りだけが、リアースの神を動かす。この国にはじめて聖女が現れたと言われている八百年前よりも以前に聖女が存在していたのかは定かではないけれど、昔から、聖女が神の生贄であることは王家や教皇にのみ語り継がれてきた真実だ。だから、八百年前の戦争以降、我が国が小国ながらも他国から侵略を受けなかった。私がこういうのもなんだけど、我が国の軍事力なんて、ほかの国と比べると小さすぎるものだから、いつだって攻め落とせるくらいだろう。それでもこの国が存在し続けられているのは、ひとえに聖女がいるからにほかならない。だから王家はどうあっても聖女を守るし、ほかの国は聖女を欲する。聖女は国にとっての、最強の盾というわけだ」

聖女は国に存在しさえすればいい――、その言葉の不思議の裏に、そんな事実が隠されていたなんて。

メイナードが語った事実はアイリーンを打ちのめしたが、同時にその言葉は驚くほどにすとんと胸に落ちた。

アイリーンの祈りがリアースの神に聞き届けられるのかどうかはわからない。けれども、聖女の力は有事のとき――それこそ、命を落とす瞬間に発揮されるものだと言うのであれば、聖女に選ばれたアイリーンに何の変化が訪れないことも頷ける。

「このことは王家と、教会の、それこそ教皇に近しい一部の人間しか知らない。本当は、聖女にも伝えてはいけないことなんだ。聖女だって一人の女の子だからね。自分が生贄なんて知ったら、怖くて仕方がないだろう?」

メイナードはずっとアイリーンの頭を撫でている。

「アイリーン、私は君が聖女に選ばれてほしくなかった。君が宝珠に選ばれたとき、頭が真っ白になったよ。君は――君だけは、絶対に違っていてほしかった」

(……もしかして、わたしが聖女に選ばれたときに、メイナードがひどく狼狽《うろた》えていたような気がしたのは、そのためだったの?)

捨てた女が聖女に選ばれたショックではなく、違っていてほしかったと思っていたアイリーンが選ばれてしまったから?

「大丈夫、君のことは絶対に守るよ。他国になんて攫わせない。もちろん、戦争もね。私の命に代えても守ってあげるから」

「……メイナード」

「うん?」

呼べば、愛《いと》おしそうに微笑んでくれる。

ねえ、メイナード。

なんだかさっきから、わたしのことが「好きだ」って言っているように聞こえるのは、気のせい?

思わず訊《き》きそうになって、アイリーンは慌てて首を横に振った。

聖女が生贄だと言われてそれなりにショックだったはずなのに、どうしてかそれほど心にダメージは負っていないみたい。

だって、わかってしまったから。

メイナードは命に代えてもアイリーンを守ると言うけれど――、たぶん、本当にどうしようもなくなったときに、アイリーンは自分の命で大切な人たちを助けることができるのならば、迷わない気がする。

もちろん、そのときになれば怖くて仕方がなくて震えてしまう気がするけれど――、でも、八百年前の聖女も、そうだったのではなかろうか？

自分の命と大切な人の命を天秤《てんびん》にかけて、大切な人を選んだのだと思う。

だからだろう。生贄と聞いた瞬間は恐ろしかったけれど、説明されているうちに、なるほどと思ってしまった。


だからね、メイナード。

そんな顔、しなくていいのよ。

知っているでしょ？　わたし、結構図太いの。

何かあったら、メイナード、今日みたいに駆けつけてきてくれるんでしょ？

だから、いいの。

そんな悲しそうな顔、しなくていいのよ。

もし、これから先の未来で、本当にどうしようもないようなことが起こったら、たぶんわたしは、そのとき後悔なんてしないから。

☆

――約束は、約束です。

朝になって目を覚ましたアイリーンは、メイナードがアイリーンの手を握りしめたまま、ベッドの縁に腰かけたままの体勢で舟をこいでいるのを発見して驚いた。

メイナードと話しているうちに眠くなって、途中からの記憶がないのだが、もしかしなくてもメイナード、あのままずっとここに座っていたの？

せめて横になればいいのに、そんな体勢のままだと首や腰が痛くなっても知らないわよ？

アイリーンは心配になったが、握りしめられたままの手を見てハッとした。

（三歩！）

メイナード、昨日から約束破りまくりです！

アイリーンはメイナードから自分の左手を取り戻すと、起き上がって枕《まくら》を掴んだ。

（えーっと、攫われた小屋での三発分と、邸についてからの一発と、昨日の夜で一発。ほかにもあるけれど、まあ五発で勘弁してやるか）

アイリーンは両手で枕を掴むと、容赦なくメイナードの後頭部に叩きつけた。

「えー―、うわあ！」

一発目で起きてしまったメイナードがびっくりして慌てているけれど、知らん顔でバシバシと殴ってやる。

グーじゃないだけ感謝してほしい。

枕で妥協してあげたのは、昨日、きちんと聖女のことについて教えてくれたからだ。

きっちり五発、枕でばしばしと叩いたアイリーンは、目を白黒させているメイナードににっこりと微笑みかける。

「三歩！」

「……アイリーン」

メイナードが情けない声を上げるけれど、知りません。

(約束したからね。まだ有効なの)

でもちょっぴり可哀《かわい》そうだし、昨日助けてくれたから、三歩の約束を取り下げてあげてもいいかなとも思っている。

(だけど、まだだめ。早く三歩分離れて。と言うか、早くこの部屋から出ていった方がいい。さもないと――)

「まあ、殿下！　お嬢様の部屋で何をされているのですか！」

(ほーらね)

メイナードが昨日の夜に部屋の扉を開けっぱなしにしていたから、起こしに来たセルマに一発で見つかってしまった。

メイナードは「お休み中のお嬢様に気安く近づくなこの野郎！」と言わんばかりのセルマの形相にビビりまくって、部屋から転がるように退散していく。

アイリーンはその慌てようにぷっと吹き出してしまった。

（セルマ、メイナードに女性の寝込みを襲うような勇気はないから、警戒しなくても大丈夫よ）

扉を開けたままにしておいたのも「何もしない」の意思表示だろうし。

アイリーンはセルマに着替えを手伝ってもらって、メインダイニングへ向かう。

ロバートは昨日のうちに帰っていたから、メインダイニングにはメイナードとバーランド――それから、あら？　ファーマンの姿が見えないけれど、どうしたのだろう。

アイリーンがファーマンの姿を探してきょろきょろしていると、面白くなさそうにメイナードが言った。

「アードラーなら朝早くに出ていったぞ」

「え？　どうして!?」

ファーマンとは昨日帰ってからまともに話せていない。アイリーンが狼狽えていると、バーランドが一通の手紙を差し出してきた。

「ファーマン・アードラーからだ」

アイリーンは手紙を受け取って、そっと封を切る。

丁寧な字で書かれた手紙に視線を這《は》わせて、半分ほど読んだところで、きゅっと唇を噛みしめた。

「……セルマ。ご飯、あとにするわ」

「お嬢様？」

アイリーンがメインダイニングを飛び出していったから、セルマが慌てて追いかけようとしたのだろう。それをメイナードが止めている声が聞こえてきて――

ああ、そっか。メイナード、知っていたのね。

バタバタと階段を駆け上がる。

浮かれて周りが見ていなかったアイリーンは、なんて間抜けだったのだろう。

ファーマンは一度もアイリーンのことを、好きだと言わなかったのに。

☆

自室に飛び込んだアイリーンは、ベッドの上にうつぶせに倒れ込んだ。
アイリーン様――、ファーマンの手紙は、こうはじまった。

アイリーン様

聖騎士である私が、このようなことを直接口にするのは憚《はばか》られますので、手紙にしたためさせていただきます。お読みになられたあとは、燃やして捨ててください。

私はあなたに謝らなければならないことがございます。

私は教皇様の命令であなたの護衛につきましたが、私が教皇様から受けていた命は、あなたを守ることだけではございませんでした。

教皇様は、あなたを教会側に引き込むおつもりでした。

そのため、私は護衛の一人としてあなたに近づきました。

教皇様の目的は、教会側の人間をあなたの伴侶《はんりょ》にすることでした。

あなたが領地に行かれると聞き、あなたの伴侶候補の一番はロバート様でした。

私はあなたを誘導し、教会に出入りさせて、ロバート様との仲を取り持つようにと命じられました。

もちろん、ロバート様以外にあなたが気に入った男性がいたら、その男でもいい。とにかく、教会側の人間をあなたに近づけるように、と言うのが教皇様のご命令でした。

ここまで言えば、敏《さと》いあなたのことです、もうおわかりになられたかもしれませんね。

そう――、教会側の人間と言うことは、聖騎士である私でも問題はないはずです。

あなたが私に懐いてくださっていると感じたのは、領地へ移動中のときでした。そのとき、私はふと思ってしまった。このまま、自分があなたの伴侶として選ばれてもいいのではないかと。

詳しくは申せませんが、私は教皇様を深く尊敬し、忠誠を誓っております。

私があなたの伴侶に選ばれれば、尊敬する教皇様はお喜びになるだろうと考えました。

あなたは人を疑わない方で、あなたの心の中に入り込むのは、正直簡単でした。

あとはもう、あなたの知る通りです。

許してほしいとは言いません。

この手紙を読んだあなたは、きっと傷つくでしょうから。

ただ、私はこれ以上あなたに嘘をつきたくありませんでした。この手紙は、私の自己満足です。

傷つけて、申し訳ございませんでした。

どうか、聖女ではなく、あなた自身を大切に思う方と幸せになってください。

ファーマン・アードラー

アイリーンはぐしゃりと手紙を握りつぶすと、枕に顔をうずめた。

こんな――、一か月にも満たない間に、二人の男性にフラれるなんて、あんまりだ。

しかもどちらも最初からアイリーンのことを好きではなかったなんて、ひどすぎる。

ファーマンは聖女ではなくアイリーン自身を大切に思ってくれる人と言うけれど、王都の邸に集まっている求婚は「聖女」に来ているもので「ただのアイリーン」に来ているものではない。

ファーマンも、聖女だからアイリーンに近づいた。

聖女ではないアイリーンを見てくれる人は、いったいどこにいると言うのだ。

アイリーンも馬鹿だったからファーマンばかりを責められないけれど、でも、ひどいと思う。

これから先、誰かに好きだと言われても、それは本当にアイリーンのことが好きなのかと疑ってしまうではないか。

小さく扉が叩かれて、返事もしていないのに誰かがこちらへ近づいてくる。

足音だけでそれが誰かがわかってしまうのは、付き合いが長いからかしらね、メイナード。

メイナードはベッドの横で足を止めたけれど、アイリーンは枕から顔を上げられない。

泣いていないわよ。

泣くものかって我慢しているんだもの。

だから今、顔を上げられないの。

必死に泣くのを我慢しているから、今、すごく不細工な顔をしていると思うもの。

「今日は庭に花を植えるそうだぞ」

(何よ、唐突に)

「雑草はもうほとんど抜いてしまったからな」

(そりゃそうでしょ。メイナードってば毎日来ては草むしりしていくんだもの)

「庭が広いから、花を植えて回るにも三日くらいかかりそうだ」

(そうね。新しく植えるだけではなくて、植え替えるものもあるから、たぶんそれくらいかかるでしょうね)

「三日――、花を植え終わったら、王都へ帰ろう」

アイリーンの肩がぴくっと揺れる。

「私と一緒に、王都へ帰ろう」

ぎしっとベッドが揺れる。

顔を伏せたままでも、メイナードがベッドの縁に腰かけたのだとわかった。

「アイリーンはずっと私が守るから」

（……変なの）

最初にアイリーンを傷つけたのは、メイナードだ。

アイリーンの心をズタズタにした男なのに、今度はアイリーンの傷を癒そうとしている。

でも、まだ男の人を信じるのは怖いわ。

メイナードだって、聖女がほしい大勢のうちの一人でしょ？

笑顔でアイリーンを傷つけた男の優しさを信じるなんて、馬鹿としか言いようがない。

アイリーンは少しだけ顔を上げて、メイナードに向かってそっと手を伸ばす。

メイナードが優しく手を握ってくれたから、アイリーンはまた枕に顔をうずめた。

勘違いしないでよね。別にメイナードを選んだわけじゃない。だって、恋愛なんてしばらくこりごりだもの。どんなに性格がよくてイケメンのいい男が現れても、当分の間は恋愛なんてしたくない。

「お城へは、行かないわ」

「わかっているよ」

「王都の我が家は、守りにくいんでしょ？」

「守れないわけじゃない。だから、帰ろう？」

「……うん」

メイナードが王都へ帰ろうと言うのは、アイリーンのためだ。

ここにいるとどうしても考えてしまうけれど、王都で家族や友人に囲まれていたら、気持ちも晴れるだろうから。

それがわかっているから、アイリーンも最後には頷いた。

王都へ帰る。

――わたしを守るという、元婚約者様と一緒に。

六章　パーティーと毒

「アイリーンに会わせてくれ」

「お断りします」

サロンでのんびりと母とティータイムをすごしていたら、そんなやり取りが聞こえてきてアイリーンは苦笑した。

王都ヴァリスにあるコンラード家にはサロン――談話室が二つほどあるのだが、現在アイリーンが母とともに使っているサロンは玄関から近いので、換気のために窓を開けていたら外の声がよく響く。

今日は天気もいいし、本当は庭でティータイムをすごしたかったのだが、アイリーンの父であるコンラード侯爵に「絶対ダメだ！」と言われた。理由は、現在進行形で庭でくり広げられていることである。

アイリーンがメイナードと一緒に王都へ戻ってきて早三週間。

王都はすっかり初夏の装いだ。

領地で娘が攫《さら》われたと聞いたコンラード侯爵は超がつくほどの過保護っぷりを披露して、アイリーンを邸《やしき》の外へ出したがらない。

でも、庭にまで出したがらないのは、もっとほかの理由からだ。

窓から入り込んできた風がアイリーンの蜂蜜《はちみつ》色の髪をもてあそぶ。今日は風があって涼しいなとアメシスト色の瞳《め》を細めたアイリーンの耳に、風と共にこんな言葉が飛び込んできた。

「アイリーンは高熱のため寝込んでいます」

(あーあ、お父様ったら、堂々と嘘《うそ》ついちゃってるわ……)

「顔を見るだけでいい。三週間も寝込んでいるんだぞ、心配だ!」

「恐れながら殿下にご心配いただく必要はございません。娘はもう、殿下の婚約者ではございませんから!」

「……お父様、子供みたいね」

アイリーンはこっそりと嘆息する。

そう、玄関で言い争っているのはアイリーンの父であるコンラード侯爵と、彼女の元婚約者であるランバース国第一王子のメイナード。

メイナードは王都に戻ってから三週間、毎日アイリーンに会いに来る。だが、コンラード侯爵はそれを全部「娘は体調不良」と嘘をついて追い払っているのだ。

ちなみに、この三週間、アイリーンが体調不良であったことなど一度もない。

「さすがにあれでは、殿下が可哀《かわい》そうになってくるわね。ふふふ」

ふふふ、と楽しそうに笑うのはコンラード侯爵夫人である。

コンラード侯爵はメイナードが娘との婚約を解消したことを恨んでいて、逆にコンラード夫人はむきになっている夫とメイナードの様子を楽しんでいる。

「もっと苦しめばいいんだ」

そう言いながらサロンに入ってきたのは、次兄オルフェウスだった。

オルフェウスはメイナードの親友で側近の一人であるはずなのに、メイナードとアイリーンの婚約が破棄されてからというもの、一度も彼に会っていないらしい。

（……うちの男どもは、本当に大人《おとな》げないわ）

オルフェウスがソファに腰を下ろしたから、動こうとしたセルマを制してアイリーンが立ち上がる。兄のために紅茶を用意して差し出せば、オルフェウスはテーブルの上に山積みになっているお菓子を一瞥《いちべつ》した。

コンラード家のティータイムのお菓子は山のようにあるのである。なぜならそれは、アイリーンに求婚してくる皆々様の貢物だから。キャロラインが「アイリーンはお菓子が好き」と好き勝手に吹聴《ふいちょう》して回ったせいで、誰《だれ》もかれもがお菓子を贈ってくる。食べきれないから使用人たちにも配って回っていたら、彼女たちは口をそろえてこう言った。「お嬢様。しばらく誰のものにもならないでください！」。まったく調子がいいんだから！

「このカヌレはおいしいわね。アイリーン、これは誰にもらったの？」

「誰だったかしら？　どこかの伯爵だったと思うけど……。マーカスが贈り主をつけていたから、訊《き》いたらわかると思うわよ」

マーカスはコンラード家の執事である。

前任の執事の息子で、年は三十五。アイリーンが生まれたころから執事見習いで家にいたため、年の離れた兄のような存在だ。

そのマーカスは、生真面目《きまじめ》と言うか、マメな性格で、アイリーンへの手紙や贈り物の差出人をすべて控えているのである。贈り物にも手紙にも、正直すべてに返信なんてしていたら日が暮れそうなのでアイリーンは無視することにしているから、控えなくてもいいとは言ったのだが、念のためらしい。

「そう、あなた、その何某《なにがし》伯爵に、おいしかったわって手紙でも書いておきなさいな。また届くかもしれないわ」

「……お母様」

「あらだって、このお店って人気で、毎朝行列で昼には売り切れてしまうんですって。自分で買いに行くのって面倒じゃない。このためにうちの使用人を向かわせるのもねぇ。外、暑いもの」

(お母様って、ちゃっかりしてるわ……)

オルフェウスを見れば、彼も肩をすくめている。

アイリーンの母は、独身時代、それはそれはモテていたそうだ。そして、男性を転がすのが非常にうまかったらしい。コンラード侯爵は山のような貢物をして、必死になって頭を下げて、それで結婚できたのだと聞いたことがある。

オルフェウスも、長兄のジオフロントも、その話を知っているから、アイリーンは子供のころから

「母さんだけは手本にするな」と言われ続けていた。

ちなみにキャロラインは、そんなコンラード夫人を「師」と崇《あが》めて尊敬している。この母を手本にしなくとも、キャロラインはものすごくモテるし、男性を転がすのがうまいと思うのだが。

「それにしても、殿下、今日は粘るわねぇ」

優雅にティーカップに口をつけながら、コンラード夫人が言う。

確かに今日は長い。いつもなら侯爵に追い払われて、いじめられた子犬のような顔をして帰っていくのに。

「もうすぐダンスパーティーがあるからな。アイリーンを誘いたくて仕方がないんだろう。体調不良っていうのはバレバレだからなぁ」

「ああ、そう言えばもうすぐサヴァリエ殿下のお誕生日ね」

サヴァリエ王子はメイナードよりも三つ年下の第二王子。

ランバース国王は昔から子供の誕生日にはダンスパーティーを開く。小さな国だからなのか、王子たちの間で権力争いが勃発《ぼっぱつ》したことはないし、兄弟仲は極めて良好。アイリーンもサヴァリエの誕生日には毎年メイナードとともに出席していたから、今年も――ということだろう。メイナードはどうも、アイリーンと婚約を解消したという事実を忘れているように思えてならない。

メイナードはリーナとの婚約話を破談にしてしまったから、現在フリーなのである。いくら正式な婚約式をしていなかったとはいえ、ずいぶんあっさり破談に持ち込んだものだ。メイナードがフリーになったせいで、メイナードの婚約者の座を狙《ねら》う令嬢たちが水面下で熾烈《しれつ》な争いを開始しそうよ――

と教えてくれたのはキャロラインである。キャロラインは「どんなに頑張っても殿下のハートを射止めることなんてできやしないのに、お馬鹿《ばか》さんねぇ」と笑っていたけれど、どういうことだろうか？

「せめてこの手紙をアイリーンに渡してくれ！」

「アイリーンは高熱で目がかすんで手紙を読むことはできません」

（……お父様、さすがに無理があるわよ）

もっともらしく言い張った父の言葉に、母もオルフェウスも我慢できないとばかりに吹き出した。

玄関へ様子を見に行っていたセルマが、「殿下、とうとう地団太を踏まれていますわ」なんて言うからさらに大爆笑。

（メイナード、さすがに王子が地団太を踏むのはどうかと思うわ）

アイリーンはため息を一つついて、カヌレを口に運びながら、窓の外に広がる青空を見上げた。

我が家は、今日も平和ねぇ――

☆

領地でアイリーンを攫ったベルドール子爵――パリスの計画には、やはり他国が絡んでいた。

パリスをそそのかしたのは、陸続きのジェムトロームという大国。船を使おうとしたのは、陸路よりも検問が通りやすかったからのようだ。

パリスは、ジェムトロームのどこかの貴族と通じていたようだが、さすがに間に何人も介されていて、首謀者に行き着くことはできなかった。証拠《しょうこ》不十分で、ランバース国でできたことと言えば、せいぜいジェムトロームに「おたくの貴族が聖女を攫おうとしてくれたんですけど！」っていうような苦情を入れることくらい。一応ジェムトロームから謝罪が来て、結局詳細はわからないまま、今回の件はうやむやにされた。

パリスが起こしてくれた騒動のせいでロバートは大忙しらしい。パリスは今回のことがうまくいけば、ジェムトロームで確固たる地位が約束されていたと言うが——本当だろうか？　うまく口車に乗せられただけの気がしてならない。とにかく、地位に目がくらんだパリスに教会の神官たちが何人か買収されていて、ロバートはその後始末に追われているのだ。

パリスはもちろん、身分剥奪《はくだつ》の上に投獄されて、父親であるレラーフ公爵も謹慎処分を受けている。

今回の事件のおかげで聖女を害そうとすればどうなるか、いい見せしめになったとかなんとか国王が言ったらしく、コンラード侯爵は大激怒。

その意趣返しもあって、メイナードを追い返し続けているのだとアイリーンは推測している。

長兄ジオフロントによれば、父は直接国王へ苦情も言ったらしい。いくら国王と友人同士で仲がいいとはいえ、気安すぎないだろうか？　コンラード侯爵は国王と仲が良すぎるために宰相になるのを辞したと言っていたが、確かに国王にポンポン文句を言うような男を宰相に据えては、国王の威厳なんてあったものではなくなる。ならなくて正解だ。

ファーマンとは、あれから一度も会っていない。

手紙は、ファーマンの希望通り燃やして捨てた。

聖騎士の立場で教皇の――教会の思惑をばらしたなんて知られたら、何かしらの処分が下るだろう。

アイリーンにあの手紙を残したのは、正直相当危険な行為だったはずだ。もしもアイリーンがあの手紙を燃やさずに証拠として教会に苦情を言いに行っていたとしたら、どうなったか。その可能性もゼロではないとファーマンはわかっていたはずである。

黙って去ることだってできたはずなのに、あえて手紙を残したということは、それが彼のできる精いっぱいの誠意だったのではないだろうか。

もちろん、仕方なかったね、なんて許してあげないけれど。

「サヴァリエ殿下のダンスパーティーに行くなら、うちのお兄様を貸してあげるわよ？」

お菓子と、それから令嬢たちの間の噂話《うわさ》を持って遊びに来たキャロラインは、自分が手土産《みやげ》に持ってきたお菓子をそっちのけで、アイリーンの求婚者からの貢物を物色しはじめた。

キャロラインによれば、アイリーンと仲のいい令嬢たちは、メイナード肯定派と否定派で真っ二つになっているそうだ。

メイナード肯定派というのは――どうして彼が肯定されるのかアイリーンにはよくわからないところではあったが――、メイナードはアイリーンのことが大好きで、アイリーンと別れようとしたのには深いふかい理由があるはずだと言って、メイナードの応援に回っている令嬢たちだ。

一方、否定派の令嬢たちは、一度裏切ったくせにアイリーンの周りをうろうろしているメイナードにいい感情を抱いていない様子。

リーナは令嬢たちを敵に回しまくっているので、今回の婚約破棄の騒動で同情的な声は出なかったようだが、アイリーンを捨ててリーナを選び、さらにそれを捨ててアイリーンに戻ろうとしているメイナードに、否定派の令嬢たちは冷ややかだ。「いくらカッコよくても、ないわぁ」だそうな。

お菓子の山からお目当てのものを発掘したキャロラインは、楽しそうに笑う。

「ふふふ、この前、リーデス男爵のところのバカ息子に、アイリーンがブローシュのマカロンが好きだって言っておいたのよねえ。ここ、一日限定五セットしか作っていないのよ！」

「……キャロライン……」

ブローシュは王家も御用達にしている老舗《しにせ》のお菓子屋である。アイリーンも好きなことには違いないが、勝手に人をだしに使わないでほしい。

「キャロライン、この前あちこちでわたしがアトワールのシュークリームが好きだって言って回ったでしょ！　シュークリームが山のように届いてひどい目に遭ったのよ！」

日持ちのするお菓子ならまだしも、すぐに食べないといけないシュークリームの山に、アイリーンだけではなく使用人たちも目を回す羽目になった。近所に配り、それでも食べきれず、昼食や夕食の量を抑えてシュークリームの消化。思い出すだけでも気持ち悪くなりそうだ。

もちろん元凶であるキャロラインも大量に持って帰ったが、頼むからあちこち焚《た》きつけて回るのはやめてほしい。

「そうそう、今回のパーティーにはリーナも来るらしいわよ」

キャロラインはアイリーンの苦情を流してあっさりと話題を変えた。

「リーナが？」

「うん。リーナのお兄様の、……あら、名前なんだったかしら？」

「グロッツ様？」

「そうそう、そんなパッとしない名前だったわ。とにかく、そのグロッツが、サヴァリエ殿下と仲がいいじゃない？　だから招待状が届いていたんだけど、グロッツのパートナーとして参加するみたいねぇ」

「でもグロッツ様、婚約者がいたと思うけど……」

「フィリー男爵令嬢ね。それがねぇ、昨日から原因不明の吹き出ものが顔中に出たらしくって、ダンスパーティーどころじゃないんですってよ」

「原因不明の吹き出もの？」

「そ。どうせリーナが何かしたんでしょ。ダンスパーティーにもぐり込むにはフィリー男爵令嬢をどうにかしないと無理だものね。グロッツは頭が弱いから気がついていないんでしょうけどねぇ」

グロッツの名誉のために補足すれば、彼は決して頭が弱いわけではなく、ただ恐ろしく人がいいだけだ。

キャロラインは頭がよくて口も悪いから、世の中の男性は総じて「馬鹿」になるのだが、さすがにグロッツが可哀そうだ。人のいい彼は、まさか妹が婚約者を害するなんて思うはずがないのである。

あの女、いつか刺されればいいのにと、物騒なことを言いながら、キャロラインがマカロンを口に入れる。

「でも、リーナはどうして、そこまでしてサヴァリエ殿下の誕生日パーティーに行きたいのかしら？」

サヴァリエのダンスパーティーの規模はさほど大きくない。家族と、それから彼と仲のいい人たちが招待される、内輪の誕生日会のようなもの。まあ、王家の開くパーティーの割には小さいというだけで、それなりに招待客は多いのだが。

「そんなの決まってるじゃないの、条件のいい結婚相手を探すためよ」

「え？」

「リーナってば自分は聖女だって言って回っておいて、実際には聖女に選ばれなかったじゃない？さらに殿下との婚約もなかったことにされて、普通に考えたら、条件のいい結婚相手なんて望めやしないわよ。せいぜい年の離れたおじさんの後妻か、身分の低いパッとしない相手に嫁がされて終わりでしょ。だから、その前に自分で相手を探す気なのよ」

「そ、そうなの？」

「そうよ。気をつけなさいね、アイリーン。あいつ絶対に逆恨みしているから」

「……行きたくなくなってきたわ」

アイリーンもサヴァリエとは仲がいいから、もちろん招待状が届いている。

毎年メイナードと一緒に出席していたが、今年は侯爵が意地でもメイナードを遠ざけようとしているから、ほかにパートナーを探さなくてはいけない。一人で行ってもいいけれど、キャロラインの今の口ぶりではあまり一人で行動しない方がよさそうである。

「だから、うちのバーランドお兄様を連れていきなさいよ」

「バーランド様はキャロラインと一緒に行くんじゃないの？」

「嫌よ。お兄様ったら『ふらふらするな。おとなしくしていろ』ってお父様よりもうるさいのよ。だからアイリーンにあげるわ。その代わり、オルフェウス様を貸してくれない？」

「オルフェお兄様は行かないって言っていたわよ」

そう。オルフェウスはまだメイナードに怒っていて、会いたくないからという理由で、サヴァリエの誕生日パーティーを欠席するつもりなのである。まったく、いい度胸をしている。

するとキャロラインは、楽しそうにぱちりとウインクを一つして、

「ふふん、わたしに任せておきなさい！」

なんて言い出したから、アイリーンは少しだけオルフェウスに同情してしまったのだった。

☆

五日後――

アイリーンはコンラード家に迎えに来たバーランドの馬車で城へ向かった。

普段着ている騎士服を脱いだバーランドは、どこからどう見ても高貴な公爵令息だ。すらりと高い身長に、広い肩幅、全体的にがっしりした体躯《たいく》だが、粗野さを感じさせない整った穏やかな顔立ちに幼いころより叩《たた》き込まれている洗練された所作を前に、今日の彼を騎士団の副隊長と見るものはいないだろう。

剣がないから落ち着かないのか、しきりに左の腰のあたりを触る仕草をしている。

「オルフェとキャロラインは少し後で行くそうだ」

バーランドが言った。どんな手を使ったのか恐ろしくて聞きたくもないが、キャロラインは宣言通り、オルフェウスとともにダンスパーティーへ向かうらしい。

「メイナードが拗《す》ねていたぞ」

馬車の中でバーランドが苦笑いで言うけれど、そう言われてもアイリーンはもうメイナードの婚約者ではない。

メイナードに会うのは、実に一か月ぶりだ。

一か月の間、毎日のようにコンラード邸へやってきては侯爵と言い争っていたから、アイリーンとしては一か月も会っていないという感覚ではないが、バーランドによるとメイナードはすっかりいじけてしまっているらしい。

「せめて一曲踊ってやれ」

（そうねぇ……）

ダンスパーティーには父である侯爵も招待されているが、さすがにパーティー会場で殿下の妨害をはじめるほど大人げなくはないはずだ。母もそばにいるし、そのあたりはうまく父をコントロールしてくれるはず。

長兄のジオフロントは婚約者のエデルと一緒に来る予定だが、ジオフロントは侯爵ほど大人げなくはないし、領地でアイリーンが攫われたあと、ロバートとの間で何かやり取りがあったようで、メイナードとのことには干渉しなくなった。あとはオルフェウスだが――

「オルフェなら、キャロラインがなんとかするだろう」

アイリーンの考えを読んだバーランドが言う。

アイリーンはそうですねと一つ頷《うなず》いて、見えてきた城の門に小さく笑った。


「アイリーン！」

城に入るなり、メイナードが駆け寄ってきた。

そのまま抱きついてきそうな勢いだったが、そこはバーランドが抑え込んでくれる。

メイナードは忌々しそうにバーランドを睨《にら》んだが、すぐにアイリーンに笑みを向けた。

「アイリーン、会いたかったよ！」

メイナード、こんな人の出入りの多いところで笑み崩れない方がいいわよ？

このままだと注目の的になってしまいそうだったので、アイリーンたちはパーティーがはじまるまで別室へ向かうことにした。

「そのピアス、私がプレゼントしたものだね？」

あらら、さっそく気がついちゃったみたい。

アイリーンは耳に手を当てて、小さく頷いた。

これは去年の誕生日に、メイナードがくれたピアスだ。メイナードの瞳《ひとみ》の色に近い濃紺色のサファイアの、花の形をしたピアス。今日のドレスが水色だったから、それに合わせるにはこのピアスがよかったというだけで、決してメイナードを喜ばせるためにつけたわけじゃない。

「ドレスもよく似合っているよ。そうやって髪を上げているのも可愛《かわい》いね。アイリーンは小さくて細いから、まるで妖精《ようせい》みたいだ」

嬉《うれ》しそうににこにこしながらメイナードが褒めまくるから、アイリーンは恥ずかしくなってうつむいた。

婚約していたときですら、これほど手放しで褒められたことはあまりない。どうしたのだろうか？　顔が熱くなるじゃない。

メイナードの隣に座っているバーランドもあきれ顔で、砂糖を吐きそうだから部屋の外へ出ると言って本当に出ていってしまった。

バーランドが部屋を出ていくと、メイナードがアイリーンの隣へ移動してくる。

半径三歩ルールは、領地から王都へ帰る馬車の中で解除した。馬車の中で三歩の距離をあけるのは大変だし、メイナードは殴られるのを覚悟で平然と距離を詰めてくるから、無意味なのである。

「元気だった？　この一か月何をしていたの？　会いたかったんだよ」

二人きりになると、メイナードはさっそく拗ねたような顔になる。

コンラード侯爵の「娘は体調不良」が嘘であることはすでにお見通しだ。

「安易に外へは出られないので、ずっと刺繍《ししゅう》をしていましたよ。なかなか見事なタペストリーが出来上がったので、今度お見せしますね」

「刺繍と言えば、アイリーンが刺繍してくれたハンカチ、まだ大事に取ってあるよ」

「それ、三年くらい前のことじゃありませんでした？」

「うん。でも大丈夫だよ。一回も使っていないから、どこも汚れていない」

（……メイナード。ハンカチは使うためにあげたのよ？）

「殿下はお元気でしたか？」

メイナードが元気いっぱいなのは、毎日の父との応酬で知っているが、一応訊《たず》ねてみる。

「アイリーンに会えなくて淋《さび》しかったよ」

「元気でしたか、の質問に淋しかったと言うのは答えじゃない気がしますけど……」

メイナードと一か月も会わなかったのはこれがはじめてだったから、アイリーンもちょっぴり淋しいと思わなくもなかったが、これからはこの距離が普通になるはずなのだ。なぜならもう、婚約者ではないのだから。

「アイリーン、今日は私と踊ってくれる？」

「……一曲だけなら」

恋人でも婚約者でもない男性と何曲も踊るのはマナー違反。メイナードの婚約者だったときは、それこそ何曲でも一緒に踊っていたけれど、今はそういうわけにはいかない。

なのにメイナードは不服そうな顔でぼそりと。

「……曲を終わらせないように、楽師たちに言っておかなければいけないな」

（メイナード、お願いだからそんなことに権力を使うのは絶対にやめてよね！）

そろそろパーティーのはじまる時間になって、アイリーンたちは会場である大広間へと移動した。

王族は王族専用の席が設けられているのに、メイナードは一段高いところにあるそこへは向かわずに、ずっとアイリーンとバーランドにくっついて一般客用の入口から入場してしまったので、すごく注目を浴びてしまった。

バーランドは肩をすくめて、ジェネール公爵家の自分と王子であるメイナードが一緒にいれば、ちょうどいい虫よけになるだろうと笑う。なるほど、うっかりしていたが、アイリーンは「聖女」だった。油断していると人に囲まれる危険性があるらしい。

第一王子と、三大公爵家の一つであるジェネール公爵家の次男で、第二騎士団の副隊長でもあるバーランドを押しのけて挨拶《あいさつ》に来るような度胸のあるような人物はそうそうおらず、アイリーンたちは誰にも邪魔されることなく飲食スペースに到着できた。

ウェルカムドリンクでシャンパンを渡されたが、アイリーンは酒が得意ではない。できればノンアルコールのカクテルかジュースがほしい。そして、おなかがすいた。ダンスがはじまればしばらく食べられなくなるから、今のうちに好きなだけ食べておきたい。

「アイリーンの好きな燻製《くんせい》肉があるよ」

メイナードが甲斐甲斐《かいがい》しくアイリーンの好きなものを皿に盛ってくれる。さすが十八年の付き合い。アイリーンの好みを熟知しているメイナードが作ってくれたワンプレートは、アイリーンの好物ばかりで、まるできらきらと光る宝石箱のようだ。

アイリーンがご機嫌で食事をしていれば、キャロラインがオルフェウスとともにやってきた。

キャロラインは真っ赤なドレスに身を包んでいた。裾《すそ》があまり広がらない、体のラインに沿うように流れるドレスだ。出るところは出て、引っ込むところは引っ込んでいるメリハリのある体つきに、すらりと高い身長のせいか、それとも血を流したような赤色のせいか、ものすごく目立つ。

一方オルフェウスは、黒の上下に、グレーのシャツ、キャロラインに合わせてか臙脂《えんじ》色のタイをつけていた。身長は低くはないが、武芸は好まないので全体的にすらりとした印象だ。襟足《えりあし》ほどの長さの淡いブラウンの髪は、後ろに撫《な》でつけている。

「一目散に飲食スペースに向かう聖女って、なかなかよねぇ」

キャロラインがおかしそうに言って、自分用の皿にひたすらに甘いものを載せはじめた。

「どうせ食い意地が張ってる聖女ですよー。キャロラインこそ、そんなに甘いものばかり食べてないで、ご飯も食べないとだめじゃないの」

「いいのよ。わたしの体は甘いものでできてるの」

どんな理屈だ。

オルフェウスはメイナードのことを榛《はしばみ》色の瞳でじろりと睨んで、メイナードはメイナードでオルフェウスの視線が怖いのかアイリーンの背後に隠れてしまうし、バーランドは妹にあきれつつ親友二人にため息で、キャロラインは我関せずと甘いものばかりを口に入れ——、ここだけ妙に浮いている気がするのは、気のせいだろうか。

「お兄様、いい加減に殿下と仲直りしてください」

オルフェウスが腹を立てているのはアイリーンのせいだから、アイリーンが言わないと収まらないだろう。

婚約を破棄されて、思い出していまだに腹が立つこともあるけれど、メイナードにはメイナードの事情があることにも気がついている。だからオルフェウスがいつまでもメイナードに怒っているのは、少々可哀そうになってくるのだ。それでなくとも、この一か月、コンラード侯爵に散々いじめられていたのだから。

オルフェウスは息を吐いて、「もしまたうちの妹を泣かせたら、顔の形が変わるまで殴ったあとで城の庭に埋めてやる」などと物騒なことを言った。

(ちょっとお兄様、わたしが泣いたってどうして知ってるの⁉)

泣いたと言っても、ちょっと涙が出ただけで、部屋の中で一人で泣いていたはずだから誰も知らないと思っていたのに。

「アイリーン、泣いたのか?」

ほら！　お兄様が余計なことを言うからメイナードが妙に感動したような顔になったじゃないの！

「すまない、アイリーン。もう二度と私は君の手を放さない――」

だあああ！

(手を握るな！)

アイリーンがぶんぶんと手を振り回すが、メイナードは意地でも握った手を放さない。

「殿下、これだと食事ができません！」

「私が食べさせてあげるよ」

（いらんわ！）

ムッとしたアイリーンは、メイナードの足を靴の踵《かかと》で踏みつける。

メイナードが顔をしかめて手を放すと、小さく舌を出してやった。

（あんたが悪いのよ、べーっだ！）


今日のパートナーであるバーランドと一曲踊り、そのあとメイナードと一曲。

アイリーンと踊り終えたあと、メイナードは陛下に呼ばれて渋々上座へ向かったが、去り際に胸に挿していた白い薔薇《ばら》をアイリーンの髪に挿して、ほかの男を牽制《けんせい》してくれたから、幸か不幸か、そのあとアイリーンをダンスに誘う男性は現れなかった。

バーランドとオルフェウスは若い令嬢たちに囲まれてしまい、アイリーンはキャロラインとともに大広間の隅に並べられている椅子《いす》に座っておしゃべりを楽しむことにする。

サヴァリエは今年で十九歳。メイナードと同じ黒髪に、メイナードよりも少し薄い色の青い瞳。少し視力が弱く、数年前から眼鏡《めがね》をかけている。まだ誰とも婚約しておらず、メイナードがアイリーンとの婚約を解消するまでは、令嬢たちの間ではこの国で一番人気の男性だった。メイナードがフリーになってからは、メイナードがサヴァリエの人気を抜いたらしいけれど、キャロラインはそれもすぐに収まるだろうと言う。すぐに次のメイナードの婚約者が決まるだろうということなのだろうかと、アイリーンは小さく首をひねった。

(メイナード、外見はかっこいいけど、中身はとっても残念なのよーって言ったらどれだけの人が信じるのかしらね?)

メイナードもアイリーンと同じで、公の場での切り替えがうまい。完璧《かんぺき》な王子の仮面をかぶった彼は、その容姿も相まって、ご令嬢やご婦人方の目にはキラキラと輝く絵本の中の王子様のように映ることだろう。

キャロラインとおしゃべりしながら、ちらちらと上座にいるメイナードに視線を送っていると、気がつけばアイリーンたちの周りにはたくさんの令嬢たちが集まっていた。

「久しぶりね、アイリーン」

「聖女に選ばれてから全然姿を見ないんだもの、どこかに拉致《らち》されたのかと思って心配していたのよ」

「それか殿下に復讐《ふくしゅう》しようとして地下牢《ろう》に放《ほう》り込まれたんじゃないかって」

「変な男にころっと騙《だま》されたのかしらとも思ったわ」

「まあとにかく、元気そうでよかった」

……皆様、あんまりな言いようで。

心配していたというより、好奇の目を向けていただけだろう。

そして、キャロラインが、アイリーンは本当に拉致されたわよーなどと暴露してくれるから、みんながら興奮してアイリーンを取り囲む。……その表情に、心配の色はどこにもない。

「ちょっとそれどういうこと？」

「なになに？　手籠《てご》めにされそうになったの？」

「いい男だった？」

「面白いからその話もっと詳しく！」

キャロライン――――！

（あんたなんてことばらしてくれるのよ！）

パリスのことは緘口令《かんこうれい》が敷かれているわけじゃないけれど、外交問題とかいろいろややこしいから公にはされていない。まあ、レラーフ公爵が謹慎処分を受けたり、パリスが投獄されたりで、うすうす気がついている人も多いだろうが。

（これ、いったいどう収拾つけるのよ！）

令嬢たちは詳細を語るまで放すものかと言わんばかりにアイリーンの逃げ場を塞《ふさ》いでくれている。

キャロラインをじろりと睨むと、イチゴ入りのシャンパンをおいしそうに飲みながら、

「攫われて閉じ込められていたところを殿下が助けたんですって。愛よねぇ」

などと言い出した。

（何が愛よ）

アイリーンが「そんなんじゃない」と反論する前に、令嬢たちの口から「きゃー！」と歓声が上がる。

「やっぱりね！　そうだと思ったのよ！」

「だってねぇ、リーナだもの！」

「殿下も可哀そうねって思っていたのよね」

「アイリーンが聖女でよかったわね」

「これで元通りね」

「だって殿下、アイリーンが大好きだもの！」

「……わたしを振るとき愛なんてないって言ってたわよ？」

アイリーンがムッとして言い返せば、みんなケラケラと笑い出した。

「やだぁ、アイリーン！　冗談ばっかり！」

「そんなわけないじゃないの」

「きっとやむを得ない事情があったのよ」

「いつまでも拗ねてないで許してあげなさいよ」

「その髪の薔薇だって殿下のでしょ？」

「所有権主張しまくりじゃないの」

「気がついていないの、アイリーンだけよ」

「相変わらずニブチンねぇ」

どうしてこの人たち、すっかりメイナードの味方なの？

アイリーンがさらにむかっとしていると、仲良しの伯爵令嬢で聖女選定の儀式のときも一緒だったアニスが、給仕からシャンパンを受け取りながら冷ややかに言った。

「そう簡単に許せるわけないじゃないの。どんな理由があったって、アイリーンを一度捨てたことには変わりないんだもの。許すにしても、きっちり反省していただかないと、納得できないわ」

「あらアニスは『殿下許せない派』なのね」

「『殿下許せない派』ってなに?」

「アイリーンは知らないのね。今、わたくしたちの間で『殿下応援派』と『殿下許せない派』に分かれているのよ」

(ああ、キャロラインの言っていたメイナード肯定派と否定派はこのことか)

アニスはシャンパンを一気に飲み干すと、グラスに入っていたイチゴを口に入れてもごもごしながら、

「殿下が昔からアイリーンを大切にしていたのは知っているけど、さすがに今回のはあっさり水に流せないでしょ、普通」

「でも殿下にはきっと事情があったんだと思うわよ」

「そうよ、だってあの殿下よ? アイリーンの周りにほかの男がうろうろするだけでものすごく不機嫌になるのに、自分から別れるって言うなんて、よっぽどのことがあったのよ」

「じゃあ逆に訊くけど、あなたたちの婚約者が同じことをしても、仕方がないわねで許せる?」

「「「………」」」

令嬢たちは黙り込んだ。

アニスはシャンパングラスを給仕に渡して、代わりに白ワインを受け取った。

「わたしだったら、力いっぱい殴ったあとで土下座させるわね」

「アニスの場合土下座だけじゃすまないでしょ」

キャロラインが小さく笑って、「ま、判断するのはアイリーンよ」と話を終わらせる。

アイリーンはなんとなく髪に挿されている白薔薇に手をやった。

どこにでもある白い薔薇だが、この日、この場所でのみ強い意味を持つ白薔薇。

今日、薔薇を身につけることが許されているのは王族のみ。ほかの男性は違う花を胸に挿している。

そして、白い薔薇を身につけているのはメイナードだけだ。サヴァリエは赤い薔薇で陛下は黄色。つまり、白い薔薇を髪に挿しているということは、「メイナードのもの」という証《あかし》なのである。だからほかの男性はアイリーンに声をかけられない。第一王子が所有権を主張している女性を堂々とダンスに誘える男性がいるはずがないからである。

(わたし、どうして当たり前のように受け取っちゃったのかしら?)

メイナードはもう婚約者じゃない。アイリーンはもうメイナードのものじゃない。そう言いながら白い薔薇を髪に挿しているのは、矛盾している。

「何様なのかしら?」

(そうそう、わたし何様なのかしらって感じよね――ん?)

うっかり考えていたことが口に出たかと思ったアイリーンだが、どうやら違ったらしい。

アイリーンが顔を上げれば、こちらを鋭く睨みつけている令嬢の姿。まっすぐな栗《くり》色の髪の女性

――リーナ・ワーグナー伯爵令嬢が目に入る。見ない間に、ちょっと痩《や》せただろうか。心なしか顔色も悪いようだ。

リーナは今日、兄であるグロッツと一緒に参加していたはずだが、その姿が見えない。

「あら、聖女様に決まっているでしょ？」

アイリーンの横でキャロラインがくすくす笑いで返すから、リーナは顔を真っ赤に染めた。

まったく、キャロラインはいい性格をしている。

リーナはそのままぷいっと顔を背けると、バルコニーの方へ向かってしまった。

「キャロライン……」

「いいのよ。だってリーナってば、あんたが領地にいる間に何を言っていたと思う？　アイリーンさえいなければ自分が聖女だったのにって言ってたのよ。まったく、リーナが聖女の最有力候補だって言った馬鹿は誰かしらね。わたし、もしアイリーンが選ばれていなくても、あの子だけは選ばれなかったと思うわ」

キャロラインはそう言って、残っていたシャンパンを飲み干した。

ひとしきりおしゃべりを楽しんだあと、令嬢たちはお目当ての男性とともにダンスの輪に加わった。

キャロラインもオルフェウスを捕まえると、一曲踊ってくると言ってダンスホールへ向かう。

アイリーンがぽつりと取り残されていると、立て続けに五曲踊っていたサヴァリエがやってきた。

「聖女なのに一人ぼっちなの？」

「あなたのお兄様のせいです」

「ははは、兄上は心が狭いからね」

サヴァリエは楽しそうに笑ってアイリーンの隣に腰を下ろす。

「遅ればせながら、お誕生日おめでとうございます、殿下」

「ありがとう」

笑うと、サヴァリエはメイナードとよく似ている。体を動かすことが得意でなく、趣味は読書の人だから体の線はメイナードよりも細いが、背の高さでは負けていない。美形ぞろいの王家というのもあって、メイナードとサヴァリエの二人が並んだときは圧巻だ。

ランバースの結婚適齢期は、女性が十七歳から二十二歳、男性が二十歳前後から二十六歳ほど。もちろん、貴族かそうでないか、貴族でも身分によって変わってくるのだが、王族男性は十代のときに婚約者を決められることが多い。だが、今日で十九歳のサヴァリエには婚約者はおらず――本人がのらりくらりとかわしている――、そのせいでパーティーに出席すれば令嬢たちが目の色を変えて群がるため、さすがに疲れたらしい。隣で休ませてほしいと言う。

「それで、兄上との痴話喧嘩《げんか》はいつまで続けるの？」

「ち、痴話喧嘩ってなんですか……」

「あれ？　そうでしょ？　浮気して悪かった！　許さないわ！　的なやつじゃないの？」

「違いますよ？」

サヴァリエは相変わらずくすくす笑っているから、本気なのか冗談なのかがわからない。

サヴァリエは給仕からシャンパングラスを受け取ると、軽く揺らして泡を立てて遊びながら、

「でも、仲直りは本当に早くした方がいいと思うよ。早くしないと、僕まで参戦することになりそうだからね」

「え……？」

アイリーンが目を丸くすると、サヴァリエが指先で彼女の頬《ほお》をぷにぷにとつつく。

「僕を選んでくれるなら大歓迎だけどね。兄上に抹殺されそうで怖いけど」

「殿下、ご冗談がすぎます」

「冗談ってわけでもないんだけど。アイリーンとの人生って飽きなさそうだし」

「人を珍獣みたいに言わないでください」

サヴァリエは昔からアイリーンをからかって遊ぶ。

幼いころから城に出入りしていたアイリーンが、メイナードとともに数々の悪戯《いたずら》をしていたのを知っているからか、サヴァリエはアイリーンのことをあまり女扱いしていない節がある。

拗ねたように頬を膨らませるアイリーンの頬をもう一度つついて、サヴァリエはシャンパングラスを傾け――

「殿下……？」

サヴァリエが目を見開いたかと思うと、そのままシャンパングラスを床に叩きつけて喉《のど》を押さえた。

「サヴィ！」

思わず、アイリーンの口から、子供のころに使っていた彼の愛称が悲鳴となって飛び出す。

サヴァリエは床に倒れ込むように膝《ひざ》をついて、額に汗を浮かべながら、

「毒だ……」

掠《かす》れた声で告げた単語に、アイリーンは大きく息を呑《の》んだ。


「きゃあああああ――――！」

悲鳴は、誰のものだっただろう。

「サヴィ！」

アイリーンは倒れ込んだサヴァリエのそばに膝をついて、震える手で彼の手を握りしめた。

サヴァリエの手は熱くて、すごく汗をかいている。

「だ、誰か――――」

急いで侍医を呼んできてとアイリーンが叫ぼうとしたそのとき。

「どきなさいよ！」

アイリーンは突然、リーナ・ワーグナーに突き飛ばされて椅子の角で頭を打った。

「アイリーン！　サヴァリエ！」

メイナードがこちらへ走ってきてアイリーンを抱き起こすと、近くにいた警護の兵士に、早く侍医を呼んでこいと声を張り上げる。

けれども、それよりも早く、リーナがサヴァリエの胸に手を当てた。彼女の手が淡く光ったのを見て、アイリーンは癒《いや》しの力を使ったのだとわかる。

リーナの生み出す癒しの力が光となってサヴァリエの体を覆うと、徐々に彼の呼吸が落ち着いてくる。苦悶《くもん》に満ちていた表情は穏やかになり、やがてサヴァリエはゆっくりと目を開けた。

「聖女だ……」

誰かが小さくつぶやいた声がして――、アイリーンはメイナードの腕の中で、その様子を茫然《ぼうぜん》と見つめることしかできなかった。

誕生日パーティーどころではなくなって、アイリーンはメイナードとともに彼の部屋へと移動した。サヴァリエは念のため侍医の診察を受けている。

まだ震えているアイリーンの手を握りしめて、メイナードが「もう大丈夫だ」と言い聞かせるように何度もささやく。アイリーンはメイナードの手を握り返して、大きく息を吐きだした。

(リーナの癒しの力――、はじめて見たけれど、本当にすごかった)

アイリーンでは毒を中和することはできない。もしリーナがいなければ、サヴァリエは危なかったかもしれなくて――、狼狽《うろた》えて何もできなかった自分が情けなかった。

あの騒ぎのあと、リーナはまるで聖女のようにみなに称賛されて、たいした力のないアイリーンは、メイナードの腕に抱きしめられたままそれを見ていることしかできなかった。

自分は本当に聖女なのかと、自嘲《じちょう》しながら。

もちろん、メイナードからは本当の聖女の役割を聞いていたけれど、結局のところ、有事のとき以外は何の役にも立たないのである。

(わたしも、あんな風に人を守れる力がほしかったなぁ)

どんなに頑張っても、かすり傷を癒す程度しかできないアイリーンの癒しの力。

もし――、もしも、メイナードが今ここで倒れたとしても、アイリーンでは彼を救ってあげることはできない。

(それなのに聖女だなんて、笑っちゃうわ)

アイリーンの震えが収まると、メイナードがふわりと抱きしめてくる。何してるのよなんて、突っぱねる気力はない。このままメイナードの腕の中にいたい気分で、アイリーンは黙って身を預けた。

「アイリーンが気に病むことは何もないよ」

メイナードはそう言うけれど、もしあそこにリーナがいなくて、サヴァリエに何かあったら、アイリーンは何もできなかった自分を許せない。

亡くなった前の聖女、サーニャも強い癒しの力を持っていたらしい。

それなのに、どうしてアイリーンにはそれがないのだろう。アイリーンも強い癒しの力がほしい。

大切な人に何かが起こったとき、守れる力がほしいのに。

「殿下……、あの、聖女を選ぶ宝珠って、本物ですか?」

「いきなりどうしたの?」

「だって……、わたし、何もできなかったもの」

「アイリーン、私は言ったはずだよ。聖女の力は、そういうものではないんだ」

わかっている。わかっているけど、どうしても考えてしまうの。

欲張りだと言われるかもしれないけれど、思ってしまうのよ。

聖女なんだから、もっと強い力がほしいって。

「わたしが聖女だなんて、きっと、みんな幻滅しますね」

そんなことはないとメイナードは言うけれど、メイナードもわかっているはず。

リーナの癒しの力のすごさを目の当たりにした会場の人たちが、リーナに向けた視線。

アイリーンはこれから起こるであろうことを予想して、メイナードの腕の中でそっと目を閉じた。

☆

リーナが本物の聖女だ――

誰かがつぶやいたその声は、瞬く間に社交界に広まった。

サヴァリエが倒れたあの日、何もできなかった聖女のアイリーン・コンラードと、絶大な癒しの力でサヴァリエを救ったリーナ・ワーグナー伯爵令嬢。

どちらが称賛されるかなんて――、わかりきっている。

コンラード家にも野次馬たちが集まりはじめたから、心配したメイナードによって、アイリーンは城へ身を寄せることとなった。

メイナードを目の敵《かたき》にしているコンラード侯爵も、今回はそうするしかないと諦《あきら》めたようだ。

もしもコンラード家にいて娘が傷つけられたらと父は心配したようだが、アイリーンが何もできなかったのは本当だから、「名ばかりの聖女」という糾弾は甘んじて受けるつもりだ。

(メイナードは無視していればいいと言うけれどね)

聖女の役割が本当は有事のときのリアース神への生贄《いけにえ》であることを知っているのは、城では陛下と王妃、それから前聖女の夫だった前国王の弟殿下と、メイナードとサヴァリエである。だから、この方たちはアイリーンにとても同情的だが――、城の使用人の皆様はそうはいかない。アイリーンが本当に聖女なのかと、聖女のくせにサヴァリエを助けられなかったのかと、向けてくる視線は冷たかった。かと言って、使用人たちに聖女の本来の存在意義について教えるわけにはいかないのだ。ある意味で巻き込まれてしまったリーナにすら、説明することはできない。

(……メイナードはわたしを聖女と言う名の生贄にしたくなかったって言うけど……、あの人、それで本当にリーナが選ばれていたらどうしたのかしら?)

そのときはさすがに、リーナに、聖女の本当の役割について説明したのだろうか。いや、しないだろう。最後まで隠し通す気がする。今のランバースはいたって平和だから、生贄としての聖女が必要となることはないだろうが――、アイリーンとしてはちょっと複雑だった。

メイナードはアイリーンを優先しすぎる。大事にしてくれているのは嬉しいし、メイナードから婚約破棄されたのは、彼に嫌われたからではなかったとわかってほっとした。アイリーンを守ろうとしてくれた彼を責めることはできない。それでもあっさりほかの人間を身代わりにしてしまおうとしたメイナードの行動は、誠実ではないし、冷たいとも思う。そしてそのことを、リーナに申し訳ないと思いつつも、ちょっとでも喜んでしまったアイリーンも、充分に冷たいのかもしれない。だからだろうか。役に立たない聖女という中傷は、今の、ただメイナードに守られているだけのアイリーンのことをそのまま指しているような気がするから、目を背けてはならないと思うのだ。

（と言っても、メイナードはすぐわたしを甘やかすから……）

アイリーンが使用人たちに傷つけられることを恐れてか、メイナードはコンラード家からセルマを呼び寄せてくれた。使用人たちには「アイリーンが聖女なのは疑う余地もない事実だ」と言ってくれたようだが、でもやっぱり、一度疑われたらそう簡単には信用してもらえないもの。アイリーンが子供のころから知っている使用人たちは、それでも優しく接してくれるけれど、あまりかかわりのなかった人たちは廊下で目があっても挨拶もしてくれない。

サヴァリエが申し訳なさそうに「僕がもっと気をつけていればよかった」と言うけれど、サヴァリエが一番の被害者だ。本当に無事でよかったと思う。

人の噂も三か月くらいすれば落ち着くと言うから、今は耐えるしかないわねと苦笑したのはキャロライン。

（三か月かぁ……、長いなぁ）

さすがに今回のことに関しては、自己嫌悪もあって、簡単には立ち直れそうになかった。

☆

「あの女、マジでムカつくわ！」

城に遊びに来たキャロラインは、開口一番《かいこういちばん》にそう吐き捨てた。

現宰相の娘で三大公爵家の一つであるジェネール公爵家の娘であるキャロラインは、ほとんど顔パスで城へ出入りできる。侍女くらいつけてくればいいのに、ふらふらと一人でやってくるから、彼女の兄のバーランドが頭痛がすると頭を抱えているのをよく見る。

アイリーンに与えられた城の部屋は、なんと、王太子妃の部屋だった。

もちろん、本当に王太子妃が使うことになったら、その方の好みに内装を変更するらしいけれど――、代々王太子妃にのみ許されていた部屋をアイリーンが使っていいのだろうか？

メイナードは「一生ここにいてくれていいんだよ」と言っていたけれど、冗談よね？

ちなみに王太子妃の隣の部屋は王太子の部屋である。メイナードはまだ立太子の儀式は受けていないから、王太子じゃない。それなのに、彼はアイリーンが王太子妃の部屋に引っ越してきたその日のうちに、隣の部屋に移ってきた。

唖然《あぜん》としたアイリーンに、サヴァリエが笑って「まあ、僕は王位になんて興味がないから、兄上が王太子になるのはほぼ確定だし、いいんじゃない？」と言っていたけれど、これってそんなに軽い問題なのだろうか？

図々しいにもほどがあるだろうと思ったが、陛下も「いーんじゃない？」と軽いノリで、王妃は王妃で「あらあら仲良しね」って斜め上を行く回答で嬉しそうだし――この王家、本当に大丈夫なのかしら？

せめて部屋と部屋をつなぐ続きの扉は開けないでおこうと思ったら、アイリーンが鍵《かぎ》をかけることを読んでか、メイナードが鍵穴に何か詰め物をして鍵をかけられなくしてしまった。――ぶん殴ってやろうかしら。

頭に来たから「この扉をわたしの許可なく開いたら一生口をきいてやらない」と言ってやった。殴ると言っても殴られる覚悟で三歩の距離を平然と詰めたメイナードである。このくらい言ってやらないと効果がないのはわかっている。

「で、ムカつくって何が？」

セルマがティーセットを用意してくれている間に、アイリーンはキャロラインのためにメイナードからもらったチョコレートの箱を開けた。

メイナードは食べきれないほどのお菓子をくれるのである。女の子が落ち込んでいるときは甘いものに限ると王妃から仕入れた情報で、次々に買ってくるから、食べるのが追いつかない。太ったら絶対にメイナードのせいである。

「あら、このチョコレート、おいしいわね」

「そりゃそうでしょ。これ、王都で一番高いお店のチョコレートよ」

気温が上がると、どの店もチョコレートを作りたがらない。溶けるからである。だが、この老舗のチョコレート店は、夏場でも溶けにくいチョコレートを開発していて、そのため一年を通してチョコレートを扱っている。ただし、その分、値段もお高めだ。

キャロラインはチョコレートの甘さで少し機嫌が直ったらしい。

二つ、三つと口に入れて、ごくごくと紅茶を飲み干したあとで「ムカつくのはあの女よ！」って語りだした。

「あの女って？」

「リーナに決まってるでしょ！」

今度はリーナ、何をしてキャロラインを怒らせたのだろうか。

キャロラインはセルマに「おかわり！」と紅茶を要求して、まるでやけ酒のように紅茶を飲み干す。

「あの女、今回のことで天狗《てんぐ》になって『わたくしが本物の聖女ですわ』って言いはじめたのよ！　図々しいにもほどがあるわ！」

「それはまた……。でも、リーナなら言いそうなことじゃない」

「なに能天気なこと言ってんのよ！　前回の聖女の選定の儀式は間違いだったとか、今からもう一度儀式をすれば自分が選ばれるに違いないとか、好き勝手なことをほざきまくってるのよ！　あの女《め》狐《ぎつね》！」

（キャロライン、お口がだいぶ悪くなっているわよ？）

当事者であるアイリーンも怒るべきなのだろうが、キャロラインの剣幕がすごすぎて、苦笑するしかない。

「何とかしてあの女を黙らせる方法ってないものかしら？」

「でも、サヴァリエ殿下を助けたのは本当だから……」

「それはそれ、これはこれよ！」

怒り狂ったキャロラインがばくばく食べるから、チョコレートはすでに半分がなくなった。このままでは全部キャロラインの胃に収まりそうである。それはかまわないけれど――、さすがに一つくらいは食べておかないと、メイナードが拗ねるだろうか？

アイリーンはなくなる前にと、チョコレートを一つ口に入れて、セルマにもすすめながら、キャロラインの話に適当に相槌《あいづち》を打った。

キャロラインは散々リーナを罵倒《ばとう》して、しばらくすると落ち着いたのか。しゃべりつかれたようにソファの背もたれに体を沈める。

「それにしても、なんでサヴァリエ殿下のシャンパンに毒が入っていたのかしらね？」

「そうなのよねぇ」

サヴァリエは給仕が持ってきたシャンパンを受け取ったけれど、パーティー会場で出される食べ物や飲み物はしっかり管理されている。サヴァリエにシャンパンを持ってきた給仕もまさか毒が入っているなんて知るはずもなく、真っ青な顔をしていた。

あのあと会場で配られていた飲み物をすべて調べたらしいけれど、毒が入っていたものはほかにはなかったらしい。

王族は命を狙われやすいとは言うけれど、ランバースの王家ってみんな仲良しで権力争いとは無縁だし、サヴァリエも敵を作るような性格ではない。しかも、次期国王の座に一番近いメイナードが狙われるのであればまだわかるが、継承順位第二位で、しかも「自分は王にはならない」と公言しているようなサヴァリエが狙われるのは不思議である。

「殿下も調べているみたいだけど、サヴァリエ殿下自身も心当たりがないみたいだし」

「そうね。バーランドお兄様もうちの諜報部隊《ちょうほう》を使って調べさせているから、そのうち何かがわかるとは思うけれど。サヴァリエ殿下の近辺警護を強化すると言っていたから、次はないはずよ」

「そうよね、もう大丈夫よね」

サヴァリエも、いつ毒が盛られてもいいようにと様々な解毒薬を持ち歩くと言っていた。王族は子供のころから毒への耐性をつけられているから、多少の毒で死ぬようなことはないよと笑っていたけれど、それはおそらく、アイリーンを安心させるために言ったことだろう。耐性がつけられていても、致死量の毒を盛られればもちろん命だって危ない。

「とにかく、リーナよ！」

あら、いつの間にかリーナに話題が戻ってしまったようだ。

キャロラインはチョコレートの箱をからっぽにすると、今度はテーブルの上のクッキーに手を伸ばす。

「あの女、いつかぎゃふんと言わせてやるわ！」

「……キャロライン、あんたが言うと洒落《しゃれ》にならないから、ほどほどにしなさいね」

アイリーンはこっそりとため息をついた。

☆

「牢にぶち込んでおけ！」

「無茶言うな」

メイナードの執務室である。

メイナードが机の脚を蹴《け》り飛ばしながら言えば、バーランドがあきれ顔でそう答える。

「牢なんてぬるいだろう。闇夜《やみよ》に乗じて背後から――」

「やめろオルフェ！　お前が言うと冗談に聞こえない！」

「安心しろバーランド。冗談で言ってない」

「どこが安心できるんだ！」

怒り狂っているメイナードとは対照的に、ひどく冷静な様子で紅茶を飲みながら、恐ろしいことを淡々と言うオルフェウスにバーランドは頭を抱える。

執務室でバーランドの持ってきた報告書を見ながら、メイナードとオルフェウス、そしてバーランドの三人は会議中だ、
会議――、そう言えば聞こえはいいが、言い換えればただの悪だくみである。

サヴァリエ毒殺未遂事件の調査――という名目で集まった三人であるが、先ほどから話しているのは調査内容とは程遠い不穏な内容だ。

「うちの妹がサヴァリエ殿下を毒殺しようとした犯人とかぬかしやがった奴《やつ》は皆死刑だ」

「オルフェ！　お前が言っているのは死刑ではなく私刑だろう！」

「一緒だろう、死ぬんだから」

「頼むから冷静になってくれ！」

　オルフェウスは超がつくほどのシスコンである。そして、メイナードは盲目的にアイリーンのことを愛している。この二人を一緒にするとろくでもないことをしでかしそうで、バーランドは先ほどから頭痛と戦いながら二人をなだめる役に徹していた。

「オルフェ、一息で殺してやるのはぬるいだろう」

「じゃあどうする？」

「そうだな、まずは爪《つめ》を一枚いちまい――」

「頼むからやめてくれ二人とも！」

　闇討ちとか拷問《ごうもん》とか――、聖女に対する不敬罪という名目だとしても重すぎる。しかも冗談ではなく本当にやりかねない二人だからこそ、バーランドは青くなるしかない。

　この二人はアイリーンが絡むとまったくの別人だ。本当に人格が変わる。こんなのが次期国王と次期宰相有力候補なんて先が思いやられて仕方がない。

「とにかく、厳重注意の上に今度言ったら投獄だと脅しておいたから、それでいいだろう？」

「「よくない」」

　口をそろえて否を唱えるから、バーランドは「いい加減にしてくれ！」と叫びたくなる。

「リーナもあれだな、名誉棄損で修道院――」

「無茶言うな！　王族を救ったことで神聖視されているリーナに対して、今そんなことをすれば、暴動が起こるぞ！」

「そんなもん、全員捕縛だ」

「いいな。アイリーンにとって住みやすい国になりそうだ」

「馬鹿なのかお前ら！　なあ⁉」

オルフェウスは頭の切れる男である。たまに疑いたくなることもあるが、それについては間違いのない事実だ。けれども、妹が絡むとオルフェウスの脳から「冷静」と「公平」という二つの言葉が抜け落ちる。……結果が、今の状況だ。知的な榛色の瞳は、すっかり据わってしまっている。

さらに、今回のことで怒り狂っているのはこの二人だけではない。バーランドの妹であるキャロラインも本気でリーナの闇討ちを企《たくら》んでいて、それを止めるだけでもすでにバーランドは疲労困憊《ひろうこんぱい》だった。

（僕の周りはどうしてこんなのばかりなんだ！）

気持ちはわからなくもない。もしもキャロラインがアイリーンと同じ目に遭ったら、バーランドだって怒るだろう。だが、怒ってもこの二人みたいに暴走はしない。バーランドは武芸を極めた自身の力と、それからジェネール公爵家の次男であるという身分が周囲にどのような影響を及ぼすかを充分に理解しているからだ。

（もう僕一人ではこの二人を止められる自信がない——）

バーランドが本気で匙《さじ》を投げそうになったそのとき。

「兄上、いる？」

コンコンと扉が叩かれたあとで顔を覗《のぞ》かせたのは、サヴァリエだった。

メイナードはにっこりと微笑《ほほえ》んでサヴァリエを手招いて、

「ちょうどよかった、アホどもをどうやって処刑してやろうかと考えていたところ――」

「処刑⁉　そんな話はしていないよな⁉」

叫ぶバーランドに、サヴァリエは苦笑しながらメイナードの隣に腰を下ろす。

「兄上、そろそろバーランドが倒れそうだから冗談はほどほどにしておいた方がいいんじゃないかな？」

「冗談じゃないんだが……」

「そうなの？　でも、本気で処刑したいなら、もう少し重そうな罪を捏造《ねつぞう》しておかないと――」

「サヴァリエ殿下！」

「あ、うん、ごめん。僕のは冗談」

「勘弁してください……」

サヴァリエは笑いながらバーランドに謝って、それから悪戯っ子のような表情を浮かべた。

「ふふ。じゃあ、冗談はこのくらいにしておいて、僕から兄上に報告だよ。毒についてわかったこともあるんだけど、それよりもこれを先に伝えておくね。僕、リーナと婚約するから」

サヴァリエが落とした爆弾発言にメイナードたちはあんぐりと口を開けた。

「――はあ⁉」

七章　毒の真相

あまり部屋から出ない方がいいのはわかっているけれど、部屋にこもっているのも疲れるものだ。

アイリーンが、気晴らしに庭を散歩したいなと思っていたとき、グッドタイミングなことに、お茶会の誘いが舞い込んできた。相手はメイナードとサヴァリエの母君である、王妃様である。

するする、しますとも！

王妃——リゼットは、二十二歳の息子がいるとは思えないほどに若々しくて美しい女性だ。

少しばかり赤を落としたような栗《くり》色の髪に、もう少し濃い色のアーモンド形の瞳《ひとみ》。小さな鼻に、薔《ば》薇《ら》色の唇。——メイナードの目元は、間違いなく母親から受け継いでいる。

「アイリーンちゃん、いつになったらわたくしのバカ息子と結婚してくれるの？」

お茶会がはじまってすぐにリゼットがそんなことを言うから、アイリーンは口に含んだお茶を吹き出しそうになった。

「あの子、お勉強はできるんだけど、不器用と言うかなんと言うか、とにかくお馬鹿《ばか》さんだから、アイリーンちゃんみたいな人に早くお嫁に来てほしいんだけど」

いやいやいやいやいや王妃様！　あなたの息子とわたしはすでに婚約を解消しているのですが！

アイリーンがそう返せば、リゼットはおっとりと頬《ほお》に手を当てて、にーっこりと、そう、キレたメイナードが浮かべるのと同じような、きれいだけれど真っ黒い笑みを浮かべた。

「ああー、うちのお馬鹿さんたちが、お馬鹿さんな頭でしでかした、お馬鹿さんなあの事件ねぇ」

……あの、王妃様。先ほどから自分の家族をバカバカ言いすぎではございませんか？

「どうしようかしら、アイリーンちゃん？　陛下の頭を丸坊主にして後頭部に『馬鹿』って書いて土下座させたら許してくれる？」

（ひーー！　笑顔でとんでもないこと言わないでください！）

今回の婚約破棄の裏側にはいろいろ王家の事情が絡んでいると薄々気がついているけれど、アイリーンも詳細は聞かされていないし、わざわざ問いただしたりもしない。でも、この発言で背後に国王陛下がいるのに気がついてしまった。そして、事前にリゼットが何も知らされていなかったということも。

（怖！　いつも穏やかな人が怒ると、本当に怖い！）

「だってわたくし、アイリーンちゃんとメイナードの結婚式、本当に楽しみにしていたのよ？　わたくしが嫁いできたときのベールをかぶってもらいましょうとか、楽しみでたのしみで、早く結婚しないかしらーって思っていたのに……あんの馬鹿ども。とりあえず、陛下の頭は錫杖《しゃくじょう》でぶん殴っておいたけど、それだけじゃあアイリーンちゃんの気が済まないわよねぇ」

（充分ですからやめてください！

この人、マジで怖い！

メイナードから婚約破棄を言い渡された翌日にリゼットから「陛下のことは三発くらい殴っておいたけど、直接殴りたかったらいつでもお城にいらっしゃーい。そうそう、メイナードは捨てて、サヴァリエなんてどうかしらー？」ってよくわからない手紙が来て冗談だと思っていたけれど、あれはきっと本気の手紙だったのだろう。つーか、本当に陛下を殴ったのか。怖すぎる。

「メイナードはこれ以上お馬鹿さんになったら嫌だから殴らないでほしいんだけど、陛下はどうせ、あとは年老いて死ぬだけだから好きにしていいわよ？」

「………………」

「それで、結婚式はいつ？」

（この人話通じない！）

アイリーンは、うきうきと浮かれ気分でお茶会に向かった過去の自分に「今すぐ回れ右して引き返せ！」と言いたくなった。

だらだらと汗をかきながら、にっこりと黒い微笑《ほほえ》みを浮かべるリゼットをどうしようかと考えていたら、バタバタとこちらへ向かって駆けてくる足音が聞こえてきた。

（メイナード――！）

その姿を見た途端、アイリーンは全身の力が抜けるのを感じた。

今日ほどメイナードに会いたかった日はない。後光すら見える。助けてー助けてー！　と視線で訴えたら、駆け寄ってきたメイナードがぎゅうっと抱きしめてくれた。

「母上！　アイリーンを怖がらせないでください！」

「あら失礼ね。怖がらせてなんていないわよ。楽しくおしゃべりしていただけじゃない」

「母上は存在自体が怖いんです！」

実の息子にここまで言われる母親って……。

リゼットは昔からよくお茶会を開いていて、そこによくアイリーンの母親も呼ばれたりしていたのだが、今思えば「うふふ」「おほほ」と笑いあう二人の間にあった会話は、なんだか恐ろしかったような……。

「失礼しちゃうわね。あなたが全然だめだから、わたくしがアイリーンちゃんに結婚してってお願いしてあげていたんじゃないの」

お願い？

あれは軽い脅しだったように思いますが！

「そのお願いでアイリーンが余計に嫁ぎたくなくなったらどうしてくれるんですか！」

(いやだから、嫁ぎませんってば)

「だいたい、私とアイリーンが婚約を解消した直後に、母上があわよくばサヴァリエとアイリーンを婚約させようとしていたことを知っているんですからね！」

「だって、アイリーンちゃんほしいもの」

（わたしは犬や猫ですか！）

ほしいと言われて連れていかれても困ります！

「とにかく、アイリーンは今、避難してきているんです！　怖がらせてどうするんですか！」

「怖がらせてないわよ、ひどい息子ねぇ」

リゼットは口を尖《とが》らせてぶーぶー言っている。

「あなたこそ、さっさと何とかなさいな。今回のことにいつまで時間をかけているの。能力が疑われるわよ」

「わかっています」

「信じていいのね？」

「もちろんです」

リゼットは「ならいいわ」と頷《うなず》いて立ち上がると、アイリーンににっこりと微笑みかけた。

「お邪魔虫が来たからわたくしは退散するわね。今度お針子を呼んでおくから、ウエディングドレスの採寸をしましょうね？」

……この城から一刻も早く退散しないと、別の意味で危険ではなかろうか。

アイリーンは優雅な足取りで去っていく王妃の背中を見つめながら、今度お茶会に誘われたら絶対に理由をつけて断ろうと心に決めた。

☆

リゼットに近づくと、メイナードと強引に結婚させられそうだと気がついたアイリーンは、あれから王妃の誘いをひたすら断り続けていた。

キャロラインに今回の件を話せば「あはははは！　国王様を殴れる機会なんてそうそうないんだから、記念に殴らせてもらえばよかったのに！」とかふざけたことを言った。

「それにしても、王妃様って強いわねぇ」

「うん」

しみじみとしたキャロラインのつぶやきに、アイリーンは迷う余地なく同意する。

王妃リゼットは隣国ロウェールズの姫君だった人で、今のロウェールズ国王の妹にあたる。

「あの方って確か、当時王太子だった陛下が外交でロウェールズを訪れたときに一目ぼれして、強引に押しかけてきたんだったわよね」

そう、この話はわが国では結構有名。

現国王陛下は、幼いときに婚約者を決めておらず、そのままずるずると王太子になってしまったのだが、逆にそれが災いして、いろいろな派閥とかが大騒ぎでなかなか婚約者を決めることができなかったらしい。それを教訓にしたからか、メイナードはすぐにアイリーンと婚約させられることになったのだ。

当時王太子だった陛下に一目ぼれしたリゼットは、あの手この手で周りを黙らせて、陛下の妻の座を奪い取ったらしい。大国ロウェールズと姻戚《いんせき》関係を結べるのはランバース国としても願ったりだったと言うけれど、結婚するときには陛下もすっかりリゼットに骨抜きにされていたと言うから、なんだかんだで恋愛結婚の二人である。

「そう考えると、うちの王家ってバカップルが多いわね」

キャロライン、仮にも王家に「バカップル」って……。

「前王陛下も妃殿下のことが大好きだったたし、前王弟殿下もなんだかんだで聖女だったサーニャ様にメロメロだったじゃない」

そう。前王陛下は隠居して王太后様と田舎《いなか》でいちゃいちゃしているとメイナードが言っていた。前王弟殿下は、最愛のサーニャが亡くなってから落ち込んで、城の敷地内にある邸《やしき》から一歩も外に出ていないという。

「だからって、バカップルはないでしょうよ」

「あら、あんただってそのうち、そのバカップルたちに仲間入りよ」

「ないから！」

「それはそうと、今回のくだらない騒ぎのおかげで、あんたへの求婚がぱたりとやんだらしいわよ。ジオフロント様とオルフェウス様がこれで馬鹿どもが一掃できた、ほとぼりが冷《さ》めたころに来やがったらぶっ飛ばすって嬉々《きき》としていたらしいけど」

「……それは喜んでいいのか悲しんでいいのかわからないわね」

おそらく、母あたりは貢物のお菓子が来なくなって口を尖らせていそうだ。

やれやれと息をついたところへ、メイナードとバーランドがやってきた。

「アイリーン、悪いんだが三日後に母上が茶会を開く。父上たちも参加するから、君にも参加してほしいんだが」

（えー……）

王妃様のお茶会、怖いんだけど。

アイリーンが先日の茶会以来リゼット主催の茶会を嫌がっているのを知っているメイナードは申し訳なさそうだ。

だが、メイナードが頼んでくるということは、何か理由があるのだろう。仕方がないなと頷くと、その横で、キャロラインが口を開いた。

「それはそうと、リーナとサヴァリエ殿下が婚約するとかいう、とち狂っているとしか思えない噂《うわさ》を聞きましたけど本当ですか？」

「キャロライン、その口を直せといつも――」

バーランドがすかさず妹を叱《しか》り飛ばそうとするが、メイナードは苦笑して頷く。

「ああ、まあ。一応そういう話が出ているのは本当だね」

「え、本当なんですか⁉」

キャロラインが目を丸くしたけれど、アイリーンも驚いた。

メイナードは困ったように頬をかいている。

「これについては、私も詳しく聞かされていなくてね。そのうちサヴァリエが説明するだろうから、あまり騒ぎにはしないでくれると助かるね」

「と言うと、サヴァリエ殿下は了承済みってことですか？」

「そうだね、言い出したのはサヴァリエだし」

「嘘《うそ》でしょ!?」

キャロラインが素っ頓狂《とんきょう》な声を上げると、バーランドが「いい加減にしなさい」とキャロラインを黙らせにかかる。

バーランドはなんだかんだと礼儀作法に厳しいから、キャロラインの言動が目につくのだろう。だが、メイナードはこんなことでいちいち不敬だと騒ぎ出すような性格ではない。

メイナードは苦笑して、

「まあ、サヴァリエにはサヴァリエの考えがあるんだろう」

と言う。

聞けば、三日後のリゼットのお茶会も、リーナとサヴァリエの婚約についての話を兼ねて開かれるそうで、リーナとその父であるワーグナー伯爵も呼ばれているのだとか。

正直、あのサヴァリエ殿下が、リーナを選ぶとは思えないのだけれど――とアイリーンが首をひねっていると、勢いよく王太子妃の部屋の扉が開け放たれた。

「アイリーン！　お前の悪口言っていたやつ、一四、兄ちゃんが始末してやったぞ――！」

物騒なことを言いながら満面の笑みを浮かべたオルフェウスが現れて、バーランドが「何をやらかしたんだお前――！」と絶叫した。

オルフェウスのことだから、言葉通りに「始末」はしていないだろうが、何かをやらかしたのは間違いない。

そのあと、バーランドとオルフェウスがぎゃーぎゃーと言い争いをはじめてしまって、これ以上、この件について訊《たず》ねられる雰囲気ではなくなってしまった。

☆

三日後に開かれたリゼットのお茶会の日の空模様はあいにくと曇天《どんてん》で、今にも雨が降りそうな雰囲気だった。

リーナが真の聖女説は日に日に大きくなっていて、このままだとアイリーンはいつコンラード侯爵家に帰れるかわかったものではない。

雨が降りそうだからと、一階にある中庭に面しているサロンで開かれることになったお茶会には、陛下とメイナード、サヴァリエ、リーナに彼女の父であるワーグナー伯爵、それからオルフェウスとバーランド、アイリーンが招かれていた。

ワーグナー伯爵は頭皮が淋《さび》しくて、四角い顔をしている。アイリーンがサロンに入ると、細い目で鋭く一瞥《いちべつ》してきた。

「申し訳ございません、遅れてしまいましたか？」

アイリーンが最後だったようだから、主催者であるリゼットに謝罪したけれど、王妃は「遅れてないわよー」と言いながらちょいちょいとアイリーンに向かって手招きする。

アイリーンは呼ばれるままにリゼットの隣に向かおうとしたけれど、それよりも早くにメイナードに手を取られて、彼の隣に座らせられたから、王妃は不満そうだ。

テーブルの上にはお菓子やサンドイッチが並んでいて、メイナードによく似た顔立ちの陛下は「イチゴのサンドイッチがないなー」と不満を漏らして王妃に「子供ですか」と笑われていた。

リーナはサヴァリエの腕に自分の腕を絡めて、満面の笑みを浮かべている。

メイナードがアイリーンに「何を食べる？」と訊《き》いてくれるが、残念ながら食欲はない。

オルフェウスに視線を向けると、あちらはあちらであからさまに不機嫌顔。バーランドが肘《ひじ》でついて何かを言っているが、おそらく「陛下の前だぞ！」的なことを言っているに違いない。

「それで、どうしてこの場に、関係のない聖女様がいらっしゃるのでしょうか？」

お茶会がはじまってすぐに、ワーグナー伯爵がアイリーンを見ながらそう言った。

（知らないわよ！　主催者に聞きなさいよ！）

さすがに噛《か》みつけないから、アイリーンは困ったように微笑んで見せる。

「あら、アイリーンちゃんはわたくしのお友達よ？」

リゼットが美しく微笑んでいるけれど、その背後に黒いものが見えた気がしてアイリーンは思わず視線を逸《そ》らした。「文句あんのかこら」っていう幻聴が聞こえた気がしたけれど、うん、気のせいよね？

能天気な王様は、「リゼットは今日も可愛《かわい》いなぁ」などと堂々とのろけていて――

（もうやだこれ。すでに帰りたんだけど！）

そもそもどうしてアイリーンがこの場に呼ばれたのだろう？

メイナードもオルフェウスも役に立ちそうにないから、ちらりとバーランドに視線を向けると、口の動きで「たえろ」と言われた。

ワーグナー伯爵はえへんえへんとわざとらしい咳《せき》払いをして、

「今日は娘のリーナとサヴァリエ殿下の婚約の話をするとお聞きしたのですが」

と言い出した。

陛下はサヴァリエとリーナに視線を向けて、顎《あご》を撫《な》でながら口を開く。

「今回、サヴァリエの毒の治癒をしてくれたリーナ嬢には感謝している」

「もったいないお言葉ですわ、陛下。わたくしは当然のことをしたまでですもの」

「うむ。それに、そなたの治癒《ちゆ》能力は素晴らしいものだ」

「そんな……、わたくしなんて、聖女様に比べたら」

リーナが謙遜《けんそん》しつつもアイリーンをちらちらと見やるから、胃のあたりがキリキリしてくる。

「聖女様がいらっしゃったのに、わたくしなどが出すぎた真似《まね》を――と心配しておりましたが、そうおっしゃっていただけて安心いたしましたわ」

何が出すぎた真似よ。思いっきり突き飛ばしたくせに！　あのとき後頭部を椅子《いす》にぶつけてすっごく痛かったんだから。

「あのとき、わたくし本当に怖くて……。殿下に何事もなく、本当によかったですわ」

リーナが潤んだ瞳《め》でサヴァリエを見上げると、彼もにっこりと微笑み返す。

「父上、僕はリーナに命を救われました」

「なるほど、それでは伯爵からの申し出を進めてもいいのか？」

（伯爵からの申し出？）

ということは、今回の婚約話はワーグナー伯爵から言い出したということだろうか。

メイナードとの婚約破棄のあとにその弟に娘を売り込むなんて、なかなか図太い神経をしているわ。

サヴァリエは優雅に微笑んだまま陛下の問いかけには答えず、

「でもまさか、無造作に取ったシャンパンに毒が入っていたなんて、ね。シャンパンなんてほかにもたくさんあったのに、どうやって僕のシャンパンだけを狙《ねら》えたのだろう」

「きっと、犯人は殿下がイチゴが嫌いなのをご存じだったのですわ」

リーナがおっとりと微笑みながら答える。

イチゴか。サヴァリエは昔からイチゴが嫌いである。

王家主催のダンスパーティーのときに配られているシャンパンにはどれもイチゴが入っているが、サヴァリエのシャンパンだけはいつも何も入っていないものが用意されていた。だから犯人はそれを知って――ん？　あれ？　そう言えばあの日、サヴァリエが手に持っていたシャンパングラスの中に、何かが入っていたような気がする。

（んんん――？）

アイリーンの中で、何かが引っかかった。

「なるほどね、イチゴが入っていないグラスに毒を仕込んでおけば、確実に僕を狙えるのか」

「ええ。犯人は殿下がサクランボのグラスを手に取るとわかっていたのですわ」

そう！　サクランボだ。サヴァリエが揺らしていたグラスの中に何かが入っていたような気がしたが、あれはサクランボだった。

サヴァリエは昔からシャンパンを飲むときにグラスを揺らす癖がある。以前どうしてなのかと訊いたら、強い炭酸が苦手だと教えてくれた。

サヴァリエはテーブルの上にあるサクランボを一つ手に取って、無造作に口に入れた。

「給仕が持ってきたグラスの中に、サクランボ入りのグラスは一つしかなかったものね」

「ええ、ほかは全部イチゴ入りでしたもの」

「そうそう、よく覚えているね、リーナ」

サヴァリエはサクランボを咀嚼《そしゃく》したあと、ナプキンを口に当てて種を出して二つ折りにすると、テーブルの上に置いた。

それから、シャンパンボトルを手に取ると、グラスにサクランボを一つ入れ、それにシャンパンを注いでリーナに手渡す。

「あの日、僕のシャンパンにはこうしてサクランボが入っていたね。……ところで」

サヴァリエはリーナがシャンパングラスを受け取ったのを見ると、ふと笑みを消した。

「君はどうして僕のグラスにサクランボが入っているってわかったの？」

「え？」

リーナが目を丸くしたけれど、アイリーンも首を傾《かし》げる。

サクランボが入っていたかなんて、そんなもの見ればわかる――あれ？

アイリーンはぱちぱちと目をしばたたいた。

アイリーンとメイナードが座る席からは、サヴァリエたちの席は少し遠い。

今日の茶会は人数が多いから、長方形のテーブルが二つくっつけられていて、端と端に腰かけていたら、そこそこ距離があいてしまうのだ。

アイリーンはリーナの手にあるシャンパングラスを見つめて嫌な予感を覚えてしまった。

リーナの持つシャンパングラスには、ピンク色のシャンパンが注がれている。そう――パーティーの日、サヴァリエが手に持っていたのもピンク色のシャンパンだった。

ピンク色のシャンパンの中に落とされたサクランボは、アイリーンの席からはグラスの中でぼやけてしまって、それが何であるのか判別できない。

アイリーンは思わず、メイナードの手を握りしめた。

「リーナ、君はあのとき、僕とアイリーンからは離れたところにいたよね？　それなのにどうして、僕のシャンパングラスにサクランボが入っていたとわかったのだろう？」

笑みを消したサヴァリエ殿下の青い双眸《そうぼう》が、驚くほどに冷たい。

リーナも笑顔が凍りついてしまっていて、シャンパンを持つ手が震えていた。

「殿下！　娘はとても視力がよく――」

誰《だれ》もが固唾《かたず》を呑《の》んで見守る中、ワーグナー伯爵の焦ったような声が響く。

サヴァリエはそれをひと睨みで黙らせると、

「あのあと、会場のメニューを用意した担当者に話を聞いたんだ。僕のシャンパングラスにサクランボを入れる指示をしたのかとね。答えは否だった。いつも通り何も入っていないグラスを用意したとね。だから今度は、僕にシャンパンを渡した給仕係に話を聞いた。サクランボが入っていたのはどうしてか、と。すると彼はこう言ったよ」

サヴァリエは優雅な所作で紅茶を口へと運ぶ。まるで本当にただのお茶会――ただのおしゃべりを楽しんでいるかのように。それが逆に怖かった。

「何も入っていなかったら味気なくてお可哀《かわい》そうだと、ワーグナー伯爵令嬢がサクランボを入れられました――とね」

リーナの顔から表情が消えた。

もともと白い彼女の顔が、まるで雪のように白くなっていく。

「サクランボの種をくりぬいて、中に毒を仕込んでおけば、シャンパンの中に毒を溶かし込むことも容易だろうね。僕はシャンパンを揺らして飲む癖があるから余計に。ふふ、どうしたの？　そんなに怯《おび》えたような顔をして。ああ、そのシャンパンは僕からのプレゼントだよ。ぜひ、飲んでほしいな？」

このときアイリーンは、サヴァリエだけは絶対に敵に回さないでおこうと心に決めた。

知らないうちに震えはじめていたアイリーンの体をメイナードが抱き寄せたけれども、そんなことも気がつかないくらいにアイリーンの頭は真っ白になっていて。

「ああああああ――――！」

リーナの悲鳴が、サロンの中に響き渡った。

☆

簡単にまとめると、自作自演《じさくじえん》。

サヴァリエに毒を盛って、それを自分で助ける。よくもまあそんな大それたことを思いついたものだ。

聖女選定の儀式の日から、リーナは肩身の狭い思いをしてきたらしい。

自分は聖女だから、メイナードと結婚してゆくゆくはこの国の王妃になると、周囲に言って回っていたから余計に嘲笑《ちょうしょう》の的になってしまったようだ。

ぱったりと誰からも相手にされなくなり、父であるワーグナー伯爵も社交界で笑い物――。完全に評判が地に落ちて、条件のいい結婚も望めない。それどころか、ワーグナー伯爵はリーナを女子修道院へ入れることまで考えはじめていて、彼女はすっかり追い詰められてしまっていた。

何とかして、周囲を見返してやりたいという思いもあっただろう。

だが、そのためにサヴァリエに毒を盛るのは、さすがにやりすぎだ。

確実に助ける自信があったのだとしても、短い時間であってもサヴァリエは苦しい思いをしたし、パーティーも台無し。シャンパンを用意した給仕は可哀そうなくらいに怯えていたそうだし――、やっていいことと悪いことがある。

ワーグナー伯爵は、娘の出来心だとか殺意はなかったとか言って、温情を期待したようだが、息子に毒を盛られて陛下がお許しになるはずもない。

ワーグナー伯爵は爵位剥奪《はくだつ》、リーナは投獄されて処分待ち。伯爵の長男であるグロッツは妹のしでかしたことに青くなって、爵位と地位の返上を申し出たそうだが――、彼はこの二人と血のつながりがあるのかと疑いたくなるほど善良な人。虫も殺せないという言葉がこれほど似あう人もいない。サヴァリエとも仲がいいし、一切の責任を問わないというのも無理があるが、彼には温情が下った。ほとぼりが冷めるまで二年ほど他国へ留学させて、戻ってきたあとにワーグナー伯爵家を継がせるのだそう。伯爵家はグロッツが戻ってくるまでは王家預かりになるらしい。

ちなみに、リーナの奸計《かんけい》で被害にあったグロッツの婚約者のフィリー男爵令嬢は無事に回復した。顔中にできた吹き出物の原因は、リーナがプレゼントした化粧水のせいだったらしい。グロッツと同じく人を疑うことを知らないような優しい男爵令嬢は、まさか未来の義妹が自分をはめるとは思ってもみなかったようだ。

「リーナは、処刑……、なんてことにならないですよね？」

夜になって、アイリーンが使っている王太子妃の部屋を訪れたメイナードに訊ねると、彼は小さく笑った。

「王子の殺害未遂で充分に処刑の対象だけどね」

そっか。やっぱりそうよね。リーナをかばうわけではないけれど――、でも、彼女も聖女という存在に踊らされたのだと考えると少しやるせなくてうつむいたら、メイナードにぽんぽんと頭を撫でられた。

「なんてね。処刑と幽閉で割れたけど、リーナが毒を盛ったとはいえ彼女自身でサヴァリエを治癒したのを見ているものは大勢いたからね、殺意なしという判断で幽閉になったよ」

「そうですか。よかった……」

「優しいね。あれだけ嫌な思いをしたのに」

「……リーナは嫌いですけど、それとこれとはちょっと違うと言うか」

今回の件について許せるかと問われれば許せない。だからもしもリーナに処刑という判断が下っても、泣いて止めようとはしなかっただろう。でも、処刑はやっぱり後味が悪すぎて――、だから、アイリーンはホッとしてしまった。

メイナードの隣で、蜂蜜《はちみつ》とミルクを落とした紅茶を飲む。ミルクを多めに入れているのは、あのお茶会以来、どうにも寝つきが悪いから。

リーナがしたことが明るみになって、彼女が聖女だと言っていた声はぱたりとやんだ。代わりに、今までアイリーンを批判していた人が、あっさりと手のひらを返してきた。もちろん、裏でメイナードが何かしたことはわかっている。

(……聖女が事件を解決したなんて嘘、堂々とつかないでよ)

アイリーンはそばでサヴァリエの話を聞いていただけなのだが、メイナードは今回の件を利用して、聖女に批判的な人間を黙らせることにしたらしい。「これでアイリーンを悪く言うやつは減るはずだ」と言うからあきれるしかない。サヴァリエも陛下もリゼットもこのデマに賛成だと言うのだから驚いたけれど、おかげで城の使用人たちから冷たい視線を向けられることはなくなった。

もう少しだけ様子を見るそうだが、落ち着いたらコンラード家に帰れるようだ。

「私としてはずっとここにいてほしいけどね」

メイナードはそう言うけれど、そんなわけにはいかない。

(聖女かぁ……、わたし、どうしたらいいのかしらね)

聖女は王家へ。

メイナードが止めてくれているから、陛下からアイリーンを強制的にメイナードへ嫁がせるという勅命《ちょくめい》は下っていないが、いずれきちんと向き合わなくてはならないときがくる。

アイリーンの父であるコンラード侯爵は娘の意志を尊重するつもりでいるので、もしも本気でアイリーンが嫌がれば、どんな手を使ってでも——それこそ謀反《むほん》人だと言われようとも——王家との婚姻は結ばせないだろう。

メイナードも、この人なりの誠意のつもりなのか、アイリーンを無理やりに婚約者の座に戻そうとはしない。

だからついつい甘えてしまって、考えないようにしてきたけれど、いつまでも逃げてばかりはいられない。

でも、許されるならもう少し——、ゆっくりと自分の気持ちと向き合ってみたい。

「ちゃんと家に帰ります」

アイリーンが言えば、メイナードが肩をすくめる。

家に帰っても、この元婚約者様はまた同じように毎日のように押しかけてくるのだろうかと思うと、ちょっとだけおかしくなった。

八章　白とふわふわ

木々が鬱蒼《うっそう》と重なりあう森の奥。

夜ごとに細くなっていく月が見下ろすのは、泉のそばに建つ小さな宮殿である。

白い壁のその宮殿は曲線的で、どこか女性の柔らかさを思わせる。

それもそのはず、その宮殿の住人はすべて、巫女《みこ》と呼ばれる女性ばかり。

男性が入ることを許されているのは、本殿から回廊でつながれている、半球の形をした建物のみであるが、女の園という言葉がふさわしいその場所へ、しかし男たちは足しげく通っていた。巫女と呼ばれる女性たちには、先見の力があるからだ。

先見の力と言っても、彼女たちのその力は不安定で、予言自体も謎《なぞ》めいており、正しく解することは本人たちはもとより、それを聞かされる男たちにも困難である。

男たち――、リアース教の枢機卿たちは、半球型の建物の中にある円卓の会議室で、今夜も難しい顔を突き合わせていた。

「おばば、それではよくわからん」

白いひげを蓄えた枢機卿の一人が言えば、円卓の上座に座る腰の曲がった小柄な老婆が、ケタケタと笑った。

「そうはゆぅても、予言とはそういうもんじゃ。予言は予知とは違うんでのぅ。それが正しいか正しくないかは、解した人間の行動によってまた変わるもんじゃし。ほれ、東方の言葉でこうゆうじゃろー。当たるも八卦《はっけ》当たらぬも八卦ってのぅ」

「そりゃ占いの例えだ！」

おばばと呼ばれた老婆の発言に、枢機卿たちは頭を抱える。

確かに、巫女たちの予言は占いに近いものがあるだろう。なぜなら、彼女たちは決して明確な答えを示さないからだ。

それでも、聖女選定のときには彼女たちの予言は本当に役に立った。外見的な特徴、身分――それらから導き出した本命と予想したアイリーン・コンラードが見事に聖女に選ばれたのだから。もっとも、それは教皇の意向で上層部のまた限られた一部の人間にしか知らされておらず、教会関係者のほとんどがリーナ・ワーグナーが本命だと思っていたようだが、そのおかげで、誰《だれ》にも怪しまれずに、聖女選定前に第一王子メイナードとアイリーンの婚約を破棄させることに成功した。しかし、そのあとの計画がうまくいかず、教皇は機嫌が悪そうである。何としても、早くアイリーン・コンラードをこちら側へ引き込まなくては。

「それで、聖女のそばに現れるという新しい男はどんな男だ！」

枢機卿たちは必死だ。

アイリーンがメイナードと復縁する前に手を打たなければならないからだ。

おばばは「はぁ」と息を吐いて、

「じゃから、キーワードは『白』と『ふわふわ』じゃと言っとるじゃろぅ。その二つが聖女の未来に輝きを与える、そう出とるんじゃー！」

と杖《つえ》を振り回しながら言うから、枢機卿たちは口々に叫んだ。

「だから」

「白と」

「ふわふわって」

「「なんのことだ――――！」」

枢機卿たちの絶叫に重なるように、森の奥でホゥと梟が鳴いた。

☆

ランバース国もすっかり夏めいた。

じりじりと照りつける日差しは、少し外に出るだけで肌を焼く。

「お嬢様！　帽子と日傘《ひがさ》をお忘れです！　夏が終わるころに黒豚みたいになっていても知りませんよ！」

おかげで、ちょっと庭の花を見に行こうとするだけで、セルマがこう言いながら帽子と日傘を持って追いかけてくるようになった。庭に降りるだけで帽子と日傘での完全防備など、正直面倒くさくてやれない。

それにしても、黒豚って――、もっとましな例えはないのかしらとアイリーンは振り返った。

「セルマ、ちょっとヒマワリを見に行くだけよ？」

「ちょっとでもです！　最近のお嬢様は油断しすぎですよ！」

（だって、もうメイナードの婚約者じゃないし）

ランバース国の女性は白い肌が美点とされている。そのため、第一王子に小麦色の肌の婚約者を連れ歩かせるわけにもいかないから、メイナードの婚約者であったときは、必死に日焼け止めを塗って、帽子をかぶって日傘をさして、しっかりと日焼け対策をしていた。けれど、もう違うのだからそれほど神経質にならなくてもいいと思うのだ。

「嫁き遅《い》れても知らないぞ、アイリーン」

今日は休みらしい長兄ジオフロントが、騒ぎを聞きつけてやってくると、ニヤニヤと笑った。

次兄オルフェウスはメイナードの補佐官をしているが、ジオフロントは貴族院のメンバーである。本人曰《いわ》く「そんなに仕事がない」らしい。だから普段は、父であるコンラード侯爵の補佐をしながら、将来コンラード家を継ぐための勉強をしている。

ジオフロントは、貴族院なんて、何かあったときに集まってわーわー言いたいことを言うだけの暇人連中――などと、ほかの貴族院メンバーが聞いたら怒りそうなことを平然と言う。

もともと貴族院に名を連ねていたのはコンラード侯爵だったが、ジオフロントが十六歳になって成人するとともに早々と息子にその地位を譲ったのである。「面倒くさい」の一言でそれを押しつけられたジオフロントのやる気がないのもわかる気がする。

「お兄様こそ、いい加減エデルと結婚しないと、そのうち愛想をつかされて婚約破棄されるわよ」

エデルはジオフロントよりも四つ年下の二十歳である。エデルが十六歳のときにジオフロントと婚約したので、かれこれ四年はたっていた。

「まあ、そのうちなー」

「いつもそれじゃない」

「子供ができたら考えるかなー」

「最低よお兄様」

「冗談だって！　そんな冷たい目で見るな！」

ジオフロントはぽりぽりと頭をかいて「こっちにもいろいろあるんだ」と誤魔化した。いろいろってなんだろう。誤解しないようにつけ加えると、ジオフロントとエデルは決して不仲ではない。婚約も家同士で決められたわけではなく、当人たちが決めたことだ。

「お前こそ、どうするつもりなんだ？」

「んー、まあ考え中よ」

山のように届いていた求婚は、リーナの一件で一度ぱたりと来なくなって、それからまたばらばらと届きはじめたのだが、ジオフロントとオルフェウスが二人して「どのツラ下げてこんなもの送りつけてきやがるんだ。ふざけてるとぶっ飛ばすぞ」と求婚者たちを脅して回ったせいで、また来なくなった。

メイナードまで微笑《ほほえ》みつきで「君、出世したくないようだね」とジオフロントたちに追随したそうだ。ちなみに情報源はバーランドである。

（まあ、あっさり手のひらを返してくるような男性はお断りだけど……）

しかし、さすがに一通も来なくなったというのは、落ち込む。

しばらく恋愛するつもりはなかったから、いいと言えばいいのだが。

「王妃様が、『アイリーンちゃんはうちの嫁』宣言したから、多分もう二度と求婚者は現れないと思うぞ」

「何よそれ聞いていないわよ!?」

セルマから帽子を受け取ろうとしたときにジオフロントがそんなことを言うから、アイリーンはうっかり帽子を取り落としてしまった。

「王妃様主催の茶会で宣言したらしくて、そこに来ていた夫人とか令嬢とかがあっちこっちで吹聴《ふいちょう》して回ったから、まあ、かなり広まっているみたいだな」

ジオフロントは「今日はいい天気だなぁ」くらいにのほほんとした口調で言う。

なんということだ。王妃もとんでもないことを言ってくれたものである。どんどん外堀が埋められているような気がして、アイリーンは頭を抱えそうだ。

（メイナードが最近ご機嫌なのも、絶対このせいね）

コンラード侯爵がメイナードを追い返すのをやめたので、メイナードは当たり前のように頻繁に家にやってくるようになった。

「お兄様、最近、妙に殿下に寛容じゃないの」

婚約破棄直後は怒り狂って、邸《やしき》に来たらぶん殴るくらいに息巻いていたというのに、最近はメイナードが来ても「今日も来たんですか暇ですね」と嫌味を言うくらいで知らん顔。

アイリーンは落とした帽子を拾って、セルマから日傘を受け取った。

「寛容っつーか、まあ、消去法で考えたときに一番マシなのは誰かっつー話だよな」

「それって、聖女を守るのはどこがいいかって話？」

「そうじゃない」

ジオフロントは肩をすくめた。これ以上、理由を教えてくれるつもりはないらしい。

アイリーンがセルマと一緒に庭に出ようとすると、ジオフロントが思い出したように、

「あ、トマ子ちゃんの実が赤くなってたら取ってきて」

と言い出した。

トマ子ちゃんというのは、先月孤児院の子供にもらったトマトの苗の名前である。ダサいと言うか、安直と言うか、この微妙な名前をつけたのはここにいるジオフロントだ。

そのトマ子ちゃんだが、試しに庭の一角に植えてみたらすくすくと成長して、次々に実をつけはじめた。

今まで庭で野菜を育てたことはないけれど、母であるコンラード夫人まで「最近、家庭菜園って流《は》

行《や》っているらしいのよー」と言い出して楽しみはじめてしまったから、来年はもっと増えるかもしれない。

王都の邸の庭を管理してくれている庭師のおじいちゃんは、自分が整えた庭に突如として現れた異質なトマトという存在に渋い顔をしている。カントリーハウスの庭師のおじちゃんなら、面白がって家庭菜園コーナーなどを作ってくれるような気がしたが、ここは性格の違いだろう。

トマトを取ってこいと言われたから、アイリーンは籠《かご》とハサミを用意して日傘をさすと、庭に出た。

日差しがまぶしい。

トマ子ちゃんが植えられているあたりに足を向けると、二つ、三つと赤くなっている実が見える。

アイリーンが収穫しようとしたそのとき、突然足元からがさがさと音がしてびくっとした。

そーっとトマ子ちゃんの下を覗《のぞ》き込めば、そこには真っ白でもふっとしたものが――

「…………、かぁわいーい――！」

ところどころ黒い縞《しま》模様の入った真っ白のふわふわコロンとしたそれに、アイリーンは一瞬で心奪われてしまった。


「アイリーン、珍しい果物《くだもの》をもらったから一緒に食べよ――ぶっ！」

決して暇ではないはずなのに、本当は超暇なのではないだろうかと疑いたくなるほどに、毎日まいにちやってくるメイナードは、執事のマーカスにメインダイニングに案内されると、にこにこと入ってきた瞬間に、真っ白いもふもふに飛びかかられた。

もふもふした物体に顔面に張り付かれたメイナードは、手に持っていた握り拳《こぶし》大の黄金色の果物を床にぶちまけて、そのまま後ろによろめくと、扉の角に後頭部をぶつけてうずくまる。

（あー……、やっちゃった）

アイリーンは急いで立ち上がると、メイナードに張りついていたもふもふを引きはがした。

「だめよ、小虎《ことら》！　ああ、爪《つめ》を立てちゃ……！」

しかし白いもふもふ——小虎を引きはがしたときにはすでに、メイナードの顔にはいくつもの小傷ができていた。がうがうと不満そうな声を上げる小虎を床に下ろして、アイリーンはメイナードの顔を覗き込む。

「ごめんなさい殿下！　このくらいならわたしでも治せますから、ちょっと待っていてくださいね」

メイナードの頬《ほお》に触れて、治癒《ちゆ》の力を使って傷ついたところを癒《いや》していく。どういうわけかメイナードが真っ赤な顔をしていたが、さっき派手に後頭部をぶつけていたし、そのせいかしら？

心配になって、たんこぶができていないだろうかと頭を撫《な》でれば、メイナードの顔がさらに赤くなった。

「たんこぶはできていませんね。殿下、ほかに痛いところはありますか？」

「え？　あ、ああ……、ある。あるある。痛いところ、あるよ」

呆《ほう》けたような顔をしていたメイナードだが、突然、痛いいたいと騒ぎ出して両手で頭を抱えた。それから、肩や腕など、いろいろなところを押さえては痛みを訴える。

「ここと、それからここに、ここ、あと――」

「いー加減にしないと、今指したとこ全部どつくぞ、おい」

背後から低い声がしたので振り返れば、オルフェウスがにっこりと微笑んでいた。しかし目が笑っていない。

メイナードは拗《す》ねたような顔をして立ち上がると、床に転がった黄金色の果物を回収して、床の上で後ろ足で首のあたりをかいている小虎に視線を落とした。

「アイリーン、それは？」

小虎は真っ赤な目でちらりとメイナードを見上げて、「がぅ」と鳴いた。


庭で拾った白いもふもふは小虎と名付けた。

東方の国にいると言われている真っ白い虎《とら》にそっくりだったから。

もっとも、人よりも大きいと言われる虎とは違い、小虎は両手よりも少し大きい程度の子犬サイズ。丸くてふわふわで、絨毯《じゅうたん》の上でお腹《なか》を見せてはごろごろと喉《のど》を鳴らしている姿にすごく癒される。

どこかで飼われていたのかもしれないが、首輪もしていなかったので、しばらくコンラード家で預かることにしたのだ。このまま飼い主が現れなかった場合、コンラード家で面倒を見ていいかどうか父に相談してみるつもりである。

「へえ、珍しいな、おいで――」

動物好きのメイナードもすっかり気になったようで、嬉《うれ》しそうに小虎に手を伸ばすのだが——、伸ばした手に小虎ががぶりと噛《か》みついて「うわあ！」と悲鳴を上げた。

（あらー？）

小虎は人懐っこい性格で、アイリーンにもジオフロントにもオルフェウスにも母であるコンラード夫人にもすぐに懐いたのだけれど、どうしてかメイナードのことは気に入らない様子。

噛みつかれたメイナードの手の小傷をアイリーンが癒していると、オルフェウスがけたけたと笑い出した。

「いいぞー小虎！　もっとやれー！」

（けしかけたらだめじゃないの！）

ジオフロントもまるで褒めるように小虎の頭を撫でているし、母は母で「あらあら。嫌われちゃいましたわねえ殿下」と面白そう。……どうでもいいけど、うちって、メイナードの扱いがひどいわよね。

メイナードは恨めし気に小虎を見ている。メイナードは動物に好かれる体質だから、ここまで拒絶されることは滅多にないのだろう。

アイリーンは気を取り直して、メイナードが持ってきた果物を見た。テーブルの上に切って置かれたそれは、とても甘くて、少し酸味もあって、口に入れるととろけるようで——、とにかく、ものすごくおいしい。

この果物は王妃の出身国ロウェールズから送られてきたらしい。こんな貴重なものをいただいていいのかと訊《たず》ねたら「言えばいくらでも送ってくるからいいんだ」ですって。ロウェールズの国王陛下はメイナードの伯父《おじ》にあたる人だけれど、他国の王族相手にそんなに軽いノリで物を頼んでいいのかしら。

「本当はもっと南にある国に自生する果物らしいが、最近栽培に成功したらしくて、貿易品として有効かどうかを調べたいと言っていたから好きなだけ食べていいよ。ほしいだけ送ると言っていたから な、ああ、あとで感想をもらえると嬉しい」

なるほど、つまり食べた人の反応を調べたいってことかしらね。

そういうことなら、遠慮なくいただきますとも。

アイリーンが喜んで果物を食べていたら、メイナードも嬉しそうににこにこと笑って、それを見ていたオルフェウスが小さく「餌付《えづ》け」とつぶやいた。

「余計なことを言うな！」

メイナードがすかさずオルフェウスに苦情を言ったけれど——あれ、これって餌付けされているの？

☆

来客だと母に呼ばれて談話室——サロンへ向かったアイリーンは、部屋に入った瞬間にある一点から視線を逸《そ》らすことができなくなった。

……ふわふわ。

例えるなら何だろう――、綿？

それとも、雛《ひな》鳥を覆っている産毛《うぶげ》？

白鳥の羽は違う。あれはもっと艶々《つやつや》として整っているから。

母に手招きされて隣に座るけれど、アイリーンの視線はやっぱりそこから離れない。

そう――、目の前に座る二人の男性のうちの、一人の頭から。

ひょろりと背の高い彼の髪は、まるで綿を丸めてぽんと載せたみたいに、真っ白くてふわふわしている。

(不思議な髪型ね……。どうなっているのかしら？)

どうやって整えたらこうなるのだろう。いや、整えていないからこうなっているのだろうか？

さすがに髪ばかり見つめているのも失礼かと思って視線を逸らそうとするけれど、油断しているとやはりそっちに目が行ってしまう。

「アイリーン、こちらはエイダー卿よ。そしてこちらが――バニーだったかしら？」

「ダニーです、コンラード夫人」

コンラード夫人にバニーと呼ばれた白いふわふわが訂正した。

(ダニーさんね。バニーさん。違った、ダニーさん。……お母様、実名よりも印象的な名前をつけないでほしいわ)

白髭《ひげ》を蓄えたエイダー卿はにこにことアイリーンを見る。

「お気に召していただけましたかな、アイリーン嬢」

エイダー卿は枢機卿の一人だ。メイナードの婚約者であったときに出席した式典で何度か顔を合わせたことがある。

はて、お気に召したとはどういうことだろうか？

（お母様、なにかいただいたの？）

アイリーンが首を傾《かし》げていると、エイダー卿は笑顔のまま隣のバニー――、ではなく、ダニーに手のひらを向けた。

「アイリーン嬢の婚約者候補として連れてまいりました」

「……。はい？」

アイリーンは、目を点にした。


ダニーは二十一歳で、職業は学者だそうだ。

普段は王立大学の研究室で生物学の研究をしているらしい。

親を早くに亡くし、幼いころは孤児院で育ったそうで、先日、エイダー卿が養子に迎えたらしいのだが――、いきなり婚約者候補と言われても。

（お気に召したかと言われてもねぇ）

ふわふわの髪は、正直面白いなぁと思う。つぶらな瞳《ひとみ》は小動物のようでちょっと可愛《かわい》いかもしれない。でもさっきからアイリーンを見つめている双眸《そうぼう》は「早くしてくれよマジ勘弁だよ何なんだよこの茶番はさあ」と言いたそう。

エイダー卿一人だけが楽しそうで、母も「はあ？　頭大丈夫ー？」って言いたそうな顔をしているし、これはどうしたものかしら。

こういうとき、父である侯爵がいてくれると心強いのだが、今日は登城していて不在で、二人の兄も同じく外出中。

今まで求婚してくる人は大勢いたけれど、「婚約者候補」と言って男の人を連れてこられたのははじめてだ。

「エイダー卿、その……、そちらの方がわたしの婚約者候補とおっしゃる理由は……？」

「ご興味をお持ちいただけましたか!?」

いやいや、興味を持ったのではなく、純粋な疑問をぶつけてみただけですよ？

だというのに、エイダー卿は嬉々《きき》として語りだした。

「こちらのダニーは、非常に優秀な青年でして、王立大学の学生だったころは成績優秀者として学費は全額免除。優秀な研究に与えられる学長賞を二度も受賞するなど、将来が期待されておりましてな。私には子供がおりませんので後継ぎをどうしようかと考えていたこともあり、この度、我が子爵家の養子として迎えることにしたのですよ。アイリーン嬢とも年が近いですし、ぜひとも仲良くしていただければと連れてきた次第でして。できることなら、末永く」

エイダー卿はまくし立てるように言う。

（エイダー卿って押しの強い人だったのね……）

困った。この様子だと「考えておきます」と答えた暁《あかつき》には下手《へた》をすれば婚約内定のように取られかねない。かと言って「お断りします」とこの場ですぐに断ってしまうと、エイダー卿の顔に泥を塗ることにもなる。

（と言うか、いきなり男の人を連れてきて婚約者候補はないでしょうよ。マナー違反だわ）

そう思うものの、相手が子爵で枢機卿だから、アイリーン一人では対処が難しい。

母を見ても「面倒くさいわね。どうしようかしら」という顔。もちろん、その表情は娘であるアイリーンだからわかるのであって、表情を悟らせないような品のいい笑みを浮かべている。

母のことだから抜かりはないはずで、すでに誰かを城へ遣いに出しているはず。事情を知った父か兄たちが駆けつけてくれると思うけれど、彼らが戻ってくるまで、のらりくらりとかわしながら場を持たせておくのはなかなか大変そうだ。

とりあえず、お茶のお代わりを用意させるふりをして時間をつぶそうと席を立とうとしたときだった。

どたどたと大きな足音が聞こえてきたから、てっきり父か兄たちが戻ってきたと思ったのだが。

「エイダー卿！　アイリーンは私の婚約者だぞ！」

血相を変えて現れたのは、元婚約者様だった。

あんたの婚約者じゃないわよーというツッコミはいい加減疲れたから、もういいや。

メイナードのうしろからオルフェウスも現れて、エイダー卿を見つけるとにこりと微笑む。

「これはエイダー卿。あいにくと父も兄も留守にしているのですが、当家に何か御用でしょうか？」

マーカスから事情を聞かされているはずなのに、オルフェウスは白々しく言う。

メイナードはアイリーンの隣に座ると、じろりとダニーに視線を向けた。

「君は？」

「ダニーと申します」

ダニーは疲れたような顔をしていた。

アイリーンの婚約者候補とエイダー卿は言ったけれど、おそらく本人にその意志はないのだろう。

エイダー卿に無理やり連れてこられたに違いない。可哀《かわい》そうに。

「エイダー卿、コンラード侯爵令嬢は殿下の婚約者だそうですよ」

「こらダニー！　父上と呼べと言っているだろう！　それに殿下とアイリーン嬢は婚約を解消されている」

「……父上」

ダニーはそれはそれは面倒くさそうに言い直した。

「たとえそうだとしても、ご当主が不在のようですので、ここは一度帰りませんか」

「ダニー！」

「だいたい、素性の知れない男をいきなり婚約者候補と言うのも無理があるでしょう」

「何を言う！　お前は王立大学の立派な――」

「あー、はいはい。アイリーン嬢、お騒がせして申し訳ございませんでした。義父は俺《おれ》にさっさと嫁を取らせて跡を継がせたいのだそうで、気が逸《はや》ったのだと思います」

お気を悪くなさらないでください――とダニーは強引にエイダー卿を立ち上がらせた。

「さあ、帰りますよ父上」

「ダニー！　私はまだ話が――」

「そんなに話し足りないのならまた改めて来ればいいでしょう。……つーかアポイントくらい取ってくるだろ非常識かよ」

ダニーは最後にぼそりと悪態をついたが、エイダー卿は少し耳が遠くなっているようで「何か言ったか？」と首を傾げる。

ダニーは「なにも」と答えてエイダー卿の背中をぐいぐいと押した。

「ほら、帰りましょう、俺も研究室に戻りたいんで」

「何⁉　お前はこのあと私と食事――」

「また今度にしてください」

「昨日もそう言って逃げてたじゃないか！」

「そうでしたか覚えていませんね」

「ダニー！　私はお前の優秀さを買って――」

「コンラード夫人、アイリーン嬢、お邪魔いたしました」

ダニーがエイダー卿を引っ張って玄関まで行ってしまったから、アイリーンは慌ててその背中を追いかけた。

するとサロンに入れてもらえなかった小虎がアイリーンの姿を見つけて走ってくる。淋《さび》しかったらしい。

（もー、可愛いんだから！）

アイリーンは足元までやってきた小虎を抱きかかえて、エイダー卿たちに向き直った。

「またいらしてくださいね」

コンラード夫人が社交辞令で応じる。

エイダー卿をぐいぐいと玄関の外へ押し出そうとしていたダニーは、ふとアイリーンの腕の中の小虎に目を止めた。

「……アイリーン嬢、それは？」

ダニーのつぶらな瞳が、じっと小虎に向けられる。

小虎に興味を覚えたらしい。そうよね、だってこんなに可愛いんだもの！

「この子は庭に迷い込んでいたのを保護したんです」

「子猫……でしょうか？　それにしては大きいし、やはり猫とはどこか違う……。それに目が赤い」

「そうなんです。この子、目が赤くって。珍しいでしょう？」

「ええ。……目が赤い動物は、突然変異が多いんです。遺伝子の異常で、正しく遺伝子に組み込まれた色素を持たない動物が生まれることがある。そういう場合、体の色が白く、目が赤くなることが多いのですが――、でも、それとはまた違うような……」

さすが生物学の研究者。アイリーンには何を言っているのかさっぱりだ。

じーっと小虎を見つめていたダニーは、やおら手を伸ばすと、そっと小虎の頭を撫でる。小虎は目を細めて気持ちよさそうにしていて――、それを見たメイナードが目を見開いた。

(あー……、メイナードは噛みつかれるものね)

悔しいらしい。

しばらく夢中で小虎を撫でていたダニーだったが、ハッと我に返ると「それでは失礼します」とエイダー卿とともに一緒に出ていく。

二人を見送っていたアイリーンの横で、よほどダニーが小虎を撫でたのが悔しかったらしいメイナードが、アイリーンの腕の中の小虎に手を伸ばして――

「いたっ」

がぶっと噛みつかれた。

☆

「へー、あんた、殿下のことが嫌いなの?」

遊びに来ていたキャロラインが、小虎の頭をなでなでしながらにやにやと笑った。

小虎はキャロラインのことが気に入ったようで、頭を撫でられようがお腹を撫でられようが、されるがまま機嫌よくごろごろと喉を鳴らしている。

「そうなの。この子、どうしてかメイナードにだけ噛みつくのよね」

「ふーん」

キャロラインはひょいっと小虎を抱え上げた。

「あ、オスね」

「そりゃそうよ。女の子なら虎子《とらこ》ちゃんにしたわ」

「あんたの名前のセンスも大概ね」

「じゃあキャロラインならなんてつけるのよ」

「そうねぇ……、レオパルド一世！」

「却下よ。可愛くない」

「ちっ」

床に下ろされた小虎は、絨毯の上でころころと転がって遊びはじめる。

「しっかし、珍しい動物ねぇ。ほかで見たことがないわ」

「うん。だから飼い主がいたらすぐに現れると思っていたんだけど」

「これだけ珍しければ、飼い主じゃなくても嘘《うそ》をついて人が集まってきそうだけど」

「その辺は大丈夫よ。オルフェウスお兄様って悪知恵が働くのよね。『うちの聖女は嘘が見抜けるから、虚偽を言ったやつは即刻捕まえてやる』なんて来た人たちを最初に脅しちゃったから、来なくなっちゃった」

「オルフェウス様はそのあたりぬかりないわよね」

そうなのであるが、そのせいでアイリーンはいらぬ迷惑もこうむった。

オルフェウスの嘘のせいで、嘘発見器のようなありもしない特技をつけられたアイリーンのもとに、市民警察が「犯人逮捕にご協力を！」と言って押しかけてきたのである。あのときは本当に焦った。責任を感じたオルフェウスが警察に協力して事なきを得たが、二度とご免である。

キャロラインは紅茶にミルクと砂糖を入れて、くるくるとスプーンでかき混ぜる。

キャロラインは今年のシーズンオフにはカントリーハウスに帰らないことにしたらしい。ジェネール公爵家の領地は王都から近くて、馬車で丸一日といったところ。だから毎年、アイリーンは、シーズンオフになるとキャロラインについてジェネール公爵家のカントリーハウスにお邪魔するのだが、今年は聖女の護衛という厄介な問題がついて回るので断念したのである。するとキャロラインも、「わたしも帰らないわー」と言い出した。アイリーンとしては話し相手が王都に残ってくれるのは嬉しいけれど、公爵と公爵夫人は残念そうだった。

「それで、エイダー卿が連れてきたバニーってやつはどうなったの？」

「バニーじゃなくてダニーさんよ。誰よ、バニーって言ったの」

「あんたのお母様よ」

母の頭の中では、すっかりダニーが「バニー」になっているようだ。そもそも覚える気もないのだろう。

「頭が超ふわっふわなんですって？　見てみたいわ！　もう来ないの？」

キャロラインの目は「面白そう！」と言っている。

「ダニーさんとはあれ以来会っていないわよ。お父様からもエイダー卿に苦情を言ったみたいだし、もう来ないかもしれないわね」

「ま、いきなり連れてきて婚約者候補ですものね。ないわー。あんたは親戚《しんせき》の世話焼きおじさんかっての！」

まったくその通りである。むしろ自信満々に連れてきたその根性に感心するほどに。

「で、殿下は？」

「え？」

「殿下よ。あんたに婚約者候補が現れたんですもの、あの殿下が黙っているはずがないわ」

「あー……」

アイリーンは苦笑する。

メイナードはあのあと、「私ともう一度婚約しよう！　それがいい！」と騒ぎ出して、コンラード侯爵の怒りを買った。「娘はやらん！」と言う侯爵と言い争いの結果、再びコンラード家への立ち入り禁止を宣言されて、今はしょんぼりしている。

「ま、権力を笠《かさ》に、アイリーンをよこせって言いださないだけ殿下は善人よね」

「殿下はそんなことは言わないわよ」

メイナードはアイリーンの意思を無視して、権力で無理やりどうこうするようなことはしない。そこは全面的に信頼している。

「じゃあ、バニーは見れないのねえ」

「だからダニーさんだってば」

「どっちだっていいわよ。……あーあ。あんたのお兄様たちが片っ端から求婚者たちを追い払うから、お菓子が全然来なくなったじゃないの」

アイリーンへの貢物のお菓子を目当てにしていたキャロラインが口を尖《とが》らせる。

母であるコンラード夫人も同じことを言っていた。母は兄たちが求婚者たちを次々と返り討ちにしていくのを見て「数人くらい残しておきなさいよ。お菓子が来なくなったじゃない」と不満を言って、父が苦笑しながら「菓子ならいくらでも、好きなだけ買ってきてやるから」となだめていた。

一人で遊んでいるのが淋しくなった小虎が近寄ってきたから膝《ひざ》の上に抱き上げて、喉の下のあたりを撫でてやる。

「あなたの飼い主はどこにいるのかしらね？」

小虎に話しかければ、彼は真ん丸な顔をこてっと傾げたあとで、がぅと鳴いた。

☆

王都ヴァリスに新しいケーキ屋ができたらしい。

甘いものに目がないキャロラインに誘われて訪れた大通りのケーキ屋は、日差しが強いというのに行列ができていた。

聖女であるアイリーンの外出は、警備の面が大変だから、あまり出歩かない方がいいのだろうけれど、今回は第二騎士団の副隊長であるバーランドが護衛につくと言うことで、過度な護衛は遠慮することができた。

キャロラインが事前に予約を入れておいたから、アイリーンたちはすんなりと店の中に入ることができたけれど、外で最後尾に並んでいる人たちはあとどのくらい待たされるのかしら？

窓ガラス越しに外の様子を見ていると、早く食べて早く店を出てあげないといけないような気になってくるのだが、キャロラインはケーキを何個も食べる気満々である。

「殿下がついていきたかったと文句を言っていたぞ」

そうは言われても、メイナードがついてきたら大騒ぎになってしまう。アイリーンですら、先ほどからちらちらと視線が痛いというのに。

バーランドはコーヒーを片手に、次々とケーキを頼んでいく妹に白い目を向ける。

「お前、そんなに食べられるのか？」

「ええ。何のためにお昼を抜いたと思っているの？」

キャロラインは自信満々に答えて、ケーキを六個も注文した。アイリーンは一つだけだ。甘いものは好きだけれど、さすがに一つで充分である。

キャロラインが注文したケーキが次々とテーブルの上に運ばれてくる。繊細にデコレーションされたケーキは、一つひとつがまるで芸術作品のように美しい。

アイリーンが注文したケーキは、イチゴの載ったケーキである。イチゴの上に粉砂糖がかけられていて、クリームも花の形に絞られており、可愛くてフォークを刺すのをためらっていると、その目の前でキャロラインが遠慮なく自分のケーキにフォークを突き刺していた。

ご機嫌なキャロラインがすごい勢いでケーキを胃に流し込んでいくのを、バーランドはあきれ顔で見やっている。

キャロラインが嬉しそうなのもわかるけれど。ここのケーキは、スポンジがふわふわで、クリームは甘すぎず、もう一つくらい注文すればよかったかしらと思うほどにおいしい。母からお土産《みやげ》を頼まれているし、少し多めに買って帰って、あとでセルマと食べようかしら。

ケーキを食べ終えて、レモンが浮かんでいる紅茶を飲みながら一息ついたアイリーンの視界に、白くてふわふわしたものが入り込んだ。

どこかで見たようなふわふわだと思えば、なんとそれはエイダー卿が連れてきたダニーだった。

ダニーは一人店の奥の席に座って。キャロラインの六個のケーキが可愛らしく見えるほどの大量のケーキに囲まれていた。

それを無表情で、次々と口の中に入れている。――ちょっと、怖い。

怖いもの見たさというわけではないけれど、アイリーンが視線を逸らせずにいると、ダニーも彼女に気がついたようだ。

目を丸くして、立ち上がると、アイリーンの方へ歩いてくる。

「こんにちは、アイリーン嬢」

チョコレートケーキを食べていたキャロラインは、ダニーを見ると「あ！」と声を上げた。

「もしかしてバニー！」

「ダニーです」

すかさずダニーが訂正する。

（キャロライン、失礼だから！）

バーランドが横でキャロラインを小突いているが、キャロラインはダニーの白くてふわふわしている髪の毛に釘付《くぎづ》けだ。

「ダニーさん、甘いものがお好きなんですか？」

「頭を使うと、ちょっと甘いものがほしくなるので」

（へー……。でも、ちょっとって言うほど可愛いレベルじゃないわよ、あれ）

ダニーはつぶらな瞳でじっとアイリーンを見つめて、それからぼそりと、

「あの動物は元気ですか？」

と訊《き》いてきた。

あの動物とは、きっと小虎のことだろう。

元気ですよと答えると、ダニーはまた考え込んだあとで口を開く。

「おかしなことはありませんか？」

「おかしなこと？」

「例えば……、大きくなったりとか？」

「大きく？　まだ拾ってそれほど日がたっていないので、大きさは変わっていないと思いますよ」

「……そう、ですか」

ダニーは顎《あご》に手を当てて難しい顔になってしまった。

「小虎が気になるんですか？」

「……少し」

少しという顔ではない。かなり気になっているようだ。小虎は珍しい動物だし、生物学の研究をしているダニーが気になるのも仕方がないかもしれない。

「もし、その小虎に何か不思議なことが起こったら教えてくれませんか？」

ダニーはそう告げると、アイリーンが返事をするよりも早くに、大量のケーキが置かれている席へと戻っていく。

小虎に不思議なことってなにかしら？

首を傾げるアイリーンの目の前で、キャロラインが興奮したように言う。

「本当にウサギみたいにふわふわね！　どうなってんの、あの髪型！」

聞こえるわよキャロライン！

☆

アイリーンがケーキ屋で舌鼓《したつづみ》を打っていたそのころ。

メイナードは執務室でイライラしていた。

「おい、さっさとその書類片付けろよ。何分かかってるんだ。まだあるんだぞ、ここに」

オルフェウスがメイナードの執務机の上に、追加の書類をどさりと載せる。

メイナードはそれを一瞥《いちべつ》して、それからコツコツと指先で机の上を叩《たた》いた。

「この一週間、アイリーンに会えていない」

「そりゃそうだろ。うちの親父がキレてるからな」

「どうしてだ！　婚約したいと言っただけじゃないか！」

「……お前、自分がしたことをよーっく思い出せ？　胸に手を当ててよーっくな？」

メイナードはうぐっと言葉に詰まり、素直に胸に手を当てた。

わかっている。事情があったとはいえ、一度アイリーンを傷つけた。侯爵が「ふざけるな」と言いたい気持ちもわかる。わかるけども！

「アイリーン……」

「お前、ほんとーにうちの妹が好きだな」

「わかってるなら協力しろ」

「やだね。好きなら自力で何とかしろよ。言っておくが、アイリーンがほかの男を選んだら、それはそれで俺は応援するつもりだからな。……その男がマシな男だったらの話だが」

メイナードはムッとするが、自分の非は認めているので言い返せない。

「おら、さっさとサインしろ！」

メイナードは渋々ペンを握ると、書類に目を通してサインをする。

「……急ぎの書類はあとどのくらいだ？」

「あと？　そうだなー。ここにある分で全部じゃね？」

メイナードはアイリーンが絡めば途端にアホになるが、仕事はできる王子である。

メイナードは机の上の書類に目をやって、考えるように視線を落とすと、突然顔を上げた。

「オルフェ、アイリーンの来週の予定は？」

「暇なんじゃねーの？　自由に外出もできないから、聖女って退屈だってぼやいていたからなぁ」

「そうか、わかった」

「なにが？」

オルフェウスが訝《いぶか》るも、メイナードは先ほどまでの不機嫌が嘘のように、鼻歌を歌いながら書類を片付けていく。

こいつ、何か企《たくら》んでるな――、オルフェウスは思ったが、口にはしない。下手に機嫌を損ねて書類が片付かなかったら困るからだ。

（こいつがアイリーンになにかするはずはないし、ま、いっか）

メイナードはアイリーンの意志を尊重している。そうでなければ、アイリーンは今ごろ、無理やりにでも城へ連れていかれていただろう。

それに今のアイリーンには忠犬ならぬ、忠小虎がいる。小虎はなぜかメイナードを目の敵《かたき》にしているから、もしも彼がアイリーンに何かしようものなら、容赦なく噛みつくだろう。

（しっかし、変わった動物だよなぁ）

猫でも犬でもない。アイリーンは遠く離れた異国に生息すると言われる虎という生物に特徴が似ていると言うが、それも少し違うような気もする。

アイリーンに危害を加えないからいいけれど、妙に引っかかるオルフェウスである。

「オルフェ、窓を開けてくれ。暑い」

「はいよー」

メイナードに頼まれて窓を開けたオルフェウスは、見上げるだけでジリジリと目を焼きそうな日差しに「今日もあちーなぁ」とつぶやいた。

九章　夜の湖

メイナードから王家の別荘へ行こうと誘われたのは次の日のことだった。

メイナードはコンラード家に出入り禁止のため、オルフェウスが伝言を持ってきたのだが、王都から一番近いところにある王家の別荘の一つに避暑に行かないかとのこと。

王都から馬車で半日ほどの場所にある、湖のそばに建つ別荘は、確かに涼しい。それに、家の中にこもりっぱなしだとストレスがたまるから、正直なところ、メイナードの誘いはとても嬉《うれ》しい。

だが、父が頷《うなず》くだろうかと心配になったが、オルフェウスもバーランドも一緒で、キャロラインの同行も認められたから、意外とあっさり許可が下りた。

次の週のはじめにメイナードが迎えに来て、二台の馬車と護衛の騎士たちとともに別荘へ出発する。

一緒の馬車に乗っていたメイナードは、ピンク色のドレスを着たアイリーンの膝《ひざ》の上で眠る小虎《ことら》を見て、複雑そうな表情を浮かべた。

「なんでこいつは、私にだけ噛《か》みつくのだろう？」

それはアイリーンも不思議だった。

小虎はメイナード以外の人に噛みつくことはないからだ。

ふと、ダニーが言った言葉が脳裏をよぎる。

小虎に何か不思議なことがあれば教えてほしいと言われたけれど、特におかしなことはない。毎日家の中でごろごろしていたり、庭で虫を追いかけて走り回っていたりしているだけだ。ダニーは小虎のいったい何が気になるのだろう。

「小虎はアイリーンに懐いているからな。アイリーンに近づくお前が気に入らないんじゃないのか？」

隣に座るオルフェウスがアイリーンの膝の上の小虎を撫《な》でながら言えば、メイナードがむっと口を尖《とが》らせた。

「この前、エイダー卿が連れてきた男は噛みつかれなかったじゃないか」

「気に入られたんだろ」

「私は？」

「気に入らないんだろ？」

メイナードがすよすよと眠る小虎を恨めしそうに見やる。

「私も触りたい」

動物好きのメイナードは、もふもふ小虎が触りたくってどうしようもない様子。

「今は眠ってるし、大丈夫なんじゃないか？」

オルフェウスは簡単にそう言うけれど、本当に大丈夫かしら？

メイナードはしばらく小虎を観察して、起きないと判断したのか、ごくんとつばを飲み込むとそーっと手を伸ばす。

あと少しで小虎の背中に手が届く――と、思われたそのとき。

「痛ぁ――――！」

ぱちっと小虎が目を開けて、メイナードはやっぱり噛みつかれた。


小虎に噛みつかれた怪我《けが》は治してあげたけれど、メイナードはすっかり落ち込んでしまった。

別荘に到着するころには日が落ちかけていて、空の半分以上は青紫色に染まっている。

空には、爪痕《つめあと》のように細くなった月がうっすらと浮かんでいた。

馬車での移動に疲れたから、夕食を食べたあとは早めに休むことにして、アイリーンたちは早々に部屋に上がることにした。

一緒についてきてくれたセルマに着替えを手伝ってもらい、ベッドにもぐり込めば、当たり前のように小虎がベッドに飛び乗った。

「どうして小虎はメイナードに噛みつくの？」

小虎の頭を撫でながら問いかけてみたけれど、答えが返ってくるはずもなく、彼は大きなあくびをして丸くなる。

「メイナードが可哀《かわい》そうだから、少しくらいは仲良くしてあげてね?」

返事の代わりにすぷすぷと寝息が聞こえてきて、アイリーンは苦笑すると目を閉じる。

——しばらくして、小虎がのそりと起き上がって、カーテンの隙間《すきま》から外を見ていたが、すっかりと夢の世界に落ちていたアイリーンがそれに気がつくことはなかった。

☆

次の日。

メイナードが別荘の裏手にある湖にピクニックに行こうと言うから、おやつのフルーツサンドをバスケットに詰めてもらって、アイリーンたちは湖へ向かった。

風が凪《な》いでいるため、湖の面はまるで鏡のようで、日差しを反射してキラキラと輝いている。岸辺にはクローバーの白い花が咲き誇っていた。

ちょうどいい木陰に腰を下ろすと、小虎が蝶《ちょう》を追いかけて駆け回るのをぼんやりと見つめる。

キャロラインはバーランドとオルフェウスと三人で湖でボート遊びをすると言って準備をはじめた。

「アイリーンはボートに乗らないの?」

アイリーンの隣に腰を下ろしてメイナードが訊《たず》ねてくる。

乗らないわよ。水遊びは好きだけど、アイリーンが泳げないことをメイナードも知っているくせに。

ボートが転覆することはないと思うけれど、さすがに気が進まない。

「わたしのことは放《ほう》っておいて、殿下も行ってきていいんですよ？」

「アイリーンがここにいるなら、私もここにいる。アイリーンに何かあったら大変だからね。君のことは私が守るよ」

なにそれ。こんなにのどかな湖のそばで、しかも騎士たちが警護する王家の別荘で、何かなんてあるはずがない。

アイリーンは少し笑ってしまった。メイナードは婚約破棄前とあとで、少しだけ変わった。婚約していたときも一緒にいることは多かったけれど、今のように「守る」とか、そんな少し恥ずかしいようなセリフは言わなかった。婚約していたときよりも解消した今の方が、メイナードがなんか甘いの。変なの。

ボートを準備したキャロラインが、小虎を抱き上げてボートに乗せる。小虎は水が平気なようだ。ボートの縁に太くてもふっとした足を乗せて、興味津々《きょうみしんしん》といった様子で水面を覗《のぞ》き込んでいる。

キャロラインに向かって手を振ったら、振っているのと逆の手の上にメイナードが手を重ねてきた。気になって重なった手を見下ろしたら、ぎゅっと握りしめられる。

メイナードの横顔が、ほんのり赤かった。

「夜になったら、このあたりに夜光虫が飛ぶんだ」

夜光虫とは、夜になると体が淡く光る虫のことである。きれいな水の湧《わ》き出るところにしか生息していなくて、王都ではほとんど見ることができない。

「夜、見に来ないか？　二人で」

「二人で？」

「いや？」

アイリーンが訊ね返せば、メイナードの表情が曇《くも》る。意地悪している気になるから、そんな顔をしないでほしい。

手は相変わらず握られたままで、汗ばんできて少し暑い。でも振りほどく気にはなれなくて、じっとつながれた手を見つめながら頷いた。

「いやじゃないですよ？」

別荘から湖まで、歩いて五分ほど。別荘には護衛の騎士たちもたくさんいるから、近くの湖に虫を見に行くくらいなら許されるだろう。

でも、メイナードと二人きりか。

城で生活していた先日も、夜になればお茶を飲みに来ていたし、もっと言えば婚約していたときは二人きりになるのは珍しくなかったけど――、ちょっぴり心臓がどきどきする。

メイナードが「よかった」と嬉しそうに笑うから、顔が熱くなってくるわ。

そのあとは自然と会話がなくなって、二人そろってボート遊びをするキャロラインたちを眺めていたのだが――、つないだ手は、キャロラインたちが戻ってくるまで、そのままだった。

夜の湖は、ちょっとだけ怖い。

特に今夜は新月である。空に浮かぶ月がないだけで、妙に不安を覚えてしまうから不思議だった。

足元がおぼつかないから、大きめのランプを持ったメイナードが手を引いてくれる。

別荘から湖までの道は整えられているけれど、足元が暗いと、急に何かが飛び出してくるような気がして、知らないうちにメイナードとつないでいる手に力が入る。

小虎がついてきたがったけれど、メイナードに噛みつくからセルマに預けてきた。

見送りに来たキャロラインが、にまにま笑いながら「デート楽しんできてねー」と言っていたのを思い出して顔が熱くなる。

(そっか、これってデートなのよね。メイナードとデート、はじめてよね？　夜会はデートじゃないものね？)

メイナードがゆっくり歩くから、別荘から五分の距離も遠く感じる。

「ここから階段だから、踏み外さないように気をつけて」

湖に降りるまでには短い階段がある。

言われて顔を上げると、墨《すみ》のように黒い湖が目の前にあった。昼間見たときのキラキラと輝く宝石のような湖とは正反対で、湖の底から何か得体の知れないものが飛び出してくるのではないかという恐怖すら覚える。だが、その周りを飛び交う夜光虫がすぐに視界に飛び込んできて、次の瞬間にはその恐怖も忘れてしまった。

「きれい……」

小さく光る夜光虫が目の前をふよふよと飛んでいる。その数は、まるで星を散りばめたようだ。夜光虫の見せる幻想的な光景に目を奪われながら階段を下りていく。

「今が一番多い時期かな」

「夜光虫って、見ることができる時期が短いんでしたよね」

夜光虫の一生は短い。昔、ジオフロントが教えてくれた。成虫になって一週間ほどでその生涯《しょうがい》を終えるのだと。

光るのは求愛行動で、次代に命をつなぐために一生懸命に命を削りながら光るのだそう。

メイナードと湖のそばまで歩いていく。

暗い湖の上を夜光虫が飛んでいく。月はないけれど、その分、星がいつもより輝いて見えて、夜光虫の黄金色の光と星の銀色の光が夜の湖を儚《はかな》く照らすのは、まるで一枚の絵画のようだ。

「気に入った?」

うっとりとその光景に見入っていると、メイナードがささやくように訊ねてくる。

「とても」

この光景を気に入らない人はいないだろう。

アイリーンはメイナードと手をつないだまま、ぼんやりと幻想的な湖を眺め続ける。

いつまでもそうしていたかったけれど、朝までここにいるわけにもいかない。

あまり遅いと、オルフェウスあたりが心配して迎えに来そうだし。

そろそろ戻った方がよさそうだから、帰りましょう――、と告げようとしてアイリーンが顔を上げたとき、メイナードがつないだ手にぎゅっと力を込めた。

「殿──」

「し！　……誰《だれ》かいる。それも複数」

メイナードの声が低い。これほど怖い声を出すメイナードははじめてだった。

びくりと肩を揺らすと、つないだ手をほどいたメイナードが、アイリーンの肩に手を回して引き寄せた。

「自然にしていて。振り返らないで」

メイナードの横顔が強張《こわば》っている。

彼が手に持っているランプが下からメイナードの顔を照らして、表情がはっきりと見えるから、アイリーンは急に怖くなった。

メイナードがこんな顔をするということは──、きっと、よくないことだ。

「アイリーン。私が合図をしたら、別荘まで走るよ。できる？」

アイリーンはこくんと頷くことで返事をした。暗い道を歩くから、靴はヒールのないものを選んでいる。だから、走れる。

歩いて五分の距離。走ればもっと早い。大丈夫。走ったらすぐに別荘にたどり着く。

メイナードはアイリーンの肩を安心させるように撫でたあと、再び手をつないだ。

アイリーンにはまったくわからないけれど、メイナードは気配を探っているみたい。ぎゅっと手を握られて、──そして次の瞬間、ぐいっと手を引かれた。

「走れ!!」

メイナードの合図で走り出す。

メイナードがアイリーンの手を強い力で引っ張るから、転がるように。

おそらくメイナードはアイリーンの速度に合わせてくれているのだろうが、アイリーンはこんなに速く走ったのははじめてだ。

バタバタという足音が追ってきて、ようやくアイリーンにも、誰かがいたのだと理解できた。

息が上がる。

走ったからだけではない汗が、背中を伝った。

「アイリーン、このまま後ろを振り返らず走れ!」

「え?」

メイナードの手が外れて、足を止めようとしたアイリーンは、「走れ!!」というメイナードの怒鳴り声を聞いて反射的に走り――、でも、メイナードが追ってくる気配を感じられなくて、やっぱり足を止めて振り返ってしまった。

「殿……」

どうして、手を放したのかしら。

メイナードが手を放そうとしても、しがみついて離れなければよかった。

振り返ったアイリーンに、メイナードが肩越しに振り向いて、「逃げろ」って――

「メイナード!!」

暗い夜の闇《やみ》の中で、何か銀色のものが鈍く光ったと思ったら、メイナードがその場に崩れ落ちる。

時間の流れが、すごくゆっくりになったような錯覚。

アイリーンはただ目を見開いてメイナードが地に倒れるのを見つめることしかできなくて。

「メイナード――!!」

アイリーンの絶叫が、夜の闇を切り裂いた。

十章　小虎

アイリーンは、転がるようにメイナードのもとに駆け戻った。

メイナードの持っていたランプが落ちて、地面を転がる。それが照らすのは数人の男の影だ。

「メイナード!!」

メイナードのそばに膝《ひざ》をついたアイリーンは、彼を助け起こそうとして息を呑《の》む。

メイナードの服が真っ赤に染まっていて、助け起こそうとしたアイリーンの手に、ぐちゅりと嫌な感触を伝えた。

「メイナー……」

「……逃げろって、言っただろ……?」

メイナードはまだ意識があるようだが、声はほとんど掠《かす》れていて――、癒《いや》しの力を使おうとするけれど、アイリーンのような小さな力では彼の傷を塞《ふさ》ぐことなんてできない。

こんなときに泣いている暇などないはずだとわかっているのに、アイリーンの目からはぼろぼろと涙があふれて視界を悪くする。

「聖女アイリーンですか？」

メイナードを襲った男の一人が訊《たず》ねてきたが、アイリーンはその問いには答えなかった。

アイリーンの頭の中は目の前のメイナードの怪我《けが》がどうすれば癒せるのかという問題でいっぱいだ。

全力で癒しの力を注ぐけれど、アイリーンの力では、彼の傷が大きすぎて効果はほとんどない。

「メイナード！」

もう意識を保っていることもつらいはずなのに、メイナードはまだ「逃げろ」と口の動きで伝えようとする。逃げる？　メイナードを置いて？　どうして逃げられるの？　逃げられるはず、ないじゃない！

「聖女、我々と一緒に来ていただきますよ」

男の一人がアイリーンの腕を掴《つか》んで、力ずくで立ち上がらせようとする。

「いや！　放して！」

アイリーンは咄嗟《とっさ》に、地面に転がっているランプを掴んで投げつけたけれど、男はあっさりそれをかわしてしまった。

「手荒なことはしたくありません。おとなしくしてください」

手荒なことはしたくない？　ふざけないで！　メイナードを斬《き》りつけたくせに！

触るな、放して――、とアイリーンは泣きながら暴れるけれど、男の人の力にかなうはずもなくて、あっさりと押さえつけられてしまった。

悔しい！

悔しい悔しい悔しい悔しい！

こんなやつ、ぶん殴ってやりたいのに！

「放して！　メイナードが!!　メイナードが死んじゃう!!」

泣き叫ぶことしかできないのに、その口までうるさいとばかりに塞がれて、もう絶体絶命《ぜったいぜつめい》かと覚悟したときだった。

がう、とどこからか低い唸《うな》り声のようなものが聞こえた気がして、その直後、「ぎゃあああ！」と悲鳴が上がった。

「なんだ!?」

その悲鳴に男の手が緩んだ瞬間、アイリーンは渾身《こんしん》の力で男を突き飛ばす。

「メイナード！」

這《は》うようにしてメイナードに近づいて、癒しの力を彼に注ぎこもうとし――、息を呑んだ。

「……え？」

手のひらが、すごく光る。

その光はメイナードの全身を包んで、彼の傷をあっという間に癒していく。

（どうなっているの？）

茫然《ぼうぜん》としていると、背後からまた「ぎゃあああ」と声が上がって、振り返ったアイリーンはまたしても息を呑んだ。

銀色の光をまとった大きな獣が、まるでアイリーンを守るかのように男たちとアイリーンの間に立ちはだかっていて――、二人の男が、血にまみれて転がっていた。

グルルル――とその獣が唸る。

真っ白くて、ところどころ黒の縞《しま》模様が入っていて、ふわふわもふもふの毛に覆われた大きな獣。

背の高いメイナードよりもはるかに大きいけれど、不思議と怖くない。

男たちは分が悪いと判断したのか、怪我をした二人の男を抱えるようにして去っていく。

「う……」

メイナードの声を聞いて、アイリーンはハッとした。うっすらと目を開けた彼の傷は、すっかり癒《い》えていた。

メイナードは不思議そうな顔をして上体を起こすと、自分の体を確かめるように触れて、「アイリーンが治してくれたの?」と訊ねるけれど、アイリーンも自信がない。

なぜならアイリーンの癒しの力は本当に小さなもので、メイナードが負った大きな怪我を癒すような力は、持っていないはずだった。

でも、あの光は間違いなくアイリーンの手からあふれて――、だから、わからなくなる。

メイナードと二人、半ば放心したように見つめ合っていると、がうっと背後から声がして振り返る。

黒い縞模様の真っ白い毛並み。赤い瞳《ひとみ》。まさかとは思うけれど――

「……小虎《ことら》?」

半信半疑《はんしんはんぎ》で呼びかければ、大きな獣が頭をすりすりとアイリーンにこすりつける。

「嘘《うそ》だろ……？」

メイナードも茫然としている。それはそうだ。だって小虎は小さいから「小虎」なのである。どうしてこんなに巨大化しているのだろう。

しかも、キラキラと全身光っている。

「アイリーン！　殿下！」

状況がさっぱりわからなくて頭の中を真っ白にしていたら、オルフェウスが呼ぶ声が聞こえてきた。騒ぎを聞きつけて来てくれたのだろうけれど――遅いわ！　もう少しでメイナードが危なかったのよ！　もっと早くに気づいてよ！　と無理を承知で怒りたくなる。

「アイリーン！　悲鳴が聞こえたけれど何が――」

走ってきたオルフェウスとバーランドが、小虎らしき獣を見て顔色を変える。バーランドが腰の剣に手を伸ばすのを見て、アイリーンは慌てた。

「ち、違うの！　小虎はわたしたちを助けてくれたんです！」

小虎が斬りつけられては大変だと焦るアイリーンに、オルフェウスとバーランドは、目玉が飛び出さんばかりに瞠目《どうもく》した。

「小虎!?」

「これが!?」

あーうん。その気持ちは痛いほどよくわかるけれど、間違いないと思うのだ。模様も目の色も一緒だし。なにより――

「小虎?」

「がぅ!」

ほら、呼びかけたら返事をするもの。

オルフェウスは小虎を見つめてしばらく魂が抜けたようにぼんやりしていたが、ハッと息を呑むと突然焦りだした。

「おい、まずいぞ! そいつが小虎なら早く殿下を——」

あー、ちょっと遅かったようだわ。

オルフェウスが「殿下を遠ざけろ」と言うより早く、小虎はアイリーンのそばにいるメイナードを赤い瞳でロックオンすると。

「がうっ」

がぶりと、頭からかじりつく。

「うわあああああ!」

「ことらあああああ!」

真っ青になったオルフェウスとバーランドの悲鳴が、夜の闇《やみ》に吸い込まれた。


「死ぬかと思った……」

アイリーンとオルフェウス、それからバーランドの三人で、大慌てでメイナードから小虎を引きはがし、アイリーンはまたしても血だらけになったメイナードの傷を癒した。斬られた上に大きな小虎にかじりつかれるなんて、満身創痍《まんしんそうい》とはこのことだろう。

アイリーンの癒しの力は、やはり強くなっているようだった。

癒し終えると、自分の手を見つめて首をひねるアイリーンの背中に張りつくようにして、第一王子様が大きな小虎をびくびくと見つめている。

メイナードはどうやら、怪しい男に斬りつけられたときよりも、小虎に噛みつかれた方が怖かったらしい。

オルフェウスもバーランドも、小さな姿だったときの小虎がメイナードにかじりついたときは笑っていたけれど、さすがにこのサイズは洒落《しゃれ》にならないと言ってメイナードから小虎を遠ざけている。

別荘に戻ると、キャロラインは小虎を見て大興奮。大きな体に抱きついては、しきりにもふもふとその体を撫《な》で回していた。

セルマによると、小虎は突然部屋から飛び出していったのだそう。アイリーンたちの危機を察して駆けつけてくれたのだろうか？

「ああ！　もうっ、可愛《かわい》い！　大きい！　背中に乗ってもいいかしら？」

小虎にすりすりと頰《ほお》ずりをする妹に、バーランドが信じられないものを見るような目を向ける。

「お前、怖くないのか？」

「どうして？　可愛いじゃない！」

バーランドは大きな口で噛みつかれたメイナードを見ているから、さすがに警戒しているようだ。

傷は癒えたけれど全身血だらけのメイナードと、メイナードの血がこびりついていたアイリーンが入浴を終えると、アイリーンたちはメインダイニングに集まった。

「でも、どうして急に大きくなったのかしらね？」

メイナードとアイリーンが襲われたことよりも、小虎の方が気になる。

小虎は部屋の隅に寝そべって、くうくうと気持ちよさそうに眠っていた。

「わかるわけないだろ！　一瞬で体が何十倍にも膨れ上がる動物なんてはじめて見たぞ！」

「膨れ上がるってお兄様……。パンやケーキじゃあるまいし」

せめて成長と言ってほしい。

「この前バニーが何か言ってたじゃない。あいつに訊《き》けばわかるんじゃないかしら？」

「バニーじゃなくてダニーさんよキャロライン」

ケーキ屋でダニーに会ったとき、彼は小虎に不思議なことが起こったら教えてほしいと言っていた。

そういえば、大きくなっていないかとも訊かれたような。ダニーは何か知っているのかもしれない。

アイリーンたちがここで顔を突き合わせて悩んだところで答えは出ないだろう。ダニーに訊くのが一番だ。

「エイダー卿の養子か」

メイナードはなぜか不満そうだが、ほかに知っていそうな人がいないのだから仕方がない。

別荘にはあと二日滞在する予定だったので、王都へ帰ったあとでダニーと連絡を取るということで意見が一致する。

「じゃあ、僕は念のため警備の強化を指示してきます」

バーランドがそう言って席を立つ。

別荘の警備は完璧《かんぺき》だから、これ以上の強化は必要ないと思うけれど――、湖に行って襲われたアイリーンが言ったところで説得力はない。

「念のため殿下とアイリーンは、一人でうろうろしないように。近くてもです。あと殿下、外に出るときは剣を持って出てくださいね。今夜だって殿下が剣を持って出ていればやられなかったでしょうに」

アイリーンはあまりよく知らないが、メイナードの剣の腕はなかなかのものらしい。すっかり油断して剣を部屋に置いて出ていたメイナードはバツが悪そうに視線を逸《そ》らす。

「俺は剣を持ってきてないぞー」

「オルフェは剣はからきしだろ。誰もあてにしていないから安心しろ」

「おー、ならいいわ」

何が「ならいいわ」なんだか。

オルフェウスは頭はいいけれど昔から武術はさっぱりで、本人も父である侯爵もそれを知っているから、すぐに剣術を学ぶことをやめてしまった。ジオフロントはオルフェウスよりは扱えるけれど、やはり得意ではなさそうなところを見ると、コンラード家の男は武闘派ではないらしい。

「しっかし、これだけでかいと、家に連れて帰るのが大変だなぁ」

「そうよねぇ」

さすがにコンラード家の玄関に入らないという大きさではないけれど、この巨体で家の中を闊歩《かっぽ》されると使用人たちが怯《おび》えるかもしれない。父も驚いてひっくり返るだろうし――、母はまあ、大丈夫だろう。驚くには驚くだろうが、キャロラインと同じでもふもふと撫で回しそうだ。

「名前変えとくか？　大虎《おおとら》に」

「可愛くないから却下よ、お兄様」

☆

大きい小虎の心配をしていたアイリーンだったが、次の日の朝にはその心配もなくなった。

朝、アイリーンが目覚めると、小虎はいつのまにか元の小さな大きさに戻っており、アイリーンの隣でくーくー眠っていたのである。

そして王都へ戻ったアイリーンはダニーに連絡を取った。

彼はすぐにやってきて、コンラード家のサロンには、アイリーンとオルフェウス、バーランドにキャロライン、今回特別に邸《やしき》へ入ることを許されたメイナードがいる。

小虎はあれ以来小さなままで、一度も大きくならなかった。その小虎は今、アイリーンの足元でごろごろしている。

ダニーはアイリーンから話を聞いたあとで、じっと小虎を見つめると、こう判じた。

「聖獣ですね」

「「「「聖獣？」」」」

ダニー以外の五人の声が見事に重なる。

何それ？　というのが素直な感想である。聖獣という名前の動物は、いただろうか？

「バニー、聖獣って？」

「ダニーです」

いい加減覚えろよと言いたそうな顔をキャロラインへ向けたあと、ダニーはアイリーンに向き直る。

「俺は生物学の研究をしていますが、その中でもとくに伝説上――神話や、文献にしか出てこないような生き物を研究しています。すなわち、あなたの足元にいるような存在です。まさか生きているうちにこの目で見ることができるとは思いませんでしたが。俺が調べた限り、聖獣の存在が確認されたのは三百年前の文献が最後です。それ以降、その存在は発見されていなかった。すみません、触ってもいいですか？」

ダニーのつぶらな瞳がきらきらと輝いているように見える。

聖獣とか伝説とか、よくわからないことだらけだが、触りたいのなら別にかまわない。

アイリーンが小虎を抱きかかえて、ダニーに手渡した。ダニーは膝の上に小虎を抱えて、そのもふもふとした毛並みを幸せそうに撫でている。

「大きくなった姿も見てみたいですね」

「あの日以来大きくならないので、どうすれば大きくなるのかはわからないですよ」

ダニーは小虎の喉元をごろごろと撫でながら、

「小虎が大きくなった日、アイリーン嬢は危険にさらされたと言っていましたよね」

「はい」

「もしかしたら、あなたを守ろうとしたことが原因かもしれませんね」

「守る、ですか？」

「ええ。聖獣についての古い文献が多く残っているのはグーデルベルグ国ですが、かの国の文献によれば、聖獣は聖女を守るために存在するようです」

グーデルベルグ国はランバースから離れたところにある大国だ。かの国はリアース教を異教とし、徹底的に排除しているから、もうかれこれ百年以上もの間国交が断絶されている。

そのグーデルベルグに、聖獣はともかくとして、聖女に関する文献があるというのは驚きだった。

聖女は「リアース教の聖女」と呼ばれている。グーデルベルグが信仰しているのは、タリチアヌ教。異教とされているリアース教がかの国に残っているはずがない。

「ちょっと待て、どうしてグーデルベルグに聖女と聖獣に関する文献が存在するんだ」

メイナードも怪訝《けげん》そうな顔になった。

「リアース教の聖女」と呼ばれる聖女は、ランバース国にのみ現れる。大陸全土の中でリアース教を信仰しているのはランバースだけだからだ。だから、ほかの国はランバース国にしか現れない聖女を欲するのである。それなのに、どうしてグーデルベルグに聖女に関する文献があるのか、アイリーンよりも外交に詳しいメイナードが、疑問を持たないはずがない。

「聖女はそもそもグーデルベルグ国――いえ、千二百年ほど前にグーデルベルグを中心として栄えた大国、リアース聖国に存在していたからです」

ダニーは平然と答えたけれど、アイリーンたちは飛び上がらんばかりに驚いた。千二百年前と言えば、ランバース国の建国よりも前の話だ。

「ちょっと待て！　聖女は八百年前の戦争のときに現れたと――」

「それはこの国の伝承でしょう？　確かにグーデルベルグの文献も断片的なものしか残っていないようで、詳しいところまではわかりません。でも、俺が調べた限りでは、聖女が最初に誕生したのは、滅亡したリアース聖国であると考えていいと思いますよ」

「……どうしてお前はそんなことを知っているんだ？」

「俺、グーデルベルグの出身なので」

「そうなんですか⁉」

孤児院じゃなかったの？

ダニーは小さく笑った。

「母がこの国の出身だったんです。俺が幼いころに母は父と別れて、俺を連れてランバースに。その後しばらくして母が亡くなったので、俺は孤児院へ入れられたんですよ」

その後、王立大学へ通うことになったダニーは、大学の書庫で祖国であるグーデルベルグについて調べているうちに、聖獣と聖女について書かれている文献を見つけたのだそうだ。

「聖獣は必ずしも聖女のそばに現れるというわけではないようでしたので、半信半疑ではあったのですが、どうやらあなたは、聖獣に選ばれたようですね」

ダニーがアイリーンに小虎を返しながら言う。

小虎はアイリーンの膝の上に乗せられると、眠たくなってきたのか、くわっと大きなあくびをした。

とてもではないが、聖獣などと呼ばれているすごい生き物には見えない。

「聖獣は聖女を守り、また、聖女の力を安定させるとも言われています。あなたの癒しの力が強くなったと言うのであれば、それは小虎の影響かもしれませんね」

「だからわたしの力が強くなったのね……」

小虎はただのもふもふ可愛い動物ではなかったということだ。

黙って話を聞いていたオルフェウスが、アイリーンの膝の上の小虎の頭を撫でながらぼそりと言った。

「……するともしかして、殿下は小虎に敵認識されてるから噛みつかれるのか？」

あ。

アイリーンたち全員の視線がメイナードへ向かう。

メイナードは目を見開いてから、頭を抱えた。

「それはあんまりだろう！」

がぅ、とまるで小虎が、そんなメイナードを嘲笑《あざわら》うように鳴いた。

十一章　グーデルベルグの王子

グーデルベルグ、郊外――

かつて大陸の大半を掌握《しょうあく》、支配したリアース聖国の壮麗かつ最強の要塞《ようさい》と言わしめた城は、千二百年の時を経た今、二階以上が崩壊し、庭であった場所には木々が生い茂り、城壁には苔《こけ》や草花が蔓延《はびこ》って、そこにはかつての栄華は見る影もない。

すっかり風化して自然の中に埋もれてしまったその城跡に足を運ぶものはおらず、かつて城であったその跡地には人の代わりに小さな動物たちが住み着いていた。

リアース聖国が布教したリアース教――、それはもはやグーデルベルグでは異教とされて、信者を見つけたら捕らえられるほどに厳しく取り締まられている。

理由は――

千年ほど前にこの地を襲った疫病《えきびょう》が関係していた。

リアース教が廃《すた》れ、タリチアヌ教が次々と信者を増やしている中で流行《はや》ったその原因不明の疫病

――、人々はそれを、リアースの神の祟《たた》りだと恐れた。

そしてタリチアヌの神に祈り、神の御子を名乗る男の指示でリアース教の信者への迫害がはじまり――、当時の聖女であった女性が磔《はりつけ》となり処刑されたことで、リアース教の信者たちはグーデルベルグの地から逃《のが》れて、現ランバース国のある地へ向かったとされる。

疫病はその後も続き、グーデルベルグの地の大半を呑《の》み込んだ。文献によれば、その疫病で人口が五分の一にまで減少したと言われている。

研究者の中には、リアース教の聖女を処刑したから疫病の被害が広まったと言うものもいた。

現に、グーデルベルグの地を呑み込み、他国にまでその猛威を広げた疫病は、不思議とリアース教の信者たちが逃げ込んだ現ランバース国の地へだけは被害を伸ばさなかった。

疫病の蔓延《まんえん》は、リアース教の聖女が新たに神に選ばれたことで止まったという研究者もいる。

千年前のことであるのにいまだその疫病の原因は解明されておらず、「リアースの祟り」と呼ばれていた。


さて――

リアース教が異教とされ、誰《だれ》も近づかなくなったリアース聖国の城の跡地に、一人の男が立っていた。

夏の暑さの厳しい中、男はフード付きの外套《がいとう》をかぶって、じっと城跡を見やったのち、木々の間に埋もれるようにして存在していた地下へと下る階段を下りる。

ランプで照らしながら深い闇《やみ》に包まれるその階段を下りきり、細い道を進めば、やがて開けた部屋に出る。

部屋は二重扉になっていて、その奥には天井まで届くほどの巨大な本棚が壁一面に並んでいた。

彼がこの場所を発見したのは半年ほど前のことだ。

とある理由でリアース聖国が残した文献を探していたときにたどり着いた。

「時間がない……」

彼はそうつぶやくと、ランプを床の上に置いて本棚に並ぶ本を一つひとつ手に取っては中を確かめていく。

パラパラと本をめくり、戻し、新しい本を手に取ってはまためくる。

しばらくそれをくり返したのち、ふと表紙の黒い本に行きついて、眉《まゆ》を寄せた。

その本の表紙は、何も書かれていなかった。背表紙もだ。ただ真っ黒いだけの表紙。首をひねりながら、彼はその本をめくって——、息を呑む。

「これは……」

つーっと、その背筋に汗が伝った。

☆

ばしゃんと水が跳ねる。

庭の噴水へと勢いよく飛び込んだ小虎《ことら》が、小さな体を左右に揺すりながら浅い噴水の中を泳いでいた。

「あー！　また！　小虎、いけませんよ！」

その様子を見つけたセルマが目を吊《つ》り上げるが、小虎はどこ吹く風。

庭の四阿《あずまや》で涼んでいたアイリーンは、母と顔を見合わせて笑ってしまった。

もう秋になるとはいえ、まだまだ残暑が厳しい。噴水に飛び込みたくなる気持ちもわかる。アイリーンだって、もし許されるなら飛び込みたい。

セルマはどうにかして小虎を噴水の中から引き上げようと必死だ。けれども小虎は、追いかけるセルマに遊んでもらっていると勘違いしているようで、楽しそうにばしゃばしゃと跳ね回るから、セルマのお仕着せの紺色のワンピースがびちゃびちゃに濡《ぬ》れてしまっている。

「ああしてみると、無邪気な子犬か子猫にしか見えないわねぇ」

コンラード侯爵夫人がしみじみとつぶやく。

そう。白に黒の縞《しま》模様の入ったふわっふわの毛並みの小虎は、聖獣と呼ばれるすごい生き物らしいのだが、ああして無邪気に遊んでいる姿を見ると、とてもではないが、そんなにありがたい存在だとは思えない。

でも、小虎が聖獣で、聖女――アイリーンを守る存在であるのは間違いないようだ。これまで護衛の問題などがあって自由に外出できなかったアイリーンだが、小虎のおかげで好きに出かけられるようになった。下手《へた》な護衛よりもよほど優秀だからだ。

癒《いや》しの力も増したし、本当に小虎さまさまだと思う。

どういうわけか小虎に敵認識されていて、噛《か》みつかれるメイナードだけは不満なようだが、アイリーンはおおむね、今の状況に満足している。

「そういえばバニーはいつ来るの？」

「バニーじゃなくてダニーさんよお母様」

母もキャロラインも、ダニーを「バニー」に改名させようとでもしているのだろうか？

いつまでたっても名前を憶《おぼ》えないこの二人に、ダニーは最近諦《あきら》め気味の様子。「ダニーです」というツッコミも二回に一回くらいに減ってしまった。たまにその横顔に哀愁すら感じてしまって、可哀《かわい》そうになってくる。

ダニーは王立大学で生物学の研究をしている学者である。彼はその中でも伝説上の生き物に興味があって、小虎が聖獣であると気がついたのも彼だった。

そのダニーだが、小虎の様子が気になるようで、定期的にコンラード家に顔を出す。

ダニーをアイリーンの婚約者に仕立て上げたいエイダー卿は小躍りしているようだが、残念ながらアイリーンはもちろんダニーにもそんな気はない。ダニーは純粋に小虎に興味があるだけで、浮かれているのはエイダー卿だけなのだが、それを正さないのかとダニーに訊《たず》ねたところ「面倒だから放《ほう》っておきましょう」と返ってきた。相手は彼の養父だというのに、なかなか扱いがひどい。

「ダニーさんなら、明日の昼ごろに来るって言っていたわよ」

「あらあら楽しみね。今度はどうしようかしら？」

ふふふ、と人の悪い笑みを浮かべるコンラード夫人である。

母はどうにかしてダニーのふわふわの髪の毛に触りたくて仕方がないらしい。

あの手この手でその欲望をかなえようと画策するのだが、今のところ一度も成功していない。

（まあ、……いろいろ無理があると思うのよ）

この前は、「あらー！　ドレスの裾《すそ》を踏んでしまったわー！」とわざとらしく叫んで、ダニーに抱きついてその隙に髪の毛に触れる作戦だったようだが、その前に邸《やしき》にいたコンラード侯爵に抱き留められてチッと舌打ちしていた。可哀そうに、まさか母がそんな無謀な計画を立てているとは知らない父は、ただ単に愛する妻が転ぶのを助けただけだと言うのに、舌打ちされておろおろしていた。

ダニーももちろん、コンラード侯爵夫人が自分の髪に触りたいという理由でそんな奇行に及んでいるとは知らないため、毎度まいど何の騒ぎだと目を丸くしている。

「があぅ」

セルマから逃れてきた全身びしょ濡れの小虎が、アイリーンの足元までやってくる。

アイリーンがセルマからタオルを受け取って小虎を拭《ふ》くと、気持ちよさそうにごろごろと喉《のど》を鳴らすのだ。

（あー、かぁわいいい！）

「お嬢様、小虎を甘やかしすぎですすよ！」

小虎を追いかけ回して疲れたセルマが文句を言うが、隠れて小虎におやつをあげていることを知っている。

コンラード家の住人は、このもっふもふでころころしている可愛《かわい》らしい動物に夢中なのである。

「そう言えば、今日は殿下が来ないわねぇ」

濡れた毛を拭き終わると、小虎が庭を走り回る。それを眺めながら、母がのんびり言った。

そうね、確かに今日、メイナードの姿を見ていないわ。

メイナードはコンラード侯爵の逆鱗《げきりん》に触れてしまったから、コンラード家を訪ねてきてもいつも門前払いを食らっている。それでも懲りずにやってくるのだから、彼のメンタルはなかなか強靭《きょうじん》だ。そのせいか、逆にメイナードが来ない日があると、どうかしたのかしらと心配になってしまう。

オルフェウスが戻ってきたらそれとなく聞いてみようと思った矢先、ガラガラと馬車の車輪の音が聞こえてきて、邸の前で停《と》まった。「ただいまー」と言いながら門扉《もんぴ》をくぐったオルフェウスに、アイリーンは立ち上がり、

「おかえりなさいお兄様、早か――」

その言葉が、途中で止まる。

オルフェウスの後ろから、使用人たちに抱えられながら現れたのは、背の高い男の人。

「あらあら、その方どうなさったの?」

母もびっくりしているが、兄はけろっと言った。

「拾った」

……犬や猫じゃないのよ、お兄様。

☆

時間はオルフェウスがコンラード家へ帰宅する前に遡《さかのぼ》る――

この日、オルフェウスが早々に城から帰宅したのには理由があった。

城のサロンの一室。

メイナードはいつになく険しい表情を浮かべて、目の前に座る男を見やった。

ソファに座るメイナードの背後には、バーランドと、それからオルフェウスの兄でコンラード家の次期家長であるジオフロントが控えている。

本来、ジオフロントの場所にはオルフェウスがいるはずなのだが、今回はさすがに分が悪いと、オルフェウス自身が急遽《きゅうきょ》兄を呼び寄せた。

そう――、メイナードの前にゆったりと座る男、教皇ユーグラシルを相手にするには、ジオフロントの方が適任だ。

教皇の赤いローブを身にまとい、肩をいくらかすぎるほどの長さのダークグレーの髪を無造作に束ねているユーグラシルは、教皇という立場を考えると驚くほどに若い。確か、今年三十七を数えたはずだ。歴代最年少で教皇の座に上り詰めた男である。

そして、その教皇の背後に控えているのは、短めのブラウンの髪と同色の瞳《ひとみ》の背が高くがっしりとした体躯《たいく》の男。聖騎士ファーマン・アードラー。メイナードからすればアイリーンの心をもてあそんだ憎い相手である。

この二人を前にして、メイナードの神経はジリジリと焼き切れそうだった。メイナードは教皇が苦手である。そこに忌々しいファーマン・アードラーまで加われば、苛立《いらだ》ちで頭がおかしくなりそうだ。

同じくユーグラシルが苦手なバーランドも、教皇がこの部屋に入ってから、挨拶《あいさつ》を交わしたきり一度も口をきいていない。

「猊下《げいか》、そのお召し物は暑くありませんか？」

メイナードとバーランドが押し黙っている横で、笑みを浮かべたジオフロントが訊《たず》ねる。

ユーグラシルは小さく笑った。

「暑いな」

「お脱ぎになればよろしいのに」

「殿下の前でそのような無礼は働けない」

「殿下はそのように狭量な方ではございませんよ。ねえ、殿下？」

ジオフロントに水を向けられて、メイナードは反射的に頷《うなず》く。

ユーグラシルは「殿下がよろしいのでしたら」と真っ赤なローブを脱ぐと、それを無造作にソファの上に置いた。ファーマンがそれを取り上げて丁寧に畳み、再びソファの上に戻す。

こうして見ると、ユーグラシルとファーマンの面立《おもだ》ちはどことなく似ているような気がした。どうしてそう感じたのかもわからないまま、メイナードがぼんやりと畳まれたローブに視線を落としていると、ジオフロントが口を開く。

「それで、陛下ではなく殿下をご指名されたのには、何か理由が？」

ユーグラシルが言葉を探すように視線を落とせば、ジオフロントはさらに重ねた。

「そうそう、そこの紅茶には毒などは入れておりませんから、安心してお飲みくださいね」

さすがにこの発言にメイナードをはじめ、サロンにいた人間の肝が冷えた。だが、ユーグラシル本人は苦笑を浮かべるだけだ。

「……先ほどから、棘《とげ》があるな」

「そうお思いになるのでしたら、猊下の方こそ心にやましいことがおありなのではないですか？」

「手厳しいな。お前が来ているとは思わなかった」

「俺《おれ》の妹を傷つけてくれたのでご挨拶をと思いましてね。そこの聖騎士はあなたの飼い犬でしょうから、飼い主が責任を取るのは当然かと」

にこにこと微笑《ほほえ》みながら言うジオフロントに、メイナードは胃が痛くなってくる。

オルフェウスが教皇相手ならジオフロントがいいと言っていたが、胃に優しいのは間違いなくオルフェウスだった。このままでは胃に穴があきそうだ。

ユーグラシルはやおらティーカップに手を伸ばすと、その中身を一気に飲み干した。

「確かに毒は入っていないようだ」

「二杯目をご用意させますか？」

「やめておく」

教皇は肩をすくめる。

「殿下にお時間をいただいたのは、陛下よりも殿下の方が聖女に詳しいからだ」

メイナードは眉を寄せた。

「アイリーンがどうかしたのか？」

「最近、聖女の周りで変わったことは起こっていませんか？」

変わったことと言われて、メイナードとバーランド、それからジオフロントの脳裏に小虎の丸い顔がよぎる。

変わったことと言えば、アイリーンのそばに聖獣が現れたことくらいだが、それをわざわざ教皇に教えてやる必要がどこにあるだろう。

「特に思いつくことはないな」

「では、殿下の周りではどうですか？」

「何もないが？」

「そう、ですか」

メイナードが答えると、ユーグラシルは思案顔になって、それから立ち上がる。

「もし、殿下や聖女の身の回りで変わったことが起こった場合は、教えていただけますか？」

「なぜ殿下や妹の周りで変わったことが起ると思われるのです？」

言いたいことだけを言って去ろうとする教皇に、ジオフロントが怪訝《けげん》そうに訊ねる。

教皇はローブに袖《そで》を通しながら言った。

「杞憂《きゆう》であるならそれでいい。だが……、いやなんでもない」

ユーグラシルはそれ以上語る気はないようだった。

ジオフロントは笑顔で答えた。

「お約束できかねます」

「これは聖女のためだ」

「そうであっても。すべてを語ろうとしない人間の、何を信じろと？」

ユーグラシルは眉間《みけん》に皺《しわ》を寄せるが、ジオフロントは微塵《みじん》たりとも笑顔を崩さない。

やがてため息をついた教皇は、何も言わずにサロンから出ていった。


「疲れた」

教皇ユーグラシルが退出すると、メイナードが大きく息を吐きだしてソファの上にぱたりと倒れ込んだ。

バーランドもぐったりとした様子で椅子《いす》に腰を下ろす。

「あの教皇は昔から苦手なんだ。何を考えているのかさっぱりわからない」

「同じく」

ユーグラシルが教皇の座についたのは今から三年前のことである。

以前の教皇は気難しい年寄りだったが、考えていることが読めないユーグラシルよりはいくらかマシだったとメイナードは思う。

「狸《たぬき》ですからね」

ジオフロントがのんびりと言って、手をつけていなかった紅茶を飲みはじめると、メイナードとバーランドは顔を見合わせた。

狸。確かにそうだが、何を考えているのかわからないという点では、ここにいるジオフロントも「狸」である。

「アイリーンの周りで変わったことはないかと言っていたが、小虎のことを言っているのだろうか?」

「可能性はゼロではないでしょうが、あの言い方だと別の何かがありそうな気がしますね」

ジオフロントは教皇の口調が引っかかる様子だ。

顎《あご》に手を当てて考え込んだジオフロントは、バーランドに視線を向ける。

「ジェネール公爵家が抱えている諜報《ちょうほう》部隊を動かしてほしいのだが」

コンラード家もそれなりに諜報に長《た》けた人間を雇ってはいるが、ジェネール公爵家の訓練された彼らには遠く及ばない。

「何を調べたいんですか?」

ジオフロントは先ほど教皇に見せたのと同じ微笑みを浮かべた。

「教皇の隠している巫女《みこ》たちを」

――ジオフロントが密《ひそ》かに何かを企《たくら》んでいたのとほぼ同時刻。

ユーグラシルを相手にさせるには兄の方が適任だと、兄にすべてを押しつけて体《てい》よく城から逃げ出すことに成功したオルフェウスは、城からの帰り道にふと足を止めた。

我が家の変わったペットである小虎は雑食で、なんでも口に入れるのだが、最近のお気に入りは干し肉のようだ。今朝、城に行く前にオルフェウスがあげた一枚が最後だったから、ついでに買って帰ってやろうと思ったのだが――

(……あれ、なんだ?)

こうして、オルフェウスは路地裏にうずくまる犬や猫――ではなく人間を、拾って帰ることになった。

☆

オルフェウスが拾ってきた男は二階の寝室に寝かされた。

彼の意識はなく、衰弱しているようだったので医師を呼んで診察してもらったところ、出た答えは「栄養失調」。つまり、ろくに食事をとっていなかったのだろうとのことだった。

「お兄様、あの方をいったいどこで拾ってきたの?」

目を覚ましたら消化にいいものを食べさせてやれと言って医師が帰っていくと、執事のマーカスに彼のことを頼んで、アイリーンたちはメインダイニングに降りた。

「城からの帰り道だ。路地裏で倒れてるのを見つけたんだ。こんな暑い中に放っておいたら暑さにやられて死ぬだろ？　だから拾ってきたんだけど」

「そうね、見殺しにするのは可哀そうだわ」

見たところ、彼は旅人のようだった。着ていたものは汚れていたし、髪も髭《ひげ》も伸びていて、日に焼けていた手足は驚くほどに細かった。

「どこから来たのかしら？」

「さあなぁ。起きてから訊《き》くしかねぇだろ」

彼を連れ帰る前に、オルフェウスは遣いを出してコンラード侯爵に報告をしておいたらしい。父からの返事はまだ届かないが、行き倒れている人を介抱するのを止めるような人ではない。

「何があってもうちには小虎がいるからなぁ」

オルフェウスは小虎の頭を撫《な》でながら笑う。

「お前はアイリーンに変な奴《やつ》が近づけば噛みつくもんなぁ。しっかり頼むぞ、聖獣」

わかっているのかいないのか、小虎は頭を撫でられながら機嫌よさそうに「がぅ」と鳴く。

しばらくしてマーカスが呼びに来て、アイリーンたちは二階の客室へ向かった。

オルフェウスが拾ってきた男はベッドに上体を起こして水を飲んでいた。

くすんだ金髪にエメラルドのようなきれいな瞳。かなり痩《や》せこけていたけれど、品のいい顔立ちの男性だ。

彼はアイリーンたちを見て戸惑ったようだったが、オルフェウスが事情を説明すると、ふらつきながらも頭を下げて礼を言った。

彼はフィルという名前らしい。年はアイリーンと同じ十八歳。意識ははっきりしているようで安心した。

よほどお腹《なか》がすいていたようで、マーカスが運んできた消化のいいポリッジを流し込むように胃に収めると、一息ついたあとで思い出したように言った。

「俺の荷物を知りませんか?」

「荷物? それなら……」

オルフェウスが部屋の扉の近くに置いていた汚れた鞄《かばん》を持ってきた。

「これだろ?」

フィルは汚れた鞄を開けて、中を確かめたあとでホッと胸を撫で下ろす。

「これです。よかった……」

「ずいぶん重いが何が入っているんだ?」

「本です」

「本?」

「調べものをしながら旅をしていて……」

「あー、お前、研究者か何かか」

「そんなところです」

フィルは曖昧《あいまい》に笑った。

「んで、どうしてあんなところで倒れていたんだ？」

荷物の中身を確認して安心したらしいフィルが鞄の蓋《ふた》を閉じると、近くの椅子を引っ張ってくる。

その椅子の背もたれをベッド側に向けて、背もたれの上に腕を乗せて逆さまに座ったオルフェウスが問いかけた。

「それが、一緒に旅をしていたものとはぐれてしまいまして。路銀は連れがすべて持っていたものですから、食べるものもなくて、とりあえず日陰で休もうとしたところまでは覚えているのですが……」

休もうとして気を失ったところへ、オルフェウスが通りかかったというわけだ。

「そりゃ災難だったな」

すると、それまで黙ってやり取りを聞いていたコンラード侯爵夫人が、はじめて口を開いた。

「じゃあ、そのお連れ様が見つかるまでうちにいるといいわ」

「母さん⁉」

オルフェウスが驚いたように振り返るも、母はにっこりと微笑む。

「これも何かの縁でしょう？　それに……」

侯爵夫人は腕に抱いていた小虎をベッドの上に乗せた。

小虎は真っ赤な目でじっとフィルを見つめたあとで、甘えるようにすり寄った。

「ね？　大丈夫そうよ」

小虎センサーは、フィルを敵と認識しなかったようだ。

☆

「アイリーンの家に男が居候《いそうろう》している!?」

昨日は教皇のせいでコンラード家へ行く暇のなかったメイナードは、驚くほどの早さで仕事を片付けると、意気揚々《いきようよう》とアイリーンに会いに行こうとして――、馬車に乗り込む前にバーランドから聞かされた情報に目を剥《む》いた。

「どういうことだ！」

「知らない。僕はオルフェが男を拾って帰ったということしか聞いていないからな」

「拾った？　オルフェのやつ、余計なことを！」

メイナードは忌々しそうに舌打ちする。

コンラード家に向かったところで門前払いを食らって中に入れてもらえないメイナードは、アイリーンと一つ屋根の下に自分以外の男がいることが許せない。まったく、狭量な男である。

「で？　どんな男だ！」

「だから、知らないって」

「オルフェはどこだ！」

「今日は休むって言っていただろ？」

メイナードはバーランドをひと睨《にら》みした。

「お前も来い！」

「一応訊くけど、その理由は？」

「お前がいれば門前払いをされないかもしれない！」

「……言っていて情けなくならないのか、王子殿下」

バーランドは額に手を当てて、はーっと息を吐いた。


メイナードが来たと呼ばれて、アイリーンはサロンへ向かった。

いつも追い返されているのに珍しいこともあるものだ――、と首をひねりながらサロンの扉を開けたアイリーンは、そこにバーランドと、それから奇妙な眼鏡《めがね》と帽子と口髭をつけている男を見つけて半眼になった。

「……何の遊びですか、殿下」

「どうしてわかった！」

（わかるわ！）

頭痛を覚えて頭を抱えるアイリーンのあとからサロンにやってきたオルフェウスは、奇妙な変装をしているメイナードを見てプッと吹き出す。

「暑さでとうとう頭がやられたのか殿下！」

メイナードはムッと口を尖《とが》らせて、帽子と眼鏡、それからつけ髭を取り払った。

「バーランドが変装して行けば入れてもらえると言ったんだ」

「言ってない！」

「言ったじゃないか！　そんなに家に入れてもらいたければ変装でもすればと」

「……もう少し冗談とか嫌味とかを勉強してくれないかな殿下」

それでメイナードが変装をはじめたときに止めなかったバーランドも同罪である。

（て言うか、変装にもなってなかったけどね）

さすがの門番も、とうとう殿下の頭がおかしくなったと思って邸に入れたのではなかろうか？　もしそうなのであれば、ある意味、メイナードの作戦は成功したと言える。

メイナードは気を取り直したように、ピンク色のコスモスの花束を手渡してきた。

「城の庭に咲いていたんだ」

「ありがとうございます。我が家のはまだ咲かないんですよ」

セルマにコスモスを生けてもらうように頼んで、アイリーンはソファに腰を下ろす。

メイナードがやけにそわそわしているから、「小虎ならダイニングですよ」と伝えると、彼はあからさまにホッとした。大きくなった小虎に一度、頭からかじりつかれたメイナードは、軽いトラウマになっている様子だ。

「アイリーン、元気だった？」

「はい、おかげさまで」

メイナードが元気なのは毎日毎日凝りもせずに我が家を訪ねてくるから知っていたけどね。実際にこうして顔を合わせるのは一か月ぶりである。

この一か月の間、王妃から何度も茶会の誘いが届いていたが、王妃に近寄ると「ウエディングドレスの採寸」と言い出すから何かと理由をつけて断り続けていた。

「んで、殿下はいったい何の用事で？」

「理由がないと来てはいけないのか！」

オルフェウスが口を挟むと、メイナードはじろりと睨む。

「そりゃそうだろ。うちの妹と殿下はもう『無関係』だからな」

「だからもう一度──」

「そりゃ、都合がよすぎるってもんだろ」

「お前、冷たくないか⁉」

「あー、はいはい。殿下、オルフェと喧嘩《けんか》するために来たわけじゃないだろう？」

オルフェウスとメイナードが口喧嘩をしはじめると、バーランドが疲れたような顔で止めに入る。

「オルフェが男を拾ったと聞いて、殿下は心配して来たんだよ。アイリーンは聖女だから、得体の知れないものをそばに置くわけにはいかない。だよな、殿下？」

「あ、ああ……。オルフェが拾ってきたというその男は、怪しい男ではないんだろうな？」

「本人曰《いわ》く研究者らしいぞ。ま、小虎が懐いているから大丈夫だろ」

「……小虎が懐いているのか」

メイナードがムッする。どうして自分は噛みつかれるのに、新参者の居候が懐かれるのだろうと言いたそうだ。

「ああ。懐いてる。それに、汚れを落としたらなかなかいい男だった」

オルフェウスがニヤニヤ笑う。

入浴して髭を剃《そ》ったフィルは確かに貴公子然とした美青年だった。くすんでいたと思われた金髪は単に汚れていただけで、洗うと見違えるほどにキラキラしていたし、別人かと疑ったほどだ。

だが、どうしてここでフィルの容姿が話題に上るのだろう。怪しさと容姿は関係するのだろうか？

メイナードはまだ不機嫌だ。

アイリーンが首をひねっていると、バーランドが肘《ひじ》でメイナードをつついた。

「殿下、もう一つ用事があったんだろ」

もう一つ？

メイナードは言われて思い出したのか、アイリーンに向かってにっこりと微笑んだ。

「そうだった。来週、グーデルベルグ国から第三王子が外交でやってくることになっていてね。歓迎のダンスパーティーを開くから、アイリーン、私のパートナーとして出席してくれないかな？」

（なんですって？）

アイリーンはあんぐりと口を開けた。

☆

グーデルベルグ国から第三王子が来る。

これは単なる外交とはわけがちがう。

ランバースにグーデルベルグの王子が来るというのは、なかなかに大きな意味を持つものだ。

グーデルベルグ国はランバース国とは違う宗教を信仰している。リアース教は他国では信仰されなくなって久しく、ランバース国でしか信者がいないから、ほかの宗教を信仰している国という意味では特別珍しいわけじゃない。問題は、かの国がリアース教を「異教」、その信者を「異端」「異教徒」としている点である。

グーデルベルグ国は宗教に対して厳しい国ではないけれど、なぜかリアース教だけには厳しい措置《そち》を取っている。

そのため、グーデルベルグ国の王侯貴族がランバース国に外交で訪れることはまずなく、もちろん、その逆もしかりである。

グーデルベルグ国の王族が最後にランバースを訪れたのは、今から百年以上も前の話だ。

つまり、百年以上ぶりに、グーデルベルグ国の王子がやってくるのである。そのため、国は、外交が断絶されて久しい国との国交の復活の兆《きざ》しに大盛り上がりというわけだ。当然、緊張もかなりのものであるが。

だから、グーデルベルグの第三王子に、失礼なことがあってはならない。それは、わかる。わかるのだけれど！

「で。どうしてわたしはお城にいるのでしょうか？」

アイリーンは偽物の聖女ではないか——という騒ぎがあったときに、避難的措置で滞在していた城の王太子妃の部屋にいた。

明後日、グーデルベルグの第三王子ダリウスが来るから、その歓迎のパーティーでメイナードのパートナーに、という点まではまだ理解できる。

メイナードは現在、誰とも婚約していないから、下手な令嬢を誘ってしまえば、殿下の次の恋人は彼女か⁉ という騒ぎにもなりかねない。アイリーンも聖女として出席する義務があるようだし、それならばメイナードのパートナーを務めた方が都合がいい。

の、だけれど！

これには納得がいかない。どうして再び城に連行されて、王太子妃の部屋での生活を強《し》いられているのだろうか？

「だってダリウス王子は城に滞在するそうだから。パーティー前に聖女に会いたいとも言っていたし、母上もドレスの微調整があるらしいから、城にいてもらったほうが何かとね……」

メイナードの視線が泳いでいる。

（王妃様、いつの間にわたしのドレスの準備をしていたのよ！）

メイナードによれば、ダリウスがこの国に来るのはずいぶんと前から決まっていたことらしい。それはそうだ、グーデルベルグからランバースまで、馬車で一か月半以上もかかる。「明日行くよ」「オッケー！」なんて気安い距離でもなければ関係でもない。逆算すれば、アイリーンが聖女に決まって少したったあたりで、グーデルベルグからダリウス殿下が来るというのは決定事項だったはずだ。

　つまり、メイナードはわざとギリギリまでアイリーンに内緒にしていたのである。

　アイリーンだって、国賓を相手にするときのドレスが普段着ているようなものでいいはずがないことくらい理解している。事前に言ってくれれば用意だってしていた。頭に来たからアイリーンがメイナードを締め上げれば、王妃様が「アイリーンちゃんのドレスはわたくしが用意するわー！」と言ったから黙っていたらしい。

　メイナードと婚約関係にあったときに、王妃はアイリーンのドレスを何着か仕立ててくれたので、サイズも知っているのだろうが――、これは騙《だま》し討ちというものではなかろうか？

　父である侯爵も知っていたそうだが、てっきりメイナードから聞かされていると思っていたらしくて驚いていた。

　何かと理由をつけて、コンラード侯爵に、アイリーンがダンスパーティーまで城に滞在する許可を取りつけたメイナードはご機嫌だが、アイリーンはすこぶる機嫌が悪い。メイナードはなんとかアイリーンの機嫌を取ろうと山のような菓子で釣ろうとするのだが、そんなもので機嫌が直るアイリーンではない。……城に遊びに来たキャロラインはご機嫌だったが。

　キャロラインも今回のパーティーには呼ばれている。そのキャロラインだが、当然、グーデルベルグからダリウス王子が来ることを知っていた。それなのに黙っていたのは「その方が面白そうだから」だそうだ。薄情者！

そしてちゃっかりしているキャロラインは、不機嫌になったアイリーンにメイナードがお菓子を貢ぐのを想定済みで、次の日にはそれを物色しに来たのである。

アイリーンとお菓子を天秤《てんびん》にかけてお菓子を取った親友は「いーじゃないの。ドレスは王妃様が作るって言っているんだから、恥をかく心配はないもの」とフィナンシェを食べながら言いやがった。

「アイリーン。ほら、君が好きなお店のチーズケーキだよ？」

なかなかアイリーンの機嫌が直らないので、メイナードが困った顔をしている。

（お菓子で釣る前に、何か言うことがあるんじゃないの？）

アイリーンがじろりと睨みつけると、メイナードはぺたんと耳を垂らした子犬のような顔になった。

「ごめんなさい」

メイナードはようやく「謝罪」という言葉を覚えたらしい。

「今度同じことをしたら許しませんからね」

「うん」

今回はパーティーまでの間の短い滞在だから、セルマは連れてきていない。さすがに城に小虎を連れてくるわけにもいかないから、小虎もコンラード家でお留守番。

代わりに王妃の侍女が二人ほどアイリーンのそばについていてくれて、なにかと世話を焼いてくれる。

アイリーンと年の近い彼女たちは、紅茶をいれながらくすくすと笑った。

「殿下とアイリーン様は本当に仲がよろしいですわね」

ティーカップを差し出しながら言ったのは、侍女の一人――男爵令嬢のセレナ。

「王妃様はお二人の結婚式を今かいまかと楽しみにされていますわ」

これは伯爵令嬢のローザの言葉である。

どこをどう見たら「仲がいい」という結論に至るのかさっぱりだ。

(結婚式って、勘弁して……)

このままだと王妃の手によって式場へ連行されかねない。だから城には近づきたくないのに、メイナードめ。

メイナードはすっかり調子に乗ってアイリーンの肩に手を回してくる。

メイナードが持ってきたチーズケーキが用意されて、アイリーンがメイナードと並んでケーキを食べていると、侍女の二人は気を使ったつもりなのか、控室に下がっていった。

「それで、ダリウス殿下はいつごろこちらへ?」

「明後日の昼前になるのではないかと早馬で連絡が入ったよ」

「そうですか」

ダリウスはアイリーンよりも一つ年下の十七歳という話だ。

グーデルベルグは一夫多妻制の国で、第三王子の母は第二妃らしい。亡くなった前王妃を母に持つ第一王子は病弱で、前王妃が亡くなったあとに次の王妃になった方との間には第二王子がいるそうだが、外交が遮断されているから、これ以上の情報はない。

ランバースもグーデルベルグも、大陸の公用語が主流であるから、言葉の壁はないが、事前情報がほとんどないというのは不安になる。好きなものや趣味などがわかれば、せめて話題くらいは用意しておけるのだが。

「そもそもダリウス殿下はどうしていらっしゃるんですか？」

「聖女が変わったから挨拶にって話が表向きだけど――、まあ、この機会を使って停止していた貿易を再開させたいという打診も受けている。うちとしては願ったりな申し出だからね、断る理由はないかな」

「そうですか」

アイリーンは、まだ肩に回されているメイナードの手をはたき落として、チーズケーキにフォークを刺した。

☆

想定していなかった来客が訪れたのは翌日のことだった。

教皇ユーグラシルが会いたがっていると聞かされたとき、アイリーンは驚愕《きょうがく》した。

当然、メイナードも同席すると言ったが、ユーグラシルはアイリーンと個人的に会いたいのだと言って彼を退けてしまった。

(わたしに個人的な用事って、なにかしら……？)

アイリーンもユーグラシルのことはもちろん知っているし、面識もある。

ダークグレーの髪と同じ色の瞳を持つ、歴代最年少の麗しの教皇様だ。柔和で品のある顔立ちの彼が教皇に就任したときは、令嬢たちの話題を独占するほどに騒がれていたものだ。

アイリーンもメイナードの婚約者だったときに、行事などで会ったことはあるけれど、個人的に会いに来られるほど親しかった覚えはない。

少し話をするだけだと言われたから、サロンは使わずに王太子妃の部屋で面会することにしたアイリーンが待っていると、約束の時間ぴったりにユーグラシルは現れた。

いつもきっちりした服を着ている教皇だが、今日は白いシャツにグレーのトラウザーズというラフなものだった。

「久しぶりだね」

ユーグラシルはにこやかに微笑んでソファに腰を下ろす。この笑顔一つで顔を真っ赤に染めるご婦人方がどれほどいることだろうか。

ユーグラシルに会うのは、聖女に選ばれたあとの儀式以来だった。

「お久しぶりでございます、猊下」

侍女たちがティーセットを用意して下がると、ユーグラシルが優雅にそれを口へと運ぶ。さすがサイフォス家出身だけあって、その挙動一つひとつが洗練されている。

教皇は前の教皇が他界されたあとで選挙で決定されることが通例だが、すべての教会関係者から選出されるわけではない。

教皇を輩出できるのは、ユーグラシルを輩出したサイフォス家と、クローサイト家の二家だけ。選挙と言いながらも、半分は世襲制のようなものだ。

サイフォス家とクローサイト家は数百年前に王家から分家した一族で、二家が誕生する以前は王族から教皇を輩出していたらしい。

そのため、サイフォス家もクローサイト家も爵位こそ持っていないけれど、家格的には公爵家に匹敵する。爵位がないので領地も与えられていないが、王都には二家の広大な邸がお城並みにどーんと建っていた。王城と二家の本家を直線で結べば、上から見るとちょうど正三角形になる。

「最近変わったことはないか？」

「とくには……」

変わったことがあると言えば、小虎が現れたことと癒しの力が増したことくらいだが、メイナードから教皇が「変わったことはないか」と訊ねてきても「ない」と答えておけと指示が出ている。

ユーグラシルは、アイリーンが誤魔化したことに気がついているのか、じっとこちらを見つめてくるから、背中に嫌な汗が流れる。

ファーマンの一件で、教皇が何か意図があってアイリーンを教会側に引き込もうとしていたことを知っているからか、自然と体に力が入ってしまう。

メイナードはよくユーグラシルのことを「何を考えているのかわからない男」と言うが、こうして対峙《たいじ》していると、アイリーンもそんな気がしてきた。

アイリーンを教会側に引き込みたかったらしいユーグラシルの心の内はわからない。今もそう考えているのか、諦めているのかもわからない。平穏を好むこの方が強引な手段に出ることはないと思いたいけれど、ファーマンの一件からまだ数か月。心の中のわだかまりがすべてなくなったわけではない。

「グーデルベルグから王子が来られるらしいな」

「そうみたいですね」

グーデルベルグはリアース教を異教としているため、歓迎のパーティーに教皇以下、教会関係者が出席することはない。もし同席を求められても断るだろう。教会関係者も、リアース教を異端とするグーデルベルグにいい感情を持っていないからだ。

「あまりその王子には近づかない方がいい」

「え？」

「できれば距離を取るように」

「それは、どういう……？」

きょとんとするアイリーンに、ユーグラシルは困ったように言う。

「今、私が言うことを許されているのはこのくらいだ。できれば君にはこちら側に来てほしかったが、そうも行くまい。すでに星は動いた」

意味がわからない。

言うことを「許されている」とはどういうことだろう。教皇である彼の自由な発言を止めることができるほどの人間が、いるだろうか？

ユーグラシルはよくわからないことを言うときがある。聖女に選ばれた日も、一言「君の星の巡りは奇異なものだな」と言われた。もちろん、さっぱりわからなかったから、適当に「はあ」と相槌《あいづち》だけ打っておいた。

「何か困ったことがあれば訪ねてくるといい。助けになってやれるかどうかは状況次第だが、できる限りのことをしよう」

ユーグラシルはなにをしに来たのか。それだけ言うと紅茶を飲み干して席を立つ。

去り際に、思い出したようにシャツの胸ポケットから緑色の石のついた華奢《きゃしゃ》なブレスレットを取り出した。

「これを君に。もしもこの石が赤く変わることがあれば、気をつけるように」

「……はあ」

差し出されたので反射的に受け取ってしまったが、アイリーンにはますますわけがわからない。

緑色の石が赤く変わるなんて、日差しのもとで色を変えるアレキサンドライトのようにも思えるけれど、口ぶりからしてどうも違うようだ。

ユーグラシルは言いたいことだけ言うと、アイリーンの頭を「?」でいっぱいにしたくせに何の答えも与えようとはせず、さっさと部屋を出ていってしまった。

「やっぱりあの方、苦手だわ」

アイリーンはブレスレットを見つめて息を吐く。

「……どうしようかしら、これ」

「ブレスレットなら私が代わりのものをプレゼントしてやる」

（ほらね）

やっぱりこうなった。

ユーグラシルからブレスレットを受け取ったときから、こうなるのではないかと予想していたのだ。

ユーグラシルが出ていくと、待ちかねたように内扉がドンドンと叩《たた》かれた。

メイナードは、アイリーンとユーグラシルが話している間、隣の部屋——王太子の部屋でこちらの様子をうかがっていたらしい。言い方を変えれば、「盗み聞き」とも言う。まあ、距離があるし、壁が分厚いから、扉に耳をつけても声は拾えなかっただろうけど。

（どうでもいいけど、執務は大丈夫なのかしら？　仕事がたまるとオルフェウスお兄様あたりが激怒しそうだけど……）

ちなみに、以前メイナードが鍵《かぎ》穴に何かを突っ込んでかからなくなった鍵は、まだ修繕されていない。勝手に入るなという約束は守っているから、メイナードはこちらの部屋に来たくなったら、先ほどのように扉をドンドン叩いて主張する。

侍女のセレナとローザは、最初こそメイナードのこの行動に驚いていたようだったが、すぐに慣れて、面白そうに「アイリーン様ってばすっかり殿下をお尻《しり》に敷いていらっしゃるのねぇ」と冗談なのか本気なのかわからないことを言った。まるで人を恐妻のように言うのはやめてほしい。アイリーンはただ、婚約者でも夫婦でもない女性の部屋にみだりに入るなと道理を説いただけである。

セレナたちがティーセットを片付けながら、「早く開けないと扉蹴破《けやぶ》られちゃいますよ」などとニヤニヤ笑う。アイリーンが仕方なく扉を開ければ、アイリーンの手にあったブレスレットを目ざとく見つけたメイナードが問い詰めてきて、ユーグラシルからの贈り物だと知ると、自分が代わりのものを用意すると騒ぎ出した。

小さな緑色の石だけしかついていないブレスレットに、怪しいところは何もないと思うのだが、メイナードは鎖の一つ一つに至るまで、ブレスレットのおかしなところはないかと確認している。

「この緑色の石が赤く変わると教皇が言ったのか?」

「はい。よくわからないけど、赤く変わったら注意が必要なんだそうですよ」

「胡散《うさん》くさいな!」

メイナードはそう言うけれど、ただ単にアイリーンが教皇からブレスレットを受け取ったのが気に入らないだけだろう。

「猊下は嘘《うそ》はおつきにならないと思いますけど」

「どうだかな! 実際、聖女選定のときは——」

メイナードは憤然と何かを言いかけたが、ハッとしたように口を閉ざした。

聖女選定のときは?

なにかしら?

メイナードはわざとらしい咳《せき》払いをして、アイリーンにブレスレットを返した。

「怪しいところはなさそうだから、一万歩譲って君がそれを身につけることを我慢するよ」

一万歩も譲る必要があるの!? そういうのって、たいていは百歩くらいじゃないの!?

「そう言えば、猊下にダリウス王子に近づくなと言われました」

「ダリウス王子に？　まあ、グーデルベルグはリアース教を異教としているから、聖女の君が近づいてもいいことはないだろうけど」

「でも、聖女に会いたいと、ダリウス王子はそう言われたんですよね？」

「まあ、そうだな。……教皇は今回、ダリウス王子が来ることに反対していたから、過敏になっているだけじゃないのか？」

「猊下が、反対？」

それは妙だ。

教皇は――特にユーグラシルが教皇になってからだが――あまり政治に口を出してこない。そのユーグラシルが外交に口を挟んだというのは非常に珍しいことだ。メイナードも、アイリーンが抱いたような疑問に気がつかないはずはないから――、なるほど、読めた。

（この人、一応、ユーグラシル様の言葉に警戒していたのね。だから今まで内緒にしていたんだわ）

最後まで、アイリーンをダリウスに会わせるかどうするかを、迷っていたのだ。だからギリギリまで連絡してこなかった。

（どうしてそういう大事なことを言わないの！）

アイリーンがじっとりとした視線を向ければ、メイナードが明後日の方を向く。

（あんた、わたしを守るって言ったけど、守るのと内緒にするのは違うのよ。わかってんの？）

文句を口に出さない代わりにひたすらに見つめ続けたら、

「アイリーン、母上がお茶会をしないかと言っていたよ！」

と、メイナードはあからさまに話題を変えようとした。

（お茶会？　しないわよ！）

王妃のお茶会は怖すぎる。そのままウエディングドレスを着せられて教会に連行などされたら大変だ。

「また今度って言っておいて」

「そう言うと思ったよ」

「だって、王妃様ってばすぐにドレスの――」

「いつまで油を売ってやがるんだ――！」

アイリーンの言葉にかぶさるようにして、第三者の怒鳴り声が聞こえてきた。

バターンと王太子の部屋の扉を開けたのはオルフェウスで、アイリーンは目を丸くする。

「お兄様？」

内扉を開けたままにしていたから、隣の部屋に飛び込んできたオルフェウスの様子がまるわかりだ。明らかに怒っている顔のオルフェウスは、メイナードを見つけると大股《おおまた》で歩いてきた。

「十五分っつったよな？　お前の十五分は、一時間半か？　ええ!?」

メイナードはよほどオルフェウスの形相が怖かったのか、慌てて立ち上がると、アイリーンの背後に隠れるように回った。

「オルフェ、今、大事な話をだな」

「大事な話？　三十分後に提出する書類に目を通してサインすることよりも大事な話があるのか？　ああ!?」

「……ありません」

オルフェウスはメイナードの襟首《えりくび》をむんずと掴《つか》むと、ずるずると部屋の外へと引きずっていく。

遠くから「お前には二度と休憩なんかやらん！」というオルフェウスの声を聞いたアイリーンは、思わず額に手を当ててため息をついた。

☆

翌日、グーデルベルグの第三王子ダリウスが城へ到着したのは、事前に連絡があった通り、昼前のことだった。

ダリウスはまずランバース国王に謁見し、少し休んだあと、夕方にアイリーンと会う時間を取っている。

ダリウスの歓迎パーティーは三日後の夜。

それまでには外交関連の会議など、分刻みで予定が入っているというが、夕食は国王とともにとることになっているそうで、その場にメイナードとアイリーンも呼ばれているので、今日からダリウスが帰国する日まで、毎日顔を合わせることになる。

教皇ユーグラシルが妙なことを言ったせいで、少し緊張してしまう。

ダリウスとは城のサロンで会う約束をしていて、メイナードと第二王子であるサヴァリエも同席することになっているから心強い。

アイリーンはライラック色のドレスに、教皇からもらったブレスレット、そしてそれに張り合うようにメイナードからプレゼントされた、アイリーンの瞳の色に近い紫色のスピネルのネックレスを身につけて、一階のサロンへ向かった。蜂蜜《はちみつ》色の髪はハーフアップにしている。

メイナードはアイリーンのドレスにあわせて紫色のシャツを身につけている。似合っているのだが、おそろいだと思うと少し恥ずかしい。

アイリーンが部屋に入ると、ダリウスはまだ来ていなかったようで、談笑していたメイナードとサヴァリエが顔を上げた。

「アイリーン、そのドレスよく似合っているよ」

微笑みながらお世辞を言うのはサヴァリエである。

「そのネックレス、つけてくれたんだね」

これはメイナード。

サヴァリエはアイリーンの胸元のネックレスに目を留めて、おやと目を丸くした。

「そのネックレス、母上のじゃない？」

「なんですって⁉」

これほどまでに大きくて透明度の高い紫色のスピネルは珍しいとは思っていたが、まさか王妃の持ち物だったなんて。

メイナードは「ばれたか」というような顔をしたが、悪びれた様子はない。

「母上のコレクションの中から頂戴《ちょうだい》したけど、ちゃんとアイリーンにプレゼントすると言っておいたし、母上も未来の義娘にあげるならいいと言っていたから問題ないよ」

「大問題よ！」

さりげなく未来の義娘にされているし、ますます外堀が埋まっていく。

しかも、王妃の私物をもらっておいて、今まで知らずに、お礼の手紙も書いていないのは大問題だ。

アイリーンはダリウスとの面会が終わりしだい、すぐに王妃にお礼の手紙を書くことにして——直接会いに行くとなかなか解放されなさそうなので——、メイナードに「そういう大事なことはちゃんと教えてください！」と怒っていると、サヴァリエが「似合っているんだからいいじゃない？」と笑う。

「母上にはデザインが可愛らしすぎるからね。いくら若作りでもそんな愛らしいものをつけていたらさすがにイタイし、うちは妹がいないから、代わりにアイリーンがもらってあげたらいいんじゃない？」

サヴァリエは何気に失礼なことを言っているが、これ、王妃が聞いたら激怒するのではなかろうか。

今のサヴァリエの発言は聞かなかったことにしようと思いながらそっとスピネルのネックレスに触れたとき、扉の前で警護に当たっていた兵士がダリウスの到着を告げに来る。

ややしてサロンに入ってきたダリウスは、濃い金髪にスカイブルーの瞳の、ほっそりとした印象の青年だった。背は低いわけではないのだろうが、メイナードとサヴァリエの長身二人と比べると、どうしても小柄に思えてしまう。

メイナードとサヴァリエが順番にダリウス王子と握手を交わしたあとで、アイリーンはドレスの裾《すそ》をつまんで深めの一礼をした。

「アイリーン・コンラードです。お目にかかれて光栄です、殿下」

ダリウスは空色の瞳《め》を細めて微笑んだ。

「こちらこそお会いできて光栄ですよ。噂《うわさ》にたがわずお美しい方だ」

(あら、美しいなんて、そんな……)

社交辞令なのはわかっているが、悪い気はしない。

アイリーンの機嫌がよくなったのがわかったメイナードが、咎《とが》めるような目を向けてくるが、アイリーンは気づかないふりをした。

(少しくらい喜んだっていいでしょ？　別に気を許したわけではないもの)

ユーグラシルは気をつけろと言ったが、穏やかそうなダリウスのどこに気をつけろと言うのだろう。

席に着くと、アイリーンの隣に座ったメイナードが、さりげなさを装って手を握ってくる。どうして手を握ったのだろう？　アイリーンもさりげなくほどいてやろうとしたのだが、しっかり握りしめられているせいでほどけやしない。

「仲がよろしいんですね」

「ええ。アイリーンは私の婚約者ですので」

(元ね！　何気に婚約者に戻してるんじゃないわよ！)

笑顔を貼《は》りつけているアイリーンの頬《ほお》がひくつきそうになる。

サヴァリエも否定しないから、アイリーンが「違います！」と声を上げるわけにもいかない。

(あとで覚えていなさいよメイナード！)

アイリーンがダリウスの向ける生温かい視線に耐え切れずにうつむくと、メイナードが「気分でも悪いの？」と心配してくるから余計に腹が立つ。メイナードのせいで恥ずかしい思いをしているのに、どうしてこの王子はそれがわからないの？

「まずは、遅ればせながら、聖女に選定されたそうでおめでとうございます」

「ありがとうございます」

「聖女とは普段どのようなことをなさっているのですか？　神に祈りを捧《ささ》げたりなさるのでしょうか？」

神に祈り？

それはメイナードが以前教えてくれた、有事のときに命懸けで神に祈るというあれだろうか？

「聖女は神に祈りを捧げたりはしませんよ。存在こそが国の宝なので、なにもせず、国にいてくれさえすればいいのです」

メイナードがすかさず答える。どうやらアイリーンはあまり口を挟まない方がいい話題らしい。

アイリーンはそのあと何点か聖女に関する質問を受けたが、そのすべてをメイナードが答えてしまって、ただ彼の隣で微笑んでいるのに徹した。

やがてダリウスの質問タイムが終わると、サヴァリエが話題を振って、あとはほとんど雑談しただけで面会は終了して、ダリウスは満足そうにサロンを去る。

「……アイリーン、杞憂かもしれないが、ダリウス王子に会うときは少し注意しておいてくれ。何かが気になる」

ダリウスが出ていったあとで、ふと難しい表情を浮かべたメイナードがぼそりとそんなことを言った。

☆

ダリウスの歓迎パーティーの日、アイリーンはメイナードのパートナーとして広間の一段高い王族専用のスペースに席を設けられた。

ドレスは王妃が仕立てた、落ち着いたグリーンのもので、胸元やスカートの部分には金糸で繊細な刺繍《ししゅう》がされている。教皇からもらったブレスレットはシルクの手袋の上から身につけた。メイナードからのプレゼントである紫色のスピネルのネックレスも首元で輝いている。

キャロラインも招待されているが、今日は国賓の相手をすることがアイリーンの役目であるので、ゆっくりおしゃべりを楽しむ時間はない。メイナードと一曲踊ったあとは席に戻って、ダリウスの話し相手を務めている。

アイリーンは酒に強くないのでメイナードがフルーツジュースを用意してくれる。メイナードとダリウスは白ワインを飲みながら、給仕がドリンクと一緒に持ってきたフルーツの盛り合わせをつまんでいた。

「我が国はいかがですか？」

ユーグラシルの言葉が耳に残っているアイリーンは、ダリウスを前にすると緊張してしまって、ほとんど笑顔を浮かべて聞いているだけだ。

「そうですね。とくに……、薬に興味を持ちました」

「薬ですか？」

予想外の答えだったのか、メイナードが小さく首をひねる。

三代前の聖女が薬学に精通していた人で、医学の発展に尽力《じんりょく》されたから、ランバース国の薬学は近隣諸国の中でも高度だと言われている。

だが、薬を貿易品として扱ったことはないから、メイナードが意外に思うのも無理はない。薬の中には光や熱に弱いものや、管理の際の湿度によって効果を半減させるものもあるため、貿易には向かないと聞いたことがある。もちろん、日々研究を重ねて、保存しやすい薬の開発も進んでいるというから、数年先にはそれほど遠くない隣国あたりには輸出できるのではないかと言われていた。

癒しの力を持った女性が生まれるランバースで、薬学に力を入れているというのは意外に思うかもしれないが、逆に癒しの力に頼りすぎていたから、三代前の聖女はそれを危険視して、今のような研究が進められている。

ランバースには確かに、近隣諸国には見られない「癒しの力」を持った女性がいるけれど、その力は、以前のアイリーンのように弱いものがほとんどだ。

薬学の発展が唱えられる前は、それこそ癒しの力の強い女性が病人や怪我《けが》人を治していたと言うが、彼女たちの力も無限ではない。

癒しの力を使うというのは、例えるなら運動と同じで、使い続けていると疲弊してしまい、とてもではないが彼女たちだけで病人や怪我人をさばききれるものではなかった。そのため、流行り病が蔓延したときなどはとくに、順番を待っている間に病状が悪化して命を落とすものも少なくなく、それを憂いたのが三代前の聖女だったというわけだ。

「薬の管理は難しく、あまり貿易には向かないので、お役には立てないかもしれませんね」

メイナードが困ったように笑う。

ダリウスは「そうですか」と残念そうに目を伏せた。

ダリウスはどうやら、薬学や医学に非常に興味があるらしい。この数日の間、メイナードやサヴァリエと視察に出向いたようだったが、医療現場や薬学の研究をしている大学などを中心に回ったと聞いている。

ちなみに、医学の大家は教皇の生家であるサイフォス家の分家筋だが、さすがにリアース教が深く関係しているところには出向かなかったようだ。

給仕が新しいドリンクを持ってきて、アイリーンは彼からカットフルーツがたくさん浮かんでいるジュースを受け取った。ジュースは透明で、小さくカットされたカラフルなフルーツが宝石のようでとてもきれい。

ダリウスは、明日は一日休んで、明後日にはサヴァリエと遠方の方へ視察に向かうそうだ。

アイリーンも今日のパーティーが終わればコンラード家に帰れることになっている。メイナードは不満そうだが、もともとパーティーまでという約束だったから、文句は受け付けない。

いつしか、メイナードとダリウスがはじめた小難しい話に耳を傾けながら、アイリーンは甘酸っぱいジュースを飲む。

ジュースを半分ほど飲んだところで、ダンスホールで踊っていたキャロラインと目が合った。

キャロラインは、今夜は兄であるバーランドと一緒に来ていたようだが、先ほどからバーランドを放っておいて、たくさんの男性とダンスを踊っている。キャロラインは口は悪いが、普段は大きな猫をかぶっているから、とてもモテる。けれども、キャロラインは、どれほど愛を乞《こ》われようとも、誰とも婚約する気はないようだった。

——今のうちしか、遊べないからね。

そういうキャロラインは、三大公爵家のジェネール公爵の娘であることを人一倍自覚している。現王に姫がいないなかで、王家とも血縁関係のある三大公爵家の令嬢である彼女は、いずれ政治的に利用される可能性があるのだ。だから、キャロラインは誰か一人を選ばない。選べない。彼女に許されている自由は、彼女の嫁ぎ先が決まるまでの短い間。それがわかっているからか、ジェネール公爵はいまだにキャロラインの婚約者を決めていなかった。彼女の意志を尊重できないと、わかっているから。

もっとも、戦時中でない今は、無理やり他国の王族に嫁がせる必要もないだろう。このままいけば、国内の有力貴族か王族、もしくはサヴァリエあたりの婚約者に収まるのではないかと思われた。

貴族令嬢の結婚とはままならないものだ。そこに「恋愛感情」が挟まれることはあまりない。婚約後に相手を好きになることはあるだろう。例えば、アイリーンがメイナードに恋していたように。けれども、もしそうならなかった場合――、相手を愛せなかった場合、その結婚は決して幸せなものではないだろう。キャロラインは笑って「相手が誰であってもいいように転がしてみせるわ」と言っていたが、そうできたとしても、その相手をキャロラインが愛することができなければと思うと、アイリーンはやるせなくなる。

キャロラインがワルツを終えて、ふとこちらを見上げてきたから手を振れば、彼女は眉をひそめて自分の頬を指した。

「アイリーン」

よくわからなかったので首をひねっていると、メイナードが顔を覗《のぞ》き込んでくる。

メイナードの少しひんやりとした手が頬に触れた。

「顔が赤いけれど具合が悪いの？」

顔が赤い？

具合は悪くない。むしろ、ふわふわして気持ちいい。少し暑いけれど、その分メイナードの手が冷たく感じられて心地いい。

メイナードはふとアイリーンの手元にあるグラスに視線を落として、それを取り上げた。

（それ、まだ飲み終わってない！）

アイリーンは取り返そうとしたが、それよりも早くにメイナードがグラスに口をつけて、眉間に皺を寄せた。

「アイリーン、これ、酒だよ」

「え？」

（嘘《うそ》よ。だって甘くて飲みやすかったもの）

「しかもこれ、結構強いよ。それを半分も飲んで……。アイリーン、部屋に戻ろう」

酔っていないと言いたかったけれど、メイナードに有無を言わさず立ち上がらされて、彼の小脇《こわき》に抱えられるようにしてアイリーンは大広間をあとにした。


どうやら本当に酔っていたらしい。

メイナードに王太子妃の部屋まで送り届けられたときには、すでにアイリーンの頭はくらくらしていて、足元もおぼつかなくなっていた。

「給仕が誤ってアルコール入りのドリンクを持ってきたんだろうね」

すぐ耳元で話しているメイナードの声が、離れたところから響いているような錯覚を覚える。

メイナードは侍女のセレナとローザを呼んでアイリーンの服を着替えさせるように命じ、いったん自分の部屋に向かった。

着替えを終えてソファに座ってぼんやりしていたら、メイナードがコップを持って戻ってくる。

コップにはミントの葉が浮かんだ水が入っていた。

「飲める？」

アイリーンが頷いてメイナードからコップを受け取る。

清涼感のあるミントの香りのついた水が喉を伝って落ちていく。酔っていて暑かったから、アイリーンはあっという間にコップの中身を飲み干してしまった。

「気分は？」

「大丈夫です、たぶん」

吐き気などはない。ただ頭がふわふわして――、少しだけ、眠い。

メイナードがアイリーンの手からコップを取り上げてテーブルの上に置くと、彼女の体をひょいっと抱え上げた。

「殿下……？」

「眠そうだから。眠いなら眠った方がいい。起きていて気分が悪くなったら大変だからね」

言いながらアイリーンをベッドまで運んで、そっと横たえる。

前髪を払うように額を撫でられて。メイナードの手がひんやりと気持ちよくてアイリーンは目を閉じた。

「眠るまでここにいるから、安心して眠っていいよ」

それって、本当に安心していいのかしら？

頭の隅に小さな疑問が浮かび上がるが、酩酊《めいてい》した思考では深く考えることもできず、ただ頷いた。

メイナードが頭を撫でてくれるから、気持ちがいい。

「ごめんね。アイリーンが飲んでいるものをもっとちゃんと見ておけばよかった」

メイナードが謝る必要はどこにもない。これはすべてアイリーンの不注意だ。

酒に弱いことは前から知っていて、いつか訓練しないといけないとは思っていたが、苦手意識が先行して後回しにしていたからこうなった。せめてコップ一杯くらいは平然と飲み干せるくらいになりたいものだ。

「少しは飲めるようにならないといけないとは、わかっているんですけど……」

「いいよ。無理して飲む必要はない。これからはもっと私が気をつけておくから」

それは言い換えると、この先もずっとメイナードがそばにいるということだ。

(だから、もう婚約者じゃないのに……)

そう思うのに、どうしてか突っぱねる気にはなれなくて、薄く笑う。

剣を扱うから、手のひらの皮が硬くなっているメイナードの手が、不思議と心地いい。癪《しゃく》だけど、メイナードの言う通り、そばにいてもらえると安心する。

「パーティー、戻らなくてよかったんですか?」

「あと少しで終わりだし、ダリウス王子の相手はサヴァリエに頼んできたから大丈夫だよ」

「なら、いいですけど。わたしのせいで殿下まで途中退席させてしまって……」

「大丈夫だから。ほら、もういいから眠って?」

メイナードがアイリーンの目元を手のひらで覆う。

しばらくそうされていると、もともと眠たかったのもあってか、アイリーンの意識はすーっと夢の中に引きずり込まれた。

「おやすみ、アイリーン」

完全に眠りに落ちる瞬間、メイナードがアイリーンの額にキスを落とす。

もう幼い子供じゃないわよ――、とおかしくなって笑ってしまったのは、夢の中のことだっただろうか。

目を覚ましたとき、メイナードはそばにいるだろうか、いないだろうか。

ずっとそばにいてほしくて、「メイナード」と夢の中でつぶやけば、彼が優しく返事をしてくれたような気が、した。

☆

もうじきランバース国の夏も終わる。

日中は真夏日と言っても過言ではないほどに暑いが、日が落ちると流れる風は涼しくなる。

ここ数日はよく晴れていたからか、湿度も高くなく、夜になるとすごしやすい。

ランバース国の城下から一番近いところにある小さな町。

周囲を田畑に囲まれたこの町では、来月には豊穣《ほうじょう》祭もあり、その準備からか、例年であれば夜が涼しくなるこの時期は出歩く人も増えるのであるが――、今年は驚くほどに人がいない。

まるで何かに怯《おび》えるかのように、みな、戸口を固く閉めて家の中に閉じこもっている。

理由は――、幽霊が出るからだ。

最初は町長の従兄《いとこ》の息子が言い出した。

夜遅くまで友人宅で飲んでいた彼は、千鳥足で帰途についた。

友人宅から自宅までは、のんびり歩いたところで、わずか、十分ほどの距離。

男が友人宅を出て、十数歩歩いたところに、それはいた。

月夜に浮かび上がるのは、長い黒髪を風になびかせた背の高い女だった。

薄汚れたシンプルなワンピースの上に、いくら夜が涼しくなってきとはいえ、まだ充分暑いというのに外套を羽織り、女は夜の道をふらふらと歩いていた。

酒に酔っていた男は、何も考えずに町では見たことのない美人に声をかけた。その直後のことである。男の目の前にいたはずの女は一瞬で姿を消し――、次の瞬間、男は意識を失って倒れ込んだ。

翌朝、道の往来で大の字になって伸びている男が発見され、目を覚ました彼は「幽霊が出た」と騒ぎ立てた。

男の酒癖が悪いことは有名だったので、最初は町の人間も誰一人としてその話を真に受けなかった。

だが、そのあとも夜更けに長い黒髪の女を見たと言う人間が現れて、その数が増えるにつれて町の人たちはすっかり夜の女の幽霊に怯えてしまったというわけだ。

さて――

幽霊のせいで誰も人が出歩かなくなった町の広場。

井戸から水をくみ上げて喉を潤していた『女の幽霊』は、濡れた口元をぬぐいながら顔を上げた。

黒曜石のような切れ長の双眸《そうぼう》が、すーっと細くなる。

井戸のそばに立てかけておいた刀身の長い剣を掴むと、『女の幽霊』は剣を抜き、無造作にその鞘《さや》を足元に転がした。

風の音にまじって、かすかに聞こえるのは数人の足音である。

「もう追いついてきたのネェ」

疲れたようなつぶやき。

だが、口元には小さな笑みを浮かべて、『女の幽霊』は数秒後に地を蹴った。

まるで風のよう――そんな例えがぴったりとはまるような速さで駆け抜けた『女の幽霊』は、彼らに断末魔の悲鳴を上げる暇さえ与えない。

静かに数人の男たちの息の根を止めた『女の幽霊』は、足元に転がる彼らの遺体を見下ろして、ぽりぽりと頬をかいた。

「どこに片付けようかしら？　あー……、面倒くさ！」

その口調は、数人の命を奪ったとは思えないほどにのんびりとしていた。

☆

同時刻――

大きく開けた窓からは、ぬるい風が窓のそばに立つ男の肌を舐《な》めるようにして部屋に入り込む。

「……リアースの聖女、か」

そっとつぶやいた男の背後から、「殿下……」と控えめに声がかけられて、彼は肩越しに振り返った。

男――ダリウスは、どこか疲れたように薄く微笑んだ。

「聖女の癒しの力は、役に立つかな……」

書き下ろし番外編

書き下ろし番外編

それは、別荘から戻って数日たったころのこと――


「これ、懐かしくないですか？」

そう言いながらアイリーンが差し出したのは、時間がたって茶色く変色してしまっているマーガレットの押し花だった。

小さな箱に入れられたそれは、花びらも半分以上が取れてしまって、ちらりと見ただけではただのごみにしか見えない。

メイナードはアイリーンから押し花の入った小さな箱を受け取って、昔を懐かしむように微笑《ほほえ》んだ。

「君はこれを、まだ、持っていたんだな……」

この花をアイリーンに贈ったのは八年前。

メイナードが十四歳、アイリーンが十歳のころのことだった。

☆

「……で。どうして二人ともこりないの？」

八年前。

メイナードとアイリーンは、頭の先から足の先まで全身びしょ濡《ぬ》れの姿で、第二王子サヴァリエの部屋にいた。と言うか、逃げてきた。

メイナードより三つ年下の、兄と同じ黒髪に紺碧《こんぺき》の瞳《ひとみ》のサヴァリエ王子は、十一歳という年齢からは考えられないほどにおとなしく、たいてい部屋で本を読んでいる。

運動が苦手なわけではないが、汗をかくのが好きではないサヴァリエは、メイナードがどれだけ誘おうとも一緒に遊んでくれない。

そのためか、メイナードの遊び相手は、昔から四つ年下の、蜂蜜《はちみつ》色の髪にくりっと大きなアメシスト色の瞳をした、可愛《かわい》らしい容姿の婚約者アイリーンだった。このアイリーン、愛らしい容姿からは想像もできないほどにおてんばで、メイナードと一緒に高い木にもよじ登るようなとんでもないお嬢様である。

サヴァリエは読んでいた本から視線を上げて、あきれたように息を吐いた。

部屋の外からは「殿下ぁ！」「アイリーン様ぁ！」と二人を探す大人《おとな》たちの声が響いている。

メイナードとアイリーンは、その声が近づいてくるのを感じ取り、慌ててサヴァリエに懇願した。

「サヴァリエ匿《かくま》ってくれ！」

「サヴィ、おねがいっ」

幼いころはサヴァリエのことを「サヴィ」と呼んでいたアイリーンは、どこで覚えてきたのか、両手を組んでのおねだりポーズ。大方、あのませた子供のキャロラインあたりからの入れ知恵だろう。

あの公爵令嬢は、十一歳のくせに大人の男たちを手玉に取るのがうますぎる。

しかし、アイリーンにとって誤算だったのは、ねだった相手がサヴァリエで、さらにねだった本人がアイリーンだったということだろう。

「やだね。兄上とアイリーンをかばったら、僕も一緒に怒られるじゃないか」

サヴァリエはつれなく言って、再び本に視線を落とした。

アイリーンは十歳の少女特有のふっくらした頬《ほお》をぷくっと膨らませて地団太を踏んだ。

「いいじゃない！　けちっ！　ちょっと隠してくれるだけでいいから！」

「そんなにびしょ濡れの二人を、いったいどこに隠せと言うんだよ」

「クローゼットとか？」

「却下。僕の服が濡れるじゃないか」

「サヴィの意地悪！」

アイリーンは完全にへそを曲げて、ぷんっとそっぽを向いた。しかし外から「アイリーン様！」という声を聞いて、途端に泣き出しそうになると、メイナードに縋《すが》りつく。

「メイナード、見つかっちゃう！」

メイナードは婚約者というよりは親友で悪戯《いたずら》仲間であるアイリーンを見、それからサヴァリエの部屋の窓を見た。

「いいことを思いついた！　アイリーン！　あの木を伝って逃げよう！」

「……兄上、馬鹿《ばか》じゃないの？」

サヴァリエの部屋の窓の外には、大きな木がある。大人であれば、手を伸ばせば触れることもできるだろう距離まで枝を伸ばしている大木だが、まだ十歳のアイリーンはもとより、最近急激に身長が伸びているメイナードですらまだ届かないだろう。しかもサヴァリエの部屋は二階。落ちたら大怪我《けが》では済まされない。

「じゃあどうすればいいんだ！」

「知らないよ。そもそも噴水なんかで水遊びしなければよかったんじゃない？」

サヴァリエの部屋の窓からは庭が見渡せる。城の庭の噴水で、二人が水遊びをしていたのを本を読みながら観察していたサヴァリエは、薄々こうなるだろうことは予想していた。過去にも怒られたことがあるのに、どうしてか学習しない二人である。実は怒られたくてしているのではないかと疑いたくなるほどだ。

すると、アイリーンが名案を思いついたとばかりに瞳《め》を輝かせた。

「メイナード、あのカーテンを使ってロープを作ればいいのよ！」

「アイリーン、君も馬鹿じゃないの？」

「なんでよサヴィ！　この前読んだ物語の犯人が、カーテンをロープにして逃げてたのよ！」

「……君の愛読書はあえて聞かないでおくよ」

大方、侯爵家の使用人から借りた、俗な推理小説か何かを読んだのだろう。コンラード家は侯爵家のくせに妙に庶民くさくて、使用人たちとも仲がいい。そのせいか、アイリーンも昔から侯爵令嬢の割に、変なことに興味を持つ。

一か月前、侯爵家の従僕に釣りを教えてもらったとかで、城にある池に釣竿《つりざお》を垂らしていたのを見つけたサヴァリエは唖然《あぜん》としたものだ。すぐに見つかって怒られていたが、あろうことかメイナードまで一緒になって釣竿を垂らしていたのだから、目も当てられない。

ちなみに、城の池には非常に貴重な観賞用の魚たちが泳いでいるのである。釣り上げられてはたまらない。

未来の国王と王妃がこんなのでこの国は本当に大丈夫なのだろうか。

教育の一環で政治学について学びはじめたサヴァリエは、国の未来が心配で仕方ない。かと言って、国王という仕事はとても窮屈《きゅうくつ》そうなのでサヴァリエはお断りである。ゆくゆくは兄の補佐をしながら好きなだけ本を読んで暮らすのだ。その未来計画のためには、この二人にもっとしっかりしてもらわねばならない。

「逃げたら余計に怒られるだけだから、素直に謝ったらどう？」

「逃げきれれば問題ないだろう！」

「兄上のすごいところは、本気でそう思えるところだよね……」

だんだん面倒になってきたサヴァリエは、本を置いて立ち上がった。

メイナードとアイリーンは、いかにしてこの危機を脱するか、内緒話をするかのように小声で相談しあっている。大人との追いかけっこを楽しんでいるかのようにも見えて、サヴァリエははあと息を吐き出した。

……この二人、本当に馬鹿なのかな。

メイナードもアイリーンも、普段は厳しい教育係をつけられている。とくに国を背負うことになるメイナードの教育量はサヴァリエの何倍もあると聞く。

自由な時間が与えられたときに二人そろって悪戯に興じるのはその反動からかもしれないが、悪戯をするならもっとうまくすればいいものを。

サヴァリエはちらりと二人を振り返り、そして――

「兄上とアイリーンならここにいるよ」

がちゃりと扉を開けて、サヴァリエはあっさり二人を切り捨てた。

「サヴィ！」

「サヴァリエ！」

当然二人は激怒したが、サヴァリエが二人に責め立てられるより早く、追いかけてきた大人たちによってメイナードとアイリーンは確保された。

そのあと王妃からみっちり怒られて、「悪戯してごめんなさい」と百回書かされたのだが、五日後にはまた違う悪戯を思いついて再び怒られていた二人には、学習能力というものはないらしい。

「よしアイリーン！　次は裏庭に落とし穴を作ろう！」

今日もまた、サヴァリエの部屋の窓の外で、メイナードが元気に叫んでいる。

落とし穴なんて掘ったら、また怒られるのに、相変わらず懲りないらしい。

「……しかし兄上、アイリーンが女の子だってわかってるのかな？」

水遊びをしてみたり、昆虫採取と言って木に登ってみたり――、まるで男の子の遊びだ。女の子が好きそうな遊びに興味を示さないアイリーンもアイリーンだが、あれでは婚約者というよりは男友達である。

蜂蜜色の髪をツインテールにして、ピンク色のワンピース姿でぱたぱたと駆けていくアイリーンは、見た目だけならどこからどう見ても可愛らしい女の子なのだが。

サヴァリエはそんな二人の様子を見下ろして、これはお互い婚約者としての自覚が足りないのではないかと、子供ながらに心配になったのだった。


裏庭の、庭師が物置に使っている小屋から大きなスコップを持ってきたメイナードとアイリーンは、二人そろって顔に土をつけながら一心不乱《いっしんふらん》に庭を掘っていた。

まさか二人が落とし穴を作ろうとしているとは思っていない大人たちは、土遊びをはじめた二人に微笑ましそうな視線を送っている。水の中に飛び込んだり池で釣りをされたり、果ては高い木に登られるよりは、服が汚れるが土いじりをされる方がいい。――サヴァリエがこの場にいたら、悪戯しすぎて、大人たちの許容範囲が広くなったとあきれそうである。

基本的に二人の自由時間は監視しないという方針のもと——そう決めたのは王妃である——、大人たちがメイナードたちのそばを離れた後も、二人はせっせと穴を掘り続けた。

よくもまあ、子供の手でそこまで深く掘ったものだと感心するほど、メイナードの姿がすっぽりと隠れるくらいの深さまで地面を掘り進めたメイナードたちだったが、完成だと互いに額の汗をぬぐった次の瞬間に、はたと誤算に気がついた。

穴の中に入って掘り進めていた二人である。

もちろん、当初の予定通り深い落とし穴を掘ることに成功したが、よくよく考えると、深く掘りすぎてこの穴から出ることができない。

「「………」」

メイナードとアイリーンは、互いに顔を見合わせて沈黙した。

上を見上げれば、真っ青な空が見える。地面は見えない。

「メイナード！　どうしよう！　出られなくなっちゃった！」

「だ、大丈夫だよアイリーン！　よじ登ればきっと……」

メイナードがそう言いながら土の壁に足と手をかけようとするが、掘ってもろくなった土壁は手をかけるとぱらぱらと崩れて掴《つか》めない。

メイナードは青くなった。

アイリーンはメイナードの腕を掴んで揺さぶった。

「メイナード、なんとかしてよっ」

「無理を言うなよ！　崩れて登れないんだから！」

「そんな！　メイナードが落とし穴を作ろうって言ったんじゃないっ」

「アイリーンだって賛成しただろう！」

落とし穴から出られない。それは、子供の感覚からすれば恐怖だった。アイリーンは顔を真っ赤にして目を潤ませると、メイナードをぽかぽかと殴りつけた。

「なによ！　メイナードのばかっ！　こんなに深く掘るからでしょ！」

「アイリーンだって楽しそうに掘っていたじゃないか！」

「だって、出られなくなるなんて思わなかったんだもん！」

「それは僕だって同じだよ！」

メイナードとアイリーンは狭い落とし穴の中でぎゃーぎゃーと大声で喧嘩《けんか》をはじめた。

声は反響して大きく響き、そのせいか二人はどんどん興奮してくる。

とうとう怒ったメイナードが、アイリーンが掴んでいる腕を振り払ったとき、その勢いでアイリーンはその場に尻《しり》もちをついて、声を上げて泣き出してしまった。

「メイナードのばかあ！」

うわーんと泣き出したアイリーンに、メイナードは慌てた。

いまだかつてアイリーンがメイナードの前で泣いたことはないし――、まさか軽く腕を払っただけで、こんなに簡単に尻もちをつくとは思わなかったのだ。

サヴァリエしか兄弟のいないメイナードは、泣いた年下の子供のあやし方なんて知らない。なぜならサヴァリエがメイナードの前で泣き出したことはないからだ。子供のくせにずいぶんと冷《さ》めた性格のあの弟は、メイナードが何をしても怒らない。その代わり、あとで堂々と大人に告げ口をしてメイナードを陥れるのだ。だからメイナードはサヴァリエに意地悪だけはしないと決めている。

メイナードはおろおろして、必死になってアイリーンを泣きやませようとした。けれども、落とし穴から出られなくなったという不安もあってか、アイリーンはなかなか泣きやまない。それどころか、泣き方がひどくなる一方である。

メイナードはアイリーンのそばに膝《ひざ》をついて、よしよしと頭を撫《な》でた。アイリーンの髪は柔らかくて、ふわふわしている。

「アイリーン、僕が悪かったよ、泣かないで」

「メイナードなんか知らないもん！　だいきらい！　もう、メイナードと結婚なんてしないからっ」

「結婚って……」

確かにメイナードとアイリーンは婚約しているが、十歳の子供が「結婚」を引き合いに出してごねはじめると、さすがにおかしくなってくる。メイナードはうっかり吹き出して、アイリーンにじろりと睨《にら》まれてしまった。

「なによ！　結婚するんでしょ？　婚約ってそういうことだって、お父様が言ったもの！」

「まあ、そうなんだけど……」

「メイナードはわたしと結婚したくないって言うの!?」

結婚しないと言った口で、今度は「結婚したくないのか」と詰め寄られる。メイナードはほとほと困って頬をかいた。

「でもほら、アイリーンはまだ十歳だし……」

メイナードがそう言いかけると、アイリーンのアメシスト色の瞳にさらに涙が盛り上がる。

メイナードは内心で「うわっ」と叫んで、アイリーンの小さな手をぎゅっと握った。

「け、結婚しよう」

どうして僕は落とし穴の中で求婚しているのだろうと首をひねりながら、メイナードが言えば、今まで泣いていたアイリーンがぱっと笑顔になる。

その顔があまりに可愛らしく映って、メイナードがどきりとした次の瞬間、ませたアイリーンはこう言った。

「プロポーズには花束がいるのよ！」

落とし穴に閉じ込められているメイナードは、さらに困った。


アイリーンを後ろから抱きしめて、メイナードはどうにかして落とし穴から脱出する方法はないものかと考えた。

求婚したものの、花束がないと言い出して不貞腐れてしまったアイリーンだったが、抱きしめて頭を撫でていると機嫌を直し、メイナードにならって上を見上げる。

小柄なアイリーンはメイナードの腕の中にすっぽりと収まってしまって、メイナードは改めて、アイリーンはこんなに小さかったのかと思い知った。

最近急激に身長が伸びはじめたのもあるだろうが、腕の中に収まってしまうアイリーンは、ひどく頼りなげでか弱く見える。

こんな女の子と一緒になって庭を駆け回ったり木に登ったりしていたのかと思うと、メイナードは急に反省したくなってきた。メイナードは頑丈だからいいが、もしもアイリーンが怪我をしていたらと考えると、心臓の奥が冷えてくる。

そう――、アイリーンは女の子なのだ。

サヴァリエとは違う、女の子なのである。

メイナードはアイリーンを抱きしめる腕に力を込めた。

「大丈夫、絶対に僕がアイリーンをここから出してあげるからね」

アイリーンは肩越しにメイナードを振り返り、安心したように笑う。アイリーンは笑っているのが一番いい。さっきみたいに泣かれたら、どうしていいのかわからなくなる。

(僕が守ってあげなくちゃ)

アイリーンはこんなにも小さいのだ。女の子なのだ。そしてメイナードの婚約者なのである。アイリーンはメイナードが守らなくてはいけない。――一生。

その決意は十四歳の少年の胸に重くのしかかったが、不思議と嫌な気はしなかった。アイリーンはメイナードが守る。いや、守りたい。アイリーンがいつでも笑っていられるように。彼女には笑顔が似合うから、できればずっと隣で笑っていてほしい。

(アイリーンを抱き上げたら手が届くかな？　でもよじ登ろうとしてアイリーンが怪我をしたら大変だし……)

アイリーンに怪我をさせずに、どうにかしてここから脱出する方法はないものか。

メイナードが頭を悩ましていたそのときだった。

「おーい！　殿下ぁ！」

「アイリーンー！」

遠くから二人を呼ぶ声がして、アイリーンがぱっと笑った。

「お兄様の声！」

「バーランドとオルフェの声だな」

そういえば、落とし穴ができる時間を見計らって二人を裏庭に呼び出しておいたのをすっかり忘れていた。

メイナードが声を張り上げれば、裏庭に大きな穴があいているのを見つけた二人が覗《のぞ》き込んで、ともに唖然とした顔を作る。

「……殿下、そこで何をしているんだ？」

「アイリーンまで、かくれんぼならもっとましなところに隠れろよ」

「出られなくなった。手を貸してくれ」

「はあ？」

オルフェウスはあんぐりと口を開けて、バーランドは額を押さえた。

「また二人して馬鹿なことを思いついたんだろう」

「殿下って十四のくせにうちのアイリーンと精神年齢変わんないよな」

メイナードとアイリーンが落とし穴に落とそうとしていた相手が自分たちだと知らない二人は、あきれ顔でメイナードに手を貸した。

穴から脱出したメイナードとアイリーンはほっと胸を撫で下ろして、改めて自分たちが掘った穴を覗き込む。

掘っているときは夢中になっていたから気がつかなかったが、なかなか深い穴だ。この半分くらいの深さでやめておけばよかった。

「お前ら、そんなに泥だらけになって、また王妃様に怒られても知らないぞ」

「大丈夫だ。今日はちゃんと、母上に土いじりをすると言っておいたからな」

「だとしても限度があるだろ……」

メイナードとアイリーンはどこもかしこも土だらけだ。アイリーンのピンクのワンピースも、土で薄汚れてしまっている。

オルフェウスがアイリーンのワンピースを手ではたくが、ついた土はなかなか落ちない。

「あーあ、顔にまで土をつけて。母さんが見たら大笑いだな」

「……常々思うが、侯爵夫人はどうしてこれを笑って済ませられるのだろう」

バーランドがぼそりと言えば、オルフェウスはけろりと答えた。

「そりゃ、母さんも庭をいじっちゃ泥だらけになるからな」

「お前の家はどうなっているんだ……」

バーランドが信じられないものを見るような目でオルフェウスを見たとき、「あらあら」という声が聞こえてきて、バーランドとオルフェウスはぎくりとした。王妃の声だ。これはまた怒られるぞと二人はびくびくするが、先ほどまで穴に落ちていたメイナードとアイリーンはなぜか平然としている。

ランバース王妃はゆっくりと歩いてくると鼻の頭に土をつけているメイナードとアイリーンを見た後で、庭に掘られた穴に視線を移し――

「あら、この穴に陛下を落としたら面白そうね」

にやりと笑った顔を見て、オルフェウスとバーランドは、メイナードの悪戯好きは、間違いなく王妃からの遺伝だと思った。


さすがに土まみれのままアイリーンを侯爵家へ帰すわけにもいかないと王妃に言われて、アイリーンは風呂《ふろ》に入れられた。

アイリーンよりも早く風呂から上がって着替えを済ませたメイナードは、庭に舞い戻ると、せっせと花を摘みはじめた。

花がほしいなら庭師に用意させると言われたが、庭師に頼むと時間がかかるのだ。早くしないとアイリーンが風呂から上がってしまう。

ぶちぶちと庭の花壇の一角に咲いている名前も知らない白い花を摘んでいく。たくさん咲いているのだから、多少摘んでも文句はないだろう。

そうして小さな花束を完成させたメイナードは、大慌てで部屋に戻った。

部屋に戻ると、風呂から上がったアイリーンがお菓子を前にして座っていた。メイナードがいなかったので食べずに我慢していてくれたらしい。

メイナードが部屋に駆け戻ると、アイリーンは口を尖《とが》らせて部屋にいなかったメイナードをなじったが、手に持った白い花の花束を差し出すときょとんと目を丸くした。

「プロポーズには、花束がいると言っただろ！」

アイリーンが花束を求めたくせに、どうして不思議そうな顔をしているんだとメイナードはむっとしたが、彼が「プロポーズ」と言った瞬間にアイリーンが花が咲くように笑ったので、その怒りはどこかへと飛んでいった。

「ありがとう！」

「う、うん……」

アイリーンは花束を受け取ると、その中から一輪だけ抜き取ってメイナードに差し出した。

「あのね、プロポーズで花束をもらったら、お受けするときはその中から一輪の花を返すんですって！　この前本で読んだの！」

その本もどうせ、使用人に借りた庶民に人気の小説か何かだろう。

だが、アイリーンの愛読書の中身よりも「お受けするとき」というアイリーンの言葉にどきりとして、メイナードは差し出された花を壊れ物のようにそっと受け取った。

アイリーンは手元に残った花を大切そうに胸に抱える。

そのあと二人してお菓子を食べていると、コンラード侯爵が迎えに来てアイリーンは帰っていった。

メイナードは手元に残った一輪の花をしばらく見つめた後で、本棚から分厚い本を選んで引き抜くと、本の間にその花を挟む。

もともと婚約を交わしているから、これはただのおままごとのような求婚で、深い意味はない。けれどもどうしてか、この花だけは手元に取っておきたいと、そう思った。

「……今度から、悪戯は危なくないことにしよう」

またアイリーンを泣かせるようなことになったら大変だから。

メイナードは小さく笑って、花を挟んだ本を、本棚に戻した。

☆

あのときアイリーンにあげた花がマーガレットだったと知ったのは、しばらくたってからのことだった。

そして、アイリーンもメイナードと同じように押し花にしてその花を取っていると聞いたのも、しばらくたってからのこと。

「アイリーンもまだ持っていたなんてね」

八年も前の押し花である。もうとっくに捨てられていると思ったのに、アイリーンがまだ持っていたことにメイナードの心が温かくなる。

「わたしもってことは、殿下もまだ持っているんですか？」

「うん、あるよ」

メイナードは立ち上がり、ライティングデスクの引き出しを開け、小さな木の箱を取り出した。蓋《ふた》を開けると、アイリーンと同じく、茶色く変色した押し花が出てくる。

この花は、どうしても捨てられなかった。

正直なところ、アイリーンのことをいつ女性として好きになったのか、メイナードにはその境界線がわからない。けれども確実に、このときの出来事はきっかけの一つだった。

アイリーンが、ただの悪戯仲間から、一人の女の子になった瞬間だったのだ。

メイナードはアイリーンの押し花と自分の押し花の入った箱を並べてテーブルの上に置く。

あのときと同じように、花束を用意してアイリーンの前に跪《ひざまず》けば、彼女はその花束を受け取ってくれるだろうか。

(今それをしたら、きっと困らせるだけだな……)

一度間違えてしまったメイナード。

もう一度彼女の心を手に入れるには、ただ花束を用意すればいいだけではないとわかっている。

メイナードは押し花の入った箱にそっと蓋をした。

(新しい押し花を作るのは、まだ先になりそうだ)

それまでは、この押し花は大切に取っておこう。
アイリーンにもう一度花束を差し出す資格を得る、そのときまで――

あとがき

こんにちは、狭山ひびきです。

この度は本作をお手に取ってくださり、誠にありがとうございます！

本作が出版されるころは夏真っ盛りの時期でございますが、あとがきを書いている現在はまだ梅雨もあけないジメジメした季節でして、ちょうど現在、窓の外では雨が降っております。

店頭に青梅がずらりと並んで、我が家も先日、梅酒や梅ジュースを仕込んだばかりです。

梅干しはちょっと手間ですが、梅酒や梅ジュースは簡単に作れていいですね。夏に炭酸水で割って飲むのが毎年の密かな楽しみの一つでございます。

さあ、あとがきページが非常にたくさんあるので、頑張って埋めていきますよ～！

本作「殿下、あなたが捨てた女が本物の聖女です」ですが、ＷＥＢで連載をはじめた当初は、正直言って、まさか書籍化していただけるとは思っておりませんでした。

一迅社様からお声がけをいただいたのは昨年の２０２０年のことだったのですが、ご連絡をいただいたときは間違いなく数秒はフリーズしましたね。

人間、想定外のことが起こると、脳が活動を停止するんですよ。

学生時代、一迅社様から出版されている漫画を読んでいたのでもちろんお名前は知っていましたし、「あれ～？」と首をかしげて、喜びが来たのはしばらくあとのこと（笑）。何度も何度もメッセージを見返して「これってほんとかな？　新手の詐欺かな？」などという失礼なことまで考えた始末です（ごめんなさい）。

そのあと担当様とお話して、「本当に本になるんだ～、わ～お」と喜んだ後に、「ぎゃー！」と一人あたふたしながら人生初の書籍化作業をすすめて、担当様にいろいろアドバイスをいただいては改稿し、紫藤先生のとても綺麗でかわいらしいイラストを見てきゃっきゃうふふしながら現在、最後の難関（？）あとがきを作成中というわけです。


さて、ここからは少しだけ本編のネタバレを含みますので、本編をまだ読まれていない方はご注意くださいませ。

本作「殿下、あなたが捨てた女が本物の聖女です」でございますが、非常にたくさんのキャラクターが出てきます。ともすれば主人公たちが飲まれそうなキャラの強そうな面々（誰とは言いませんが）たちが、油断していると大暴れしそうなので、「おっと～」と言いながら軌道修正しながら執筆をすすめましたが……、大丈夫ですよね？　主人公影うっすー！　状態にはなっていない……ことを祈ります。

そんな、キャラがわいわいキャーキャー騒いでいる本作の中で、作者の一番のお気に入りは小虎です。ヒーローでもヒロインでもございません！　小虎です！　むしろ我が家にも小虎がほしい！　という書いている本人の愛情の偏りにより、お読みいただいた方はおわかりかと思いますがメイナードは小虎に噛みつかれまくりです。メイナード＜小虎の力関係で本編はすすみます。某シーンでは頭から丸かじりですからね。現実で虎に丸かじりされれば「ぎゃー！」ではすみませんが、フィクションですから。丸かじりもよしとしてくださいませませ。

当初のメイナードのライバルはファーマンのはずだったんですけどねえ、いつの間にか彼の最強のライバルは小虎になっていました。

ヒーローであるメイナードがいつか聖獣小虎様に勝てる日が来るのか（来るのか？）、「メイナードがんばれ〜」と応援していただければ幸いです。

作中で、庶民派貴族令嬢＆聖女アイリーンがせっせせっせと庭で草むしりをしているシーンがございますが、梅雨ですからね、我が家の庭もいい感じに草が生えてまいりましたよ。

アイリーンは大好きでしょうが、私は草むしりが大嫌い！　抜いても抜いても生えてくるんですよ。草。鬱陶しいことこの上ない！

アイリーンの草むしりシーンは、「いったいこの娘は、草むしりの何が楽しいんだろう」と首をひねりながら書いておりましたが、好きな方いますかね、草むしり。我こそは誰よりも草むしりを愛している方がいらっしゃったら、ぜひ草むしりが好きになれるコツを教えていただきたいものですす。だって草むしり、暑いし疲れるし腰が痛くなるし、私的には楽しめる要素は何一つないのですよ。それなのに、どうしてコンラード家の面々は草むしりが好きなのか。いっそ我が家にわーっとやってきて思う存分草をむしってほしいものです。

本編を最後までお読みいただいた方はお気づきでしょうが、えー、物語はまだ続きます。「せめて切りよく終われよ！」と思った方、申し訳ございません。切りよく終われませんでした！　つ～づ～き～と思ってくださったそこのあなた！　ぜひ私と一緒に続刊が出ることを祈ってくださいませ！

さてさて、先ほどちらっとだけ触れましたが、イラストレーター様は紫藤むらさき様でございます。可愛らしいアイリーンのイラストを見てこの本をお手に取ってくださった方も多いのではないでしょうか？

あとがきを書いているときにはすでに表紙を仕上げてくださっていまして、担当様にお見せいただいておりました。元気いっぱいの「ばいば～い、メイナード～♡」と言わんばかりのアイリーンの姿に「紫藤先生ナイスです！」と叫んだ次第でございます。

「アイリーン、待って～」と手を伸ばすメイナードもいい味出してます。がんばれヒーロー。覆水は盆に返らないからね。君はこれからが大変なのだよ。

ちなみに、ピンナップのカラーイラストの二枚目は、小虎に噛みつかれるメイナードです。担当様とイラストをどうするか話していたときに、ぜひ小虎に噛みつかれるメイナードを！　とお願いしたところ快くオッケーくださいました（ありがとうございます！）。

紫藤先生、お忙しい中素敵なイラストを仕上げてくださり、本当にありがとうございました！

担当様も本当にありがとうございます。お電話のときはいつも脱線してすみません（汗）。そしていつも的確なアドバイスをありがとうございます！

そしてそして最後に、この本をお手に取ってくださいました皆様、誠にありがとうございます！

ちょうど暑い季節ではございますが、体調にはくれぐれもお気をつけくださいませ。

それでは、またどこかでお会いできることを祈りつつ。

僕は婚約破棄なんてしませんからね

著：ジュピタースタジオ　　イラスト：Nardack

「き……、きゃあああああ――――！」第一王子の僕の婚約者である公爵令嬢のセレアさん。十歳の初顔合わせで悲鳴を上げて倒れちゃいました！　なになに、思い出した？　君が悪役令嬢？　僕の浮気のせいで君が破滅する？　そんなまさか！　でも、乙女ゲームのヒロインだという女の子に会った時、強烈に胸がドキドキして……、これが強制力？　これは乙女ゲーのストーリーという過酷な運命にラブラブしながら抗う、王子と悪役令嬢の物語。

ふつつかな悪女ではございますが

～雛宮蝶鼠とりかえ伝～

著：中村颯希　　イラスト：ゆき哉

『雛宮』——それは次代の妃を育成するため、五つの名家から姫君を集めた宮。次期皇后と呼び声も高く、蝶々のように美しい虚弱な雛女、玲琳は、それを妬んだ雛女、慧月に精神と身体を入れ替えられてしまう！　突如、そばかすだらけの鼠姫と呼ばれる嫌われ者、慧月の姿になってしまった玲琳。誰も信じてくれず、今まで優しくしてくれていた人達からは蔑まれ、劣悪な環境におかれるのだが……。大逆転後宮とりかえ伝、開幕！

悪役令嬢らしいですが、私は猫をモフります

著：月神サキ　　イラスト：めろ

自分が物語の世界に転生していると気付いた公爵令嬢スピカ・プラリエ。彼女はある日、魔法学園の新入生に「悪役令嬢のあなたになんて、負けないんだから！」と言われ、この世界が『乙女ゲーム』の世界だと思い知らされる。とりあえず、婚約者であるアステール王子をヒロインに譲ればいわゆる破滅ルートから逃れられるのでは？　などと考えていた帰り道、彼女は子猫を拾う。元々の猫好きが爆発し、リュカと名付けたその子猫にメロメロなスピカだが、なぜかリュカの声が聞こえてきて——。スピカの運命、DEAD or ニャLIVE!?

殿下《でんか》、あなたが捨《す》てた女《おんな》が本《ほん》物《もの》の聖《せい》女《じょ》です

初出◆「殿下、あなたが捨てた女が本物の聖女です」
小説投稿サイト「小説家になろう」で掲載

2021年8月5日　初版発行

著者◆狭山《さやま》ひびき

イラスト◆紫藤《しどう》むらさき

発行者◆野内雅宏

発行所◆株式会社一迅社
〒160-0022　東京都新宿区新宿3-1-13　京王新宿追分ビル5F
電話　03-5312-7432(編集)　電話　03-5312-6150(販売)
発売元：株式会社講談社(講談社・一迅社)

印刷・製本◆大日本印刷株式会社

DTP◆株式会社三協美術

装丁◆小沼早苗[Gibbon]

ISBN 978-4-7580-9388-0

おたよりの宛先
〒160-0022　東京都新宿区新宿3-1-13　京王新宿追分ビル5F
株式会社一迅社　ノベル編集部
狭山ひびき先生・紫藤むらさき先生